남편 대신 출근하는
___ 워킹맘입니다

남편 대신 출근하는 워킹맘입니다

15년 차 워킹맘으로
일하며 깨달은 것들

장정은 지음

BOOKQUAKE

같은 처지의 워킹맘 마음을 헤아리고 보듬어주는 푸근한 언니의 위로를 기대했다면 오산이다. 15개 직업을 전전하며 하루하루 치열하게 살아왔던 직업여성으로서 삶의 여정은 포연이 자욱한 전장을 연상케 한다. 그렇다고 울끈불끈한 근육질을 뽐내는 것도 아니고 주위를 압도하는 강력한 카리스마로 무장한 것도 아니다. 모성애 하나로 수많은 페르소나를 소화했던 엄마의 모습은 역시 여자보다 강했다. 애써 꾸미지 않아도 전우애로 뭉친 워킹맘들의 공감을 자아낼 수 있는 배경이다. 하지만 이 책은 도리어 바깥 활동하는 남성들의 필독서에 가깝다. 여성에 대한 정치적 배려에 불편한 시선을 보내는 이들에게 유익한 사회성 자양분이 될 것이다.   **- 전 H사 기자 백웅기**

흔히 엄마는 여자보다 강하다고 말한다. 비즈니스의 꽃은 영업이고 영업의 꽃은 보험영업이라고 한다. 두 딸의 엄마이자 영업의 달인이며 가장(家長)으로서 남편에게 안식년을 선물했던 저자는 그야말로 워킹맘의 최고봉 수준이라 말해본다. 경단녀로서 또는 워킹맘으로서 무엇을 할 수 있을지 모르겠고 현실이 막막하다고 느껴진다면 이 책의 필독을 권한다. 바닥에서 시작해 수없이 거절당하고 오뚝이처럼 다시 일어섰던 저자의 궤적에서 답을 얻을 수 있을 것이다.

- 삼성전자 수석연구원 김희영

장정은 선생님을 처음 만났을 때 초보 엄마로 육아에 대한 부담과 성공한 직장인이 되기 위한 열정이 가득했습니다. 하지만 현실은 만만치 않았습니다.

교육영업은 자녀 교육과 개인의 성취를 모두 맛볼 수 있지만 막상 닥친 현실은 실패와 좌절의 연속이었습니다. 처음 영업 개척을 나갔을 때 상품에 대한 충분한 이해와 고객에 대한 존중, 그리고 더 큰 성취를 위해 애쓰는 모습이 남달랐습니다.

이 책은 영업 현장을 누비며 쌓아올린 장정은 선생님의 치열한 삶의 열매로 가득합니다. 자신에 대한 자존감과 일에 대한 가치를 확신하게 되기까지 부딪치고 깨어지며 얻은 소중한 경험들은 독자 여러분들께도 큰 울림으로 다가올 것으로 확신합니다.

스스로 너무 깊은 바다라고 생각해 도전에 망설이고 있는 사람들, 좋은 엄마와 직장인 여성의 삶 가운데서 끊임없는 고민과 싸우고 있는 사람들에게 자신있게 일독을 권합니다.

영업을 통해 배운 인생에 대한 확신과 삶을 향한 적극적인 자세. 더 새로운 꿈을 향해 선물같은 매일을 보내는 장정은 선생님의 출간을 축하하며 존경의 박수를 보내 드립니다. 감사합니다.

- 웅진북클럽 수석국장 김미향

우리 주변에는 일과 육아를 병행하는 워킹맘이 참 많습니다. 이들은 모두 한 가정을 대표해 일터에 나와 자신의 일을 묵묵히 해 나가고 있습니다.

그녀 또한 바쁘게 살아가는 15년차 워킹맘입니다. 특별한 점이 있다면, 남편 대신 가장의 역할을 하며 수많은 직업 경험을 바탕으로 자신의 꿈을 키우고 있다는 것입니다. 남편의 조력자가 아닌, '단 하나'의 일하는 이유를 가진 워킹맘의 성장 이야기에서 걸림돌을 디딤돌로 만드는 힘이 느껴집니다. 일을 단순히 생계 유지 수단으로만 생각한다면 여기저기 숨어 있던 위기들은 워킹맘에게 제모습을 앞다투어 드러내지 않을까요? 그렇기에 스스로에게 맞는 진정한 일의 목적을 찾아야만 합니다. 자신만의 일하는 이유를 찾기까지 다양한 위기의 걸림돌을 인내심, 꾸준함, 자립심의 디딤돌로 다듬어 가는 과정은 30~40대 일하는 여성에게 분명한 동기 부여가 될 것입니다.

아내, 엄마, 직장인으로서의 역할…… 워킹맘은 수많은 정체성을 가지고 있습니다. 다양한 역할 속에서 흔들리지 않으려면 '나다움'을 찾아야만 합니다. 내 안의 잠재력을 찾는다면 결혼과 육아로 '경단녀(경력 단절 여성)'의 상황에 놓였더라도 언젠가는, 어떤 식으로든 그 잠재력이 발현될 것이라고 믿습니다. 끊임없이 '나다움'을 찾으려고 노력한 그녀의 이야기, 그 속에는 워킹맘 혹은 새로운 꿈을 준비하는 이의 마음을 꿈틀거리게 하는 그 무언가가 분명히 들어 있습니다. 그 무언가는 결코 환상적인 것이 아니며, 무턱대고 힘을 내라는 단순한 응원의 메시지도 아닙니다. 지금도 현재 진행형인 워킹맘의 인간적인 삶의 현장으로 직접 들어가서 진정한 '나'를 찾길 바랍니다.

- 한국아동출판협회 회장 이병수

차 례

SNS 활동을 시작하면서 가장 어렵게 느껴지는 것이 있습니다. 그것은 나의 명함과도 같은 프로필을 채우는 것입니다. 마흔이 훌쩍 넘은 나이임에도, 여전히 '나'를 정의 내리는 일은 참 깊은 고민을 하게 됩니다.

15가지가 넘는 직업을 경험하고, 수많은 사람들을 만나 오랜 기간 세일즈와 매니저 역할을 했음에도 불구하고, '나'라는 사람을 몇 가지 단어로 표현하는 것은 어떤 일보다 어렵다는 것을 느낍니다.

아마도 엄마의 역할을 하는 사람들은 자신의 프로필에서 '00 맘'이라는 단어를 떠올릴 것입니다. 저 역시 내 이름 석 자 보다 '00 엄마'로 불릴 때가 더 많았고, 그것이 나를 대표하는 단어로 생각하며 지낸 적이 있습니다. '00 엄마'로 살다 보면 어느새 온전한 '나'를 드러내고 내 꿈을 이루기 위해 살아가는 삶이 멀어져 있다는 생각이 듭니다.

첫째 아이를 낳고 한창 꿈을 이루며 훨훨 날고 싶다는 마음을 내려놓으며, 산후우울증을 심각하게 앓았습니다. 아이를 키우며 나도 성장할 수 있다는 긍정적인 마음보다, 내가 희생하고 포기해야 한다는 마음 때문에 자신을 더 힘들게 괴롭혔던 시기를 경험했었죠. 내가 하고 싶은 일을 포기하면 아이뿐 아니라 가족 모두가 편안해질 수 있다고 생각하며, 어떻게든 버텨보려고 했던 시기도 있었습니다.

하지만 육아를 하면서도 마음속의 꿈을 내려놓을 수가 없어, 할 수 있는 일부터 찾기 시작했습니다. 아이 엄마가 되고 나니 육아를 병행하며 나를 찾을 수 있는 일을 하기에는 제약조건이 많았습니다. 시작도 하기 전에 두려웠고, 육아와 병행하며 이렇게까지 일하는 것이 아이를 잘 키우려는 엄마의 모습이 맞는지 수없이 의심하기도 했습니다.

그런데도 하루에 단 몇 시간이라도 나를 찾는 일을 하지 않으면 불안했습니다. 경제적으로도 여유롭지 않다는 현실도 일하는 이유였지만, 그보다 언젠가 하고 싶은 일을 할 수 있는 날을 그리며, 내 일의 가치와 본질만큼은 흔들림 없이 일했습니다.

누군가는 남에게 하는 아쉬운 소리라며 무시당하기도 하고, 진실한 마음으로 상대방에게 이야기해도 외면당하는, 영업일을 하며 상처도 참 많이 받았습니다. 세일즈뿐 아니라 강연을 하고 싶은 꿈을 이루기 위해, 다양한 곳에 강의 계획서를 제안하며 거절도 수없이 경험했습니다. 그런 가운데 세일즈를 오랜 기간 해왔던 나조차 기피했던 보험회사의 세일즈 매니저를 제안받고, 고민 끝에 또 한 번 나에게 물었습니다.

'지금 다른 사람의 시선이 두려운 것인지, 아니면 나 자신의 부족한 능력이 두려운 것인지?'

질문에 대한 답변은 다시 도전이었습니다. 또 한 번 새로운 일을 경험하며 저뿐만 아니라 아이들, 남편에게도 큰 변화가 일어났습니다. 각자 자신의 역할을 충실히 해내며 성장하기도 했지만, 남편이 15년 다닌 직장을 퇴사하며 힘든 시간도 겪어야 했습니다. '위기가 기회다'라는 말이 있듯이, 남편과 저는 그 시간을 겪어내며 한층 더 성장했고, 단단해질 수 있었습니다.

주변에서 어떤 내용의 책을 쓰고 있는지 궁금해하며 많은 사람이 물었습니다. 저는 많은 사람에게 인정받을 만큼 큰 성공을 한 것도, 돈을 번 것도 아닙니다. 제가 살아오며 실패와 좌절했던 경험, 그리고 그 시간을 견뎌내며 성장한 저의 이야기를 통해, 비슷한 고민을 안고 있는 분들께 조금이나마 공감하고 용기를 드리고 싶은 마음으로 책을 썼습니다.

책을 쓰는 일도 저에게는 큰 도전이었습니다. 다양한 역할과 직업을 경험했으니 그것을 잘 풀어내면 된다는 이야기를 듣고 덜컥 글쓰기를 시작했습니다. 그렇지만 글을 쓰면 쓸수록 독자들에게 공감할 수 있고 도움을 줄 수 있는 글을 쓰는 일이 얼마나 어려운 일인지를 깊게 느낄 수 있었습니다. 잘 쓰려고 하기보다 있는 그대로의 저를 보여드림으로써, 단 한 분의 독자라도 함께 공감하고 도움을 드리고 싶다는 간절한 마음만큼은 잘 전달되길 소망합니다.

글을 쓰는 동안, 가장 큰 깨달음은 '감사함'이었습니다. 두 딸의 엄마가 되지 않았다면, 지금의 제가 존재하기 힘들었다고 말할 수 있을 만큼 아이들 덕분에 제가 성장했습니다. 부족한 엄마를 항상 이해해 주고, 엄마가 가장 멋지다고 말해주는 두 딸에게 진심으로 고맙다고 꼬옥 안아주며 이야기해 주고 싶습니다.

그리고 두 딸만큼 제 인생의 가장 큰 영향을 주신 부모님께도 깊은 감사의 마음을 전하고 싶습니다. '딸은 엄마를 똑 닮는다.'라는 말처럼, 제가 다양한 직업에 도전하고 수많은 실패를 경험하면서도 꿋꿋이 이겨낼 수 있었던 것은, 친정엄마의 훌륭한 가르침 덕분이라는 생각을 하게 됩니다.

마지막으로 언제나 저의 든든한 지원군이자, 동지이며, 영원한 벗인 남편에게 무한 고마움을 전하며 일일이 기록하지 못하지만, 지금껏 저와 인연이 되어 많은 도움과 가르침을 주신 모든 분께 진심으로 깊은 저의 감사한 마음을 전하고 싶습니다.

또한, 오늘도 고군분투하며 살아가고 있는 대한민국의 엄마, 아빠에게 응원의 마음을 전합니다.

2021년 9월 시원한 가을을 기다리며

엄마로만
살 수 있을까?

———
'문제'를 나타내는 가장 좋은 단어는 '기회'이다. 문제나 어려움을 떠올리는 대신, 이제부터는 당신 삶에서 예상치못했던 걸림돌을 도전이나 기회라고 일컫자. 기회는 우리 모두 열렬히 바라고 고대하는 것이다. 이 새로운 단어를 쓸 때, 문제나 어려움의 개수만큼이나 엄청난 기회들이 얼마나 많이 나타나는지 깨닫고 깜짝 놀랄 것이다.

-브라이언 트레이시·크리스티나 트레이시 스테인, 〈개구리와 키스를〉 중에서-

1
세상에서 가장
극한 직업 '엄마'

"어머, 혹시 우리 아기 혼혈인가요? 아빠가 외국인이신가 봐요!"

첫째 아이를 낳자마자 산부인과 간호사들부터 소아청소년과 의사 선생님, 산후조리원까지 아이를 데리고 가는 곳마다 혼혈이 냐는 질문을 많이 받았다. 신생아임에도 불구하고 짙은 쌍꺼풀과 오뚝한 코, 머리숱까지 많은 모습을 보고 혼혈이라는 생각을 한 것 같다. 중학생이 된 큰아이는 지금까지 새 학년이 될 때마다 혹시, 혼혈이냐는 질문을 친구들로부터 꼭 받는다고 한다. 아이에 대한 자랑으로 들릴 수 있겠지만, 만나는 사람마다 분유 모델 시켜도 될 만큼 예쁘다는 이야기를 많이 들었다.

하지만 나는 예쁜 아기를 돌보는 '엄마'라는 역할이 힘들게만 느껴졌다. 아니 엄마라는 역할에서 도망치고 싶었다는 표현이 더 적절할 수 있다. 아이를 임신해서 만삭까지 회사에 다녔다. 다행히 입덧도 거의 없어 회사에 다니면서 태교도 열심히 했다. 피아노, 임산부 요가, D.I.Y 아이 용품 만들기 등 문화센터 수업도 받으러 다닐 만큼 임신 기간은 즐거웠다. 임신 기간이 즐거웠으니 아이가 태어난 이후의 생활도 평화롭고 행복할 줄 알았다. 아이가 태어남과 동시에 나의 예상과는 정반대의 상황이 일어나기 시작했다.

산부인과에서 출산 직후 바로 하게 된 모자 동실 수유는 나에게 공포를 안겨주기 시작했다. 간호사는 태어난 지 몇 시간밖에 되지 않은 아이를 옆에 두고 울 때마다 젖을 물려야 한다며 간단히 수유 자세를 알려주고 나갔다. 분명 그림에서 보아 온, 엄마가 아이에게 수유하는 모습은 평화로웠지만, 수시로 울기 시작한 아이와 함께 있어야 하는 그 순간은 두려움의 시간이었다.

살면서 가장 고통스러운 출산을 경험한, 내 몸과 마음을 추스르기도 전에 어설픈 자세로 수유를 해야 했다. 당연히 젖은 잘 나오지 않았고, 아이의 울음은 멈추지 않아 간호사에게 여러번 도움을 요청했던 기억이 생생하다. 아이가 옆에 없어도 울음소리가 환청처럼 들렸다. 병원에서 3일을 보내고 산후조리원으로 갔다. 역시나 엄마들의 모든 관심사는 '모유 수유'였다. 아이를 위해 모유 수유를 하는 것은 설명이 필요 없을 만큼 좋은 것임을 잘 알고 있었다.

사람마다 모유의 양도 개인차가 있다는 것이 받아들여지지 않는 분위기였다. 조리원에서 만난 사람들은 수단과 방법을 가리지 말고 아이를 위해 '완모(완전한 모유 수유)'를 해야 좋은 엄마라고 말했다. 15년 전 조리원에는 엄마들이 함께 모여 수유를 하는 공간이 있었다. 그곳에서 젖병에 꽉 찰 정도로 유축을 하는 엄마는 최고의 엄마로 인정받으며 부러움의 대상이 되었다. 나는 수유실에 갈 때마다 '루져(loser:실패자)'가 된 것 같았다. 그때부터 산후우울증은 극도로 심각해져 갔다. 조리원을 나와 집에 있어도 아이가 울 때마다 수유하라는 호출 전화벨이 들리는 것 같았다.

더구나 아이는 유독 예민했다. 밤에 자다가 자지러지게 울어 응급실로 달려가기 일쑤였다. 병원에서는 큰 이상은 없고 '영아 산통'일 수 있으니 배 마사지를 해주라는 해결책만 듣고 왔다. 기저귀, 수유, 방 온도, 배 마사지까지 배워 최상의 컨디션을 만들어 줘도 계속 우는 아이를 침대에 내버려 두고 펑펑 운 적도 많았다. 남편은 항상 일이 많아 새벽에 출근해서 밤늦게 퇴근하며 주말까지 일했다. 시어머니는 하늘나라에 계시고, 친정엄마 역시 지방에 살고 계시며 일을 하셔서 육아 도움받기는 힘들었다. 말 그대로 마음의 준비 없이 '독박 육아'의 괴로움을 체감하기 시작했다.

어느 날 아이를 힘들게 재워놓고 머리를 감는 중이었다. 머리 감기 시작한 지 얼마 안 돼 바로 아이의 울음소리가 나기 시작했다. 불안했지만 아기가 조금 울어도 괜찮다는 친정엄마의 조언을 떠올리며 거품을 내기 시작했다. 아이의 울음소리는 점점 커졌고 도저히 불안해서 머리를 더 이상 감을 수 없었다. 거품이 가득한 머리를 수건으로 대충 묶고 나와 아이를 돌보다가 남편이 퇴근 후 머리를 다시 감았던 적도 많았다.

엄마가 되면 인간의 가장 기본적인 욕구도 제대로 해결할 수 없다. 밤에 수시로 깨는 아이를 돌보느라 잠을 못 자는 것은 기본이다. 먹고, 씻고, 화장실 가는 것 또한 마음대로 할 수가 없다. 아이와 정신없이 하루를 보내다가 저녁이 되면 우울감이 더 크게 느껴졌다. 남편은 나가서 일도 하고, 점심도 편하게 먹고, 가끔은 어쩔 수 없다지만, 회식도 하며 사람처럼 살아가는 모습이 얄밉기도 했다. 온종일 혼자 있다 남편이 오면 신세 한탄하며 눈물로 하루를 마무리했다. 그런 내 모습을 보다 남편은 어느 날 김미경 강사님의 《꿈이 있는 아내는 늙지 않는다》라는 책을 선물해 주며 말했다.

"나는 아이가 행복하려면 엄마가 행복해야 한다고 생각해. 지금 너는 최선을 다해 노력하고 있잖아. 종일 아이만 돌보는 일이 힘들면 차라리 너는 회사에 다니며 좋은 베이비 시터를 찾아 육아에 도움을 받는 것이 너에게 더 맞는 것 같아." 남편에게 선물받은 김미경 강사님의 책 《꿈이 있는 아내는 늙지 않는다》 내용 중 나는 '가족에 대한 죄책감을 버려야 하는, 자아실현형 아내'라는 것을 깨닫게 되었다. 나는 자기 자신의 꿈을 펼치기 위해 노력하는 사람, 김미경 강사님과 같은 사람이었다. 아이들은 이런 엄마를 좋아하지 않지만, 아이들이 커가면서 오히려 씩씩하고 낙천적으로 잘 자라고 있다는 내용을 보며 나는 복직을 결심하게 되었다.

처음에 나는 아이를 출산하면 1년 동안 육아 휴직을 계획했다. 많은 육아서에서 아이를 위해 3년간은 애착 형성을 해야 하는 가장 중요한 시기라고 말한다. 하지만 그 당시 회사에서는 1년의 육아휴직도 시행 초기였다. 눈치를 보더라도 휴직하는 1년 동안 아이와 애착을 형성하고 일한다면 괜찮을 것이라는 생각을 했다. 산후우울증이 심각해진 나는 1년이라는 육아휴직이 오히려 아이와 내가 더 불행해질 것 같았다. 그렇게 육아에서 도망치듯 3개월 출산휴가만 마친 후 바로 복직했다.

첫째 아이를 낳을 당시, 나는 호텔 프런트 오피스에 근무했다. 3교대 업무에 주말, 공휴일에 상관없이 스케줄 근무를 해야 했다. 이렇게 3교대와 주말 근무 조건을 맞춰줄 수 있는 베이비 시터를 구하는 것은 하늘의 별 따기였다. 10번이 넘는 면접과 조율 끝에 베이비 시터를 구했다. 남편도 내가 복직한 이후로 육아에 더 적극적으로 동참하여 나의 복직을 응원해줬다. 아이에게 미안한 감정은 있지만, 회사에 나갈 수 있다는 것만으로도 우울감이 많이 줄어들었다.

베이비 시터에게 아이를 맡긴 후 3개월쯤이 지나면서 문제가 발생하기 시작했다. 베이비 시터 이모님이 우리 부부의 허락 없이 자신의 집으로 아이를 데려가기 시작했다. 이제 막 백일이 지난 아이를 데리고 마트나 개인 용무를 보기 위해 자유롭게 외출을 하셨다. 그때부터 신뢰가 무너졌고 도저히 불안한 마음에, 더는 아이를 맡길 수 없었다. 급한 마음에 서울에 살고 계시는 이모에게 아이를 돌봐달라고 부탁했다. 우리 집은 분당, 회사는 장충동, 이모 집은 상계동이어서 2~3일에 한 번 쉬는 날 겨우 아이를 보러 갔었다.

몸이 불편한 이모부와 살고계신 이모에게 예민한 조카 손녀까지 돌보게 하는 것은 내 욕심이었다. 결국, 지방에 계신 친정엄마가 일을 그만두시고 아이를 친정 엄마가 돌봐주셨다. 평생 일하셨던 엄마는 아이를 몇 개월 보시더니 오십견이 생기셨고, 아이를 더는 돌봐주실 수 없는 상황이 되었다. 아이가 돌이 되기 전까지 주 양육자를 여러 번 바꿔가면서 어떻게든 일해보려고 애썼다. 그럴수록 죄책감과 미안함이 더 강해졌다. '나만 포기하면 아이는 물론 모든 사람이 행복할 수 있구나. 지금은 내가 모든 것을 내려놓고 육아에 집중하는 것이 최선의 방법이다.'라는 생각이 들었다. 아이가 돌이 되는 1년이라는 시간이 10년처럼 느껴졌다. 울기도 참 많이 울었다. 무엇보다 다른 사람들은 아이 키우며 잘 지내는 것 같은데, 나만 유난스럽게 힘들어하는 것 같이 느껴졌다.

그때는 천당과 지옥을 오가며 힘들었지만, 다행히 지금 아이는 건강하고 예쁘게 잘 성장하고 있다. 힘든 시간을 보내고, 조리원과 문화센터에서 산모들을 위한 강의를 하게 되었다. 일과 육아 사이에서 누구보다 고민하고 힘들어했던 경험 덕분에, 산모들에게 생생한 나의 이야기로 힘을 주고 공감할 수 있었다.

일이 체질이었던 나는 지금까지 15가지 정도의 직업을 경험했다. 여자로 태어나 엄마가 되는 과정은, 내가 경험한 15가지의 직업 중, 그 어떤 직업과도 비교가 안 될 만큼 힘들다. 아마 가장 힘들다고 느끼는 이유 중 하나는, 육아가 책에서 나오는 이론처럼 되지 않기 때문이라고 생각한다. 때로는 나를 내려놓을 줄도 알아야 한다. 그런 과정을 거치면서 서서히 여자에서 엄마라는 역할에 적응하게 되고, 아이와 함께 성장하게 되는 것이다.

2

엄마가 되고
포기를 배웠다

얼마 전 아이들과 드라마 '산후조리원'을 보다가 대화를 하게 되었다. 딸들이라 그런지 엄마인 나보다 더 재미있게 봤던 드라마라 기억에 남는다.

"엄마는 만약 다시 과거로 돌아갈 수 있다면 언제로 돌아가고 싶어요?"

"음, 엄마는 20대 회사 다닐 때로 돌아가고 싶은데!"

"왜? 그때는 지금처럼 힘들게 우리 안 키워도 되니까 그런 거죠?"

"아니야, 엄만 호텔리어로 일할 때가 너무 즐겁고 행복했어. 물론 결혼도 안 하고, 아이도 없었으니까 자유로웠지. 돈 벌면서 여행도 다니고 할머니 할아버지께 용돈 드리면서 뿌듯하게 살 수 있었어."

"그럼 엄마는 결혼해서 우리 낳은 거 후회하지 않아요?"

"아니, 후회 안한다. 아빠랑 연애하면서 엄마 인생에서 가장 행복했고, 지금 이렇게 예쁘고 사랑스러운 너희들이 있어서 엄만 진심으로 감사해."

우리 집 딸들은 드라마를 보며, 질문하더니 결혼은 안 하고 연애만 하고 살 거라고 말했다. 엄마를 한 여자로 바라보며 공감해준 아이들이 고맙기도 했지만, 미안한 마음이 컸다. 아이들이 아기였을 때 '내가 왜 결혼을 했을까? 왜 아이를 낳아서 나만 이렇게 힘들어야 할까? 나는 왜 여자로 태어나서 이 고생을 하는 걸까?' 등의 후회 섞인 자책을 했다. 물론 지금은 정반대다. 아이가 성장하는 것처럼 엄마도 엄청난 성장을 한다. 여자는 나이가 들면서 변한다기보다, 아이를 키우며 세상을 바라보는 관점 자체가 달라진다. 그렇다, 여자에서 엄마가 되는 것은, 우리 딸들이 느끼고 질문한 것처럼 분명 '포기'라는 것도 필요하다.

'염일방일(拈一放一)'이라는 중국의 사자성어가 있다. '하나를 집기 위해서는 다른 하나를 놓아야만 한다.'라는 뜻이다. 결혼 후 눈에 넣어도 아프지 않을 만큼 사랑하는 아이를 얻기 위해서, 여자는 외모부터 여러 가지를 내려놓아야 하는 것들이 많다. '포기'라는 뜻은 '절망에 빠져 자신을 스스로 포기하고 돌아보지 아니함' 이라는 사전적 의미가 있다. 여자에서 엄마가 되는 과정은 분명, 단어에서 말하는 것처럼 '절망에 빠져 자신을 포기하고 돌아보지 아니할 때'가 있다는 것이다. 하지만 엄마가 된 여자들이 절망에 서 빠져나올 때쯤. 즉, 포기를 받아들이면 더 값진 하나를 얻었음 을 느끼는 순간이 온다. 내가 엄마가 되면서 무엇을 얻고 무엇을 포기했는지 곰곰이 생각해봤다.

첫 번째는 '외모'다. 대부분 여자는 출산 전과 후의 몸이 달라진 다. 어디가 어떻게 변하는지 굳이 말하지 않아도 엄마가 되어본 사 람은 충분히 알 것이다. 아이를 낳고 엄마는 탈모가 생긴다. 머리 카락도 많이 빠져서 걱정이지만, 새로 자라나는 머리는 잔디 인형 처럼 모습이 우스꽝스럽다. 더구나 아이가 손에 힘이 생기면서는 아이에게 머리채를 수도 없이 잡히기 일쑤다. 몸매는 아이가 돌이 지나도 출산 전의 몸으로 돌아오기 힘들고, 피부 관리는커녕 세수 라도 매일 하면 다행인 날들을 지내야 한다. 출산 후 이렇게 초라 해지는 외모를 보고 있노라면 우울감이 밀려올 때가 많다.

두 번째는 '내 시간'이다. 여기에는 인간관계도 포함된다. 외모 의 포기에 이어 아이가 태어나고 가장 힘든 건, 밥 한 끼조차 사람 답게 먹을 수 없다. 하루 24시간은 내가 아닌 아이 중심으로 돌아 간다. 어쩌다 남편 육아 찬스를 쓰고 잠깐이라도 외출을 하고 싶어도 만날 사람이 없었다. 그래도 잠시나마 자유를 느끼고 싶어 여기저기 연락을 해본다. 결혼하지 않은 친구는 멀리있고, 어느새 서로의 관심사가 달라 자연스레 멀어져 있다. 결혼 후 출산한 친구를 만나고 싶지만, 자유롭게 외출하지 못하는 사정을 누구보다 잘 안다. 그러다 보면 자연스레 동네 엄마가 친구가 된다. 물론 아이를 키우면서 동네 엄마들만큼 가까운 사이도 없다. 육아 정보, 남편, 시댁과의 고민 등을 이야기하며 스트레스 해소도 할 수 있다. 하지만 동네 엄마 친구는 철새와도 같다. 아이가 새 학년이 되면 새 친구가 생기듯 엄마도 매년 친구가 바뀐다.

매년 철새처럼 무리를 지어 다니며 깊이 있는 사이가 되기란 쉽지 않다. 그러면서 엄마는 인간관계의 한계가 찾아오기 시작한다. 워킹맘도 크게 다르지 않다. 매일 회사에서 만나는 사람은 똑같고, 퇴근 후 바로 육아와 살림을 해야 한다. 나를 위한 취미활동은 커녕 짧은 시간이라도 온전히 나를 위한 시간을 갖는 것은 먼 나라 이야기처럼 느껴진다.

세 번째는 '일'이다. '일'이라는 단어에는 '커리어', '꿈'이라는 깊은 뜻도 포함되어 있다. 엄마도 출산전까지 능력 있는 여성으로 일했다. 각자 '하고 싶은 일'을 찾기 위해 대학도 다녔을 것이고, 나만의 꿈을 이루기 위해 열정을 다해 노력하는 시간도 보냈을 것이다. 여자에서 엄마가 되며 짧게는 출산휴가 3개월, 길게는 언제 다시 사회로 돌아갈 수 있을지 모르는 경력 단절을 경험하게 된다. 그 기간은 일만 놓는 것이 아닌 자신에 대한 자신감과 자존감도 잃게 되는 경우가 많다.

나는 고등학교 시절부터 '강사'가 되는 것이 꿈이었다. 대학교 졸업 후 8년간 호텔리어로 일을 하며 커리어를 쌓고, 아이를 출산하며 꿈에 그리던 '강사'가 되었다. 하지만 전국을 누비며 프로젝트 강의를 하기 위해 며칠씩 강의하는 일은 내 욕심이었다.

강원도에 계신 친정엄마에게 아이를 맡겨 놓고 1~2주에 한 번 잠깐 아이를 보고 돌아왔다. 아이가 붙들고 가지 말라고 울 때는 주저앉아 함께 울며 겨우 달래 놓고 떠나왔다. 이렇게까지 하며 일을 하는 것이, 내 꿈을 이루는 것이 옳은 선택인지, 매주 고민을 반복했다. 마음속에 아이와 친정엄마에 대한 미안함과 죄책감이 떠나지 않았다. 결국, 엄마는 몸이 아프셔서 아이를 더는 돌봐주실 수 없게 되었고 나는 일을 그만두게 되었다. 내 꿈을 내려놓았다. 너무 슬펐다. 더 이상 나에게 꿈을 이룰 수 있는 시간은 없을 것 같았다. 아이와 가족들에게 항상 죄책감과 미안함을 느끼는 것보다, 차라리 육아에 집중하는 것이 훨씬 잘한 선택이라며 스스로 위로하기도 했다.

여자에서 엄마가 되며 변하는 것은 위에서 말한 세 가지 이외에도 더 많을 수 있다. 그래서 엄마가 된다는 것 자체가 정말 위대한 일이라고 말하는 것인지도 모르겠다. 이 세상 모든 사람은 엄마 없이 존재할 수 없다. 성장할 수도 없다. 특히 여자는 엄마가 되면서 친정엄마를 공감할 수 있게 된다. 엄마라서 당연했던 것들이 출산과 육아를 경험하며 엄마의 마음에 공감하고 감사하며 어른이 되어간다.

분명 '포기'라는 단어가 긍정적인 뜻은 아니다. 포기를 좋아하는 사람은 더욱 더 없을 것이다. 그러나 나는 엄마가 되면서 '포기'라는 것도 배울 수 있었다. 설사 엄마가 되지 않고 혼자 자유롭게 살아간다 해도 인생은 계획대로 척척 살아가기 어렵다. 이제는 '포기'를 한다는 것은 '숨 고르기'할 수 있는 시간이라고 생각한다. 완전히 내려놓음이 아닌 무언가를 얻기 위해 나를 돌아보는 과정이라는 것을 깨닫게 되었다. 힘을 빼고 기다리는 순간이 포기라고 생각한다면 두렵지 않다. 그러는 사이 엄마는 어느새 어른이 되어간다.

3

희생이
당연히 되지 않게

"집에서 아이 돌볼래, 회사 가서 일할래?"

누군가 이렇게 묻는다면 남편과 나는 1초도 망설임 없이 회사 가서 일한다고 대답할 것이다. 첫째 아이를 낳고 심각한 산후우울증을 경험한 아내를 보며 남편은 항상 퇴근길이 무거웠다고 한다. 온종일 힘들게 일하고 퇴근하면 육아는 물론이요, 매일 울고 있는 아내를 보면 어떻게 해야 할지 모를 막막함을 느꼈다고 한다. 지금까지도 그때가 트라우마처럼 기억에 남아 있다고 농담처럼 말한다.

몇 년 전부터 '슈퍼맨이 돌아왔다'라는 프로그램이 큰 주목을 받았다. 엄마 없이 아빠가 아이들을 돌보며 일어나는 에피소드를 리얼하게 보여주며 부모들에게 공감을 얻기 시작했다. 특히 일하느라 바쁘기만 했던 아빠가, 엄마 없이 아이와 24시간을 지내며 일어나는 일들에 당황하고, 어떻게 할지 몰라 쩔쩔매는 모습을 보게 된다. 아빠는 이렇게 '육아를 돕는 것'과 '육아를 직접 해보는 것'의 차이를 확실하게 경험해보는 것이다.

남편도 첫째 아이를 낳고 3개월 만에 복직한 아내 덕분에, 주말마다 독박 육아를 경험했었다. 그 당시 나는 호텔에서 3교대 근무를 했기 때문에, 주말뿐 아니라 밤늦게 퇴근해야 할 때도 많았다. 어쩔 수 없이 남편이 베이비 시터와 시간 맞춰 교대하느라 회사에서 눈치 보며 칼퇴(퇴근 시간에 딱 맞춰 퇴근하는 것)를 해야 했다. 평일과 주말 가리지 않고 백일 시기부터 남편 혼자 아이를 돌봤다. 남편이 직접 육아를 경험해보니 얼마나 힘든 일인지 공감하며 회사 가는 게 낫다고 말했다.

'번아웃(Burnout) 증후군'이라는 말이 있다. 세계보건기구(WHO)는 번아웃을 '의욕적으로 일에 몰두하던 사람이 극도의 신체적, 정신적 피로감을 호소하며 무기력해지는 현상'이라고 정의한다. 이 말은 '엄마 번아웃'으로 생각해볼 수 있다. 엄마의 역할은 배 속에 아이가 생기기 시작하는 임신 과정에서부터 시작된다. 약 40주의 급격한 신체 변화와 함께, 배 속의 아이를 위해 항상 조심하며 지내야 한다. 40주가 지나면 최강의 출산 고통까지 경험하게 된다. 이 과정만으로도 엄마는 정신적·신체적으로 삶이 뒤바뀌는 힘든 시간을 맞이한다.

이것은 시작에 불과하다. 낯선 경험하는 육아의 모든 과정이 엄마는 당연히 해냈지만 낯설고 어렵기만 하다. 자꾸 남들과 비교하며 위축되기도 하고 처음 육아를 경험하며 불안감을 느낄 때도 많다. 물론 주변에서 도움을 받기도 하지만 늘 아이에게 가장 미안함을 느끼는 사람은 엄마이다. 일, 육아, 살림까지. '엄마 번아웃'은 어찌 보면 당연한 현상일 수밖에 없다.

최근 신문기사에 따르면, 번아웃 증상은 스트레스가 해소되지 못해 계속 쌓이는 악순환을 낳고, 결국 적극성·주도성을 잃게 된다고 한다. 과도한 습관성 행동을 보이며 뭘 해도 집중이 잘 안 되고 의욕도 없어진다고 말한다. 또한 이유 없이 불안감과 우울함을 느끼며 감정 기복도 심해지고 짜증을 내는 증상이 나타난다고 한다.

엄마는 온갖 정성을 다해 아이를 잘 키우다가도 번 아웃이 오면 아이에게 참을 수 없는 말과 행동을 하게 된다. 남편과 다른 가족들과의 관계도 마찬가지다. 항상 당연하게 생각했던 일들도 '왜 나만 이렇게 힘들어야 하지?'라는 억울함과 서운함이 들 때가 많아진다. 이렇게 아이와 남편, 가족들과의 관계도 힘들 수 있지만 모든 문제가 나에게서 일어난다는 자책 또한 엄마의 마음을 더 힘들게 한다.

첫째 아이가 돌이 되었을 때 나는 강사를 시작했다. 대학 시절부터 강사를 꿈꾸며 그날이 오기만을 간절히 기다렸고, 드디어 꿈을 이루는 순간이었다. 최선을 다해 잘 해내고 싶었고, 점점 성장하며 커리어를 쌓고 싶었다. 내 일을 위해서라면 무엇이든 할 수 있을 줄 알았다. 하지만 나에게는 이제 막 태어나 엄마의 손길과 사랑이 필요한 아이가 있었다. 친정엄마가 딸의 꿈을 위해 손녀를 봐주시겠다고 나서 주셨다. 정말 감사했다. 나는 지방 출장이 잦아 아이를 보러 겨우 2주에 한 번 정도 갈 수 있었다. 이렇게 6개월을 지내보니 엄마가 아프기 시작하셨다. 무리해서 아이를 쉼 없이 돌보시며 2주에 한 번 남편과 내가 가면 손님 맞이하듯 챙겨주시니 병이 날 수밖에 없으셨다.

나는 아픈 엄마를 보며 미안했고, 엄마가 곁에 없는 아이에게는 더 미안했다. 남편 역시 일하는 아내 때문에 아이를 돌보는 친정엄마에게 늘 죄인처럼 미안해했다. 그 모습을 보며 내 마음은 점점 무거워졌다.

'나만 일하지 않으면 모든 사람이 행복해질 수 있구나' 나에게 가장 소중한 사람들이 나로 인해 행복을 빼앗기고 있다고 생각하니 죄책감에 더는 일을 할 수 없었다. 남편도 아이가 어느 정도 클 때까지는 엄마가 키우는 것이 가장 좋은 것 같다며 회사를 그만두길 바랐다. 선택의 여지가 없었다. 이제는 모든 것을 내려놓고 아이를 키우는 일에 집중할 수밖에 없는 상황이 된 것이다.

처음에는 나만 희생해야 한다는 생각에 억울하기도 하고 점점 우울해졌다. 산후우울증을 극복하고 얼마 지나지 않아 또다시 내 꿈은 날개 잃은 새처럼 접어야만 했다. 다시는 내 꿈을 이룰 기회가 오지 않을 것 같은 불안감이 커졌다. 직업이 PD인 남편은 다양한 프로그램을 제작하며 해외까지 출장을 다니는 모습을 보니, 아내로서 응원해 주기보다는 얄미운 마음이 들었다. 온종일 일하느라 고생하는 남편이 옆에서 코를 골며 자는 모습도 미울 때가 많았다. 아이를 돌보는 일이 지금 나에게는 가장 중요한 일이라는 것을 알면서도 '엄마 번아웃' 증상을 느끼며 힘든 시간을 보냈다.

그러던 어느 날 놀이터에서 가끔 만났던 늦둥이 엄마가 내게 건넨 진심 어린 충고가 내 생각을 뒤바꿔놓았다.

"아이와 함께 지내는 이 시간은 다시 돌아가고 싶어도 돌아갈 수 없는 소중한 시간이야. 비록 지금 하고 싶은 일을 포기해야 하는 속상한 마음은 충분히 이해하지만, 육아하는 동안 아이와 충실히 시간을 보내고 나면, 분명히 성장해있는 너의 모습을 볼 수 있을 거야. 희생이라고 생각하기보다 단단해지는 과정이라고 생각하면 마음이 편해질 거야."

보통 육아서에서 흔히 말하는 내용이었지만, 큰아이를 먼저 키워본 선배엄마로서 진심 어린 공감과 충고는, 우울했던 나의 마음에 평온함을 가져다주었다. 그 말을 듣고 난 뒤부터 아이를 키우며 할 수 있는 일을 찾아봤고, 조금씩 뭐든 배우려고 노력했다. 밉게만 보이던 남편도 나를 위해 응원하며 바쁘지만, 육아와 살림을 도우려고 애쓰는 모습을 보니 가장 든든한 내 편이라는 생각이 들기 시작했다.

가족은 어느 한 사람의 희생으로 절대 행복할 수 없다. 희생이라는 단어보다 서로를 공감하고 배려하려고 노력할 때 모두가 행복한 관계가 될 수 있다고 생각한다. 가끔 친정엄마께서 '엄마가 너희들을 위해 젊은 시절 희생하며 살았다.'라고 말씀하실 때가 있다. 이 말을 듣는 자식으로서는 항상 미안함도 느끼지만, 반감이 들기도 한다. 자식을 위해 희생을 한다는 생각은 엄마가 자식에게 원망하고 있다는 감정을 느끼게 한다. 엄마 자신이 희생한다고 생각하지 않게, 훗날 자식에게 원망의 말을 하지 않도록 엄마는 스스로 자신을 지켜야 한다. 엄마의 희생은 당연한 것이 아니다.

때로는 엄마도 어린아이처럼 보살핌을 받기도 하고, 오롯이 나만 생각하는 시간을 갖기도 하며 재충전의 시간을 가져야 한다. 그럴 때만이 가족을 위해 희생이 아닌 공생을 하며 행복하게 살아갈 수 있을 것이다.

4

'경단녀'라는
꼬리표가 붙었습니다

"엄마가 되면서 개인적 관계들이 끊어지고 사회로부터 배제돼 가정에 유폐된다. 게다가 아이를 위한 것들만 허락된다. 아이를 위해 기간, 감정, 에너지, 돈을 써야 하고, 아이를 매개로 한 인간관계를 맺어야 한다. 엄마가 아닌 자신을 드러내면 엄마의 자격을 의심받는다. '내 생활도, 일도, 꿈도, 내 인생, 나 자신'을 잃어버리는 것 같다."

위의 내용은 조남주 작가의 《82년생 김지영》 소설 중 깊이 공감했던 내용이다. 대한민국의 엄마라면 대부분 공감할 것이다.

나는 첫째 아이 출산 후 꿈에 그렸던 '강사'라는 직업을 갖게 되었다. 그러나 얼마 지나지 않아 현실적인 육아 문제로 꿈을 포기해야 했던, 소설 속의 김지영과 똑같은 상황을 마주했다. 그래서

였을까? 《82년생 김지영》을 보는 순간 제목만 '79년생 장정은'으로 바꿔도 될 만큼 내 마음을 대변해 주는 것 같아 한동안 가방속에 들고 다니며 보고 또 봤다.

이 책이 출간되고 2019년 영화로 개봉되면서 '경단녀'에 대한 주제는 사회적으로 뜨거운 감자로 떠오르기도 했다. 누군가는 이 책과 영화가 페미니즘 성향이 강하고 오히려 성차별을 부추기는 내용이라며 비판하는 글을 봤다. 각자의 관점에서 개인적인 생각을 표현한 것이 잘못됐다고 할 수는 없지만, 당시 글을 보고 경단녀의 관점에서 신중히 생각해본 후 글을 써달라는 댓글을 달기도 했다.

실제로 내가 경단녀 기간을 경험한 기간은 매우 짧다. 기간은 1년 정도였다. 사실 그 기간에도 아이와 애착에 문제가 생겼다는 죄책감과 불안한 마음에 뭐라도 배워야 한다는 조급한 생각이 떠나지 않았다. 육아서와 아이들 책에 관심을 두기 시작하며 퇴사후 얼마 지나지 않아 출판사 사무실에 교육을 받겠다며 또다시 출근했다.

경단녀로 1년도 지나지 않아 아동 도서 영업을 시작했다. 그 뒤로 아동 도서 영업을 9년간 했다. 유·아동 도서 세일즈, 유치원 영어 특강 교사, 문화센터 강사, 시간제 방과 후 교사라는 일은 아이를 키우며 나도 성장할 수 있는 일이라고 생각해 선택한 일이었다.

이렇게 약 10년 동안 쉬지 않고 일했지만 내 마음은 늘 '경단녀'의 삶을 살고 있다고 생각했다. 지인은 엄마가 아이를 키워야한 다고 말했다.

대부분 여성이 아이를 출산하며 경단녀가 되는 순간에는 '어쩔 수 없이'라는 단서가 붙는다. 물론 아이의 육아와 가정의 살림을 꾸려나가며 전업맘으로 살아가는 것이 더 행복하다고 느끼는 사람도 있다. 하지만 대부분 여성이 출산의 과정을 겪으며 어쩔 수 없는 경력 단절을 경험한다.

예전에 살던 동네에 작은 소아청소년과가 새로 생겼다. 그 당시 첫째가 세 살, 둘째는 신생아 시기라 소아청소년과에 갈 기회가 많았다. 무엇보다 자주 가게 된 계기는 의사 선생님이 나와 비슷한 또래의 여자분이셨다. 첫째가 딸이고 개월 수도 비슷하다며 갈 때마다 꼼꼼히 진료해 주셔서, 의사 선생님이라기보다 친구를 만나러 가는 것처럼 편안했다. 그러던 어느 날 선생님을 보니 둘째를 임신 중이라는 것을 알게 되었다. 그날은 선생님이 오히려 나에게 고민을 털어놓았다.

"이제 막 병원 개원해서 자리 잡았는데 둘째가 생겨버렸어요. 첫째 낳고 우울해하다가 다시 일한다는 생각에 정말 행복했는데… 아쉽지만, 다음 달부터는 다른 선생님이 오실 거예요. 여자는 결혼해서 아이를 낳으면 어쩔 수 없이 일을 포기해야 하나 봐요. 다음 달에 오는 선생님은 제 후배인데 절대 결혼하지 말라고 했어요."라고 말했다.

둘째를 출산하고 첫째까지 돌보느라 하루하루가 힘들었던 나는 그날 오묘한 감정이 느껴졌다. 의사도 같은 여자이며 엄마로서 똑같은 경험을 한다는 것에 깊은 공감도 했지만, 스스로 위안을 삼기도 했다. '아무리 잘나가는 의사여도 엄마가 되면 어쩔 수 없구나…'라는 씁쓸함과 안도감을 나도 모르게 느꼈다.

2017년부터 세일즈 매니저로 본격적인 회사 생활을 하며 '경단녀'에 대한 세상의 편견은 더욱 피부로 느낄 수 있었다. 입사 후 선배들에게 인사를 하는 자리에서 하나같이 '아이는 어떻게 하고 일하러 나왔냐?'라는 질문을 수없이 받았다. 그중 충격적인 말은 '여자가 애 키우다 나와서 무슨 일을 할 수 있겠냐? 여기는 부업하는 곳이 아니다.'라는 말을 듣기도 했다. 기본적으로 '나'에 대한 질문보다 '애 엄마'의 관점으로 보고 질문하는 경우가 더 많았을 만큼 사회적으로 보는 시선이 곱지만은 않다는 것을 느낄 수 있었다.

우리나라의 출산율은 0.918명으로 세계 최저치를 기록하고 있다. 사회적으로 출산율을 높이기 위해 다양한 방법이 제시되고 있지만, 단순한 몇 가지의 방법만으로는 해결될 수 없을 것이다. 아무리 여성에게 기회가 많아지고 여성의 능력을 존중한다고 하더라도 사회적으로 뿌리 깊게 박혀 있는 '경단녀'에 대한 곱지 않은 시선이 먼저 개선되어야 할 관념이라고 생각한다.

한 여성이 '엄마'라는 역할을 하는 순간부터 그 시간은 '경력 단절'이 아닌 '경력 전환'이라는, 생각의 전환이 필요하다. 엄마라는 역할은 세상의 그 어떤 일을 해내는 것보다 다양한 능력이 필요하다. 예상치 못한 일을 해결하는 '문제 해결력'부터 청소, 요리 실력, 그리고 가장 중요한, 한 아이가 태어나 스스로 살아가는 힘을 길러주는. 이 외에도 엄마가 하는 역할은 훨씬 더 많다.

그럼에도 불구하고 엄마들은 경단녀 기간을 겪으며 자존감이 떨어질 때가 많다. 자신이 했던 일과 멀어지며 자연스레 사회에서 고립된다는 생각을 하게 된다. 이러한 생각 때문에 엄마들은 새로운 일을 도전하면서 자신감도 떨어지고 두려움 때문에 시작조차 하기 힘들어진다.

나 역시 어쩔 수 없이 경단녀가 되었을 때, 세상의 모든 상황과 사람들이 원망스럽게 느껴졌다. 돌아보니 지금의 나는 엄마가 되어보지 않았다면 존재하지 못했을만큼 그 시간 동안 성장했고 많은 것을 배울 수 있었다.

아이가 성장하는 동안 엄마도 함께 성장하고 있다는 것을 잊지 않았으면 한다. 오히려 경단녀 기간을 인생에 있어 나를 돌아보고 성장시킬 수 있는 과정이라고 생각한다면, 조금은 달라진 미래를 그려볼 수 있을 것이다.

5
나는 엄마처럼
살고 싶지 않았다

　EBS 다큐프라임 〈마더 쇼크〉는 책으로 출간되었을만큼 엄마들 사이에서 유명한 다큐멘터리다. 〈가족, 가정에서 엄마가 미치는 영향과 모성〉이라는 주제에 대하여 총 3부작으로 제작되었는데, 그중 첫 번째가 '모성의 대물림'에 관련된 내용이다. 첫째 아이가 5살, 둘째 아이는 두 돌쯤으로 기억된다. 유독 아이들이 보채고 재우기까지 힘든 저녁 시간을 보내고 답답한 마음에 이 다큐멘터리를 보며 하염없이 눈물을 흘렸던 기억이 있다.

　내가 어린 시절, 엄마는 늘 일하느라 바쁘셨다. 바쁜 가운데 늘 공부를 잘해야 한다고 강조하셨다. 친정엄마는 어린 시절 가정 형편이 어려워서 공부를 하고 싶어도 하지 못했던 한(恨)이 있으셨다. 그런 엄마 마음속의 한(恨)을 딸인 나에게 마음껏 배우게 함으로써 대리만족을 하고 싶어 하셨다. 나는 유치원 시절부터 학원을 서너 군데씩 다녔다. 가장 가기 싫었던 곳은 주산 학원이었다. 어린 시절부터 수학에 흥미가 없었다. 집안 형편이 넉넉하지 않았지만, 친정엄마는 영어, 태권도, 서예, 피아노 등 여러 학원을 보내며, 다양한 분야를 배워보라고 하셨다.

친정집은 강원도 영월이라는 작은 시골이다. 대도시처럼 학원 종류도 많지 않았다. 그런데도 엄마는 타지역의 레슨 선생님을 찾아서 배우게 할 정도로 교육열이 대단하셨다. 물론 내가 배우고 싶어서 다닌 학원도 있었지만, 내 의지와는 상관없이 엄마가 필요하다고 판단해서 다닌 학원이 더 많았다. 초등학교 시절엔 학교 수업이 끝나면, 친구들과 신나게 놀고 싶어도 나는 항상 학원으로 향해야 했다. 어쩌다 몰래 학원을 빠지기라도 하면, 어김없이 학원 선생님이 엄마에게 전화했다. 친구들과 신나게 놀면서도 마음은 걱정이 가득했다. 친구들과 헤어지고 나서 해가 지고 깜깜해질 때까지 어린 마음에, 엄마의 회초리가 무서워 동네를 방황하며 돌아다닌 적도 많았다.

초등학교 4학년 때의 일이다. 학교에서 시험을 본 후 성적표를 들고 온 날, 엄마에게 도장을 받기 위해 좋지 않은 성적을 고민 끝에 보여드린 적이 있다. 수학(그 당시 '산수')을 유독 어려워했던 나는 역시 그날도 수학 성적이 좋지 않았다. 엄마는 역시 무섭게 화내며 "엄마라고 부르지도 마!"라고 말씀하시며 혼났던 기억이 지금까지 생생하다.

대부분 사람이 어린 시절을 전부 기억하기는 힘들지만, 이렇게 한 장의 사진처럼 잊지 못하는 강한 기억이 남아있다. 엄마는 항상 열심히 일하시며 자식을 위해 아낌없이 가르치고 부족함 없이 키우려고 하셨다. 그 점은 세상 누구보다 친정엄마가 대단하신 분이라고 생각한다. 그래서 내 인생에서 가장 존경하는 인물을 물어보면 나는 고민 없이 바로 '엄마'라고 답한다.

내가 엄마가 되면서 다짐한 것이 있다. '절대로 아이가 원하지 않는 배움은, 단지 엄마라는 이유로 강요하지 말자.'라는 것이다. 아이가 내 뜻대로 행동하지 않아도 화내지 않고, 아이의 마음에 공감하는 엄마가 되어야겠다는 다짐을 수없이 했다. 하지만 내 몸이 힘들고 감정이 격해지면서 5살, 2살밖에 안 된 아이들에게 소리를 지르며 화를 내고 있었다. 어느새 나는 과거의 친정엄마와 똑같은 엄마가 되어있었다.

내 기억 속에 화를 내는 무서운 엄마로 친정엄마를 기억하는 것처럼, 평생 아이들의 기억 속에 그런 모습을 남겨주고 싶지 않았다. 미치도록 내가 싫었고 아이들에게 미안했다. 아이들이 너무 예쁘고 사랑스러운데, 엄마로서 온전히 사랑을 표현하고 아껴주지 못하는 내가 너무 답답하고 한심하기까지 했다. 바로 그런 상황을 겪게 된 날, 다큐멘터리 〈마더 쇼크〉를 보게 되었다. '어릴 때 정서적 보살핌을 받지 못한 경우, 거울 뉴런 결핍이 발생한다. 이것은 엄마가 된 이후 아이와의 애착, 공감 등 정서에 치명적인 영향을 준다.'라는 내용이 그 당시 내 마음을 잘 표현하고 있다는 생각했다. 딱 내 상태였다. 친정엄마로부터 받은 상처를 치유하지 못한 채로 아이를 키우는 다큐멘터리에 출연한 엄마들과 내가 다르지 않았다. 그걸 보면서 내 마음을 알아주는 것처럼 위로받았고, 친정엄마를 이해하고 받아들일 수 있었다.

친정엄마는 무서웠고 나에게 상처를 주기도 했지만, 무엇이든 '스스로 할 수 있는 힘'을 길러주셨다. 어린 시절부터 엄마가 일하셨기 때문에 요리나 집안일, 공부도 혼자 할 수 있도록 방법을 알려주신 후 실천하는 습관을 만들어주셨다.

강원도에 살았던 나는 고3 시절 수능이 끝나고 서울로 대학을 다니게 되었다. 그래서 학교 근처에 원룸을 구해야 했다. 그때 나는 당연히 엄마와 함께 서울로 자취방을 구하러 가는 줄 알았다. 엄마는 혼자 가서 방을 보고 오라고 하셨다. 아직 스무 살도 안 된 고등학생이 혼자 서울을 가서 부동산을 찾아가는 것도 어려운데, 집을 혼자 구해보라고 말씀하셨다. 결국, 두렵지만 혼자 영월에서 서울까지 버스를 타고 다녀왔다.

고등학생이었던 나는 전·월세의 개념뿐 아니라 등기부 등본이 무엇인지 알 리가 없었다. 나이가 중년쯤으로 보이던 아저씨가 어리숙한 나를 보더니, 방을 몇 군데 보여주시고 제일 마음에 드는 곳이 있냐고 물으셨다. 그나마 깔끔해 보였던 방을 이야기하니 미리 등기부 등본을 떼 봐야하며, 비용이 10만 원이라고 말씀하셨다. 간이 계약서도 쓰지 않고 등기부 등본만 덜렁 받아왔다. 며칠이 지나 다시 가보니 그 방은 다른 사람이 계약했고, 나는 다시 새 집을 구해야 했다. 부동산 아저씨에게 사기를 당한 것이었다. 두려움을 머금고 혼자 다녀왔는데, 사기를 당했다는 것이 어이가 없었고, 함께 가지 않았던 엄마가 원망스러웠다. 집으로 돌아와 엄마에게 울며불며 이 모든 게 함께 가주지 않은 엄마 탓이라고 말했다. 그때 엄마가 이렇게 말씀하셨다.

"10만 원은 사기를 당했지만, 그것보다 훨씬 값진 경험을 했다고 생각해. 앞으로 집을 구할 때 어떻게 해야 하는지 이번 기회에 확실히 배웠을 테니, 다음번부터는 잘할 수 있을거야"

그때 엄마가 혹시 계모가 아닌지 의심스러울 만큼 냉정하고 매몰차다고 느꼈다. 하지만 그렇게 강하게 키워주신 덕분에 스스로 고민하고 결정하며 책임질 수 있는 태도를 배울 수 있었다. 지금 생각해 보면 인생을 주도적으로 살아가는 힘을 길러주신 분이 친정엄마셨다.

나 역시 딸 둘의 엄마다. 어느새 아이들이 훌쩍 커서 첫째가 중학교 2학년, 둘째가 초등학교 5학년이 되었다. 내가 어린 시절 엄마는 항상 일하셨기 때문에 학교에서 돌아오면 당연히 집에 엄마가 계시지 않았다. 어린 마음에 아무도 없는 집이 늘 허전하고 싫었다. 그때부터 나는 아이를 낳으면 최소한 초등학교까지는 집에서 아이들 간식도 챙겨주고 따뜻하게 이야기도 들어주는 엄마가 되고 싶었다. '딸은 엄마를 닮는다'는 말처럼 친정엄마처럼 일하는 엄마가 되었고, 나의 바램은 이루지 못했다. 다행히 아이들은 일하는 엄마가 더 자랑스럽고 멋지다고 위로와 응원을 해 준다.

내가 그랬던 것처럼, 아이들은 스스로 밥과 간식도 챙겨 먹고 학습 시간 관리, 학원 일정 관리 등을 알아서 지키고 결정한다. 무엇보다 나는 학원을 선택하는 결정권은 아이들에게 맡겼다. 배우고 싶은 과목을 정하는 것부터 상담과 결정까지 엄마는 함께해 주지만 결정은 아이들의 판단에 맡긴다. 본인들이 학원을 결정했기 때문에 열심히 다니고 즐겁게 배운다. 이 점은 친정엄마의 교육관을 통해 내가 엄마가 되었을 때 꼭 지키려고 했던 부분이다. 다행히 아이들은 학원에 대한 스트레스를 받지 않고 감사하게 생각한다.

'대물림'이라는 말은 감사하기도 하지만 무섭기도 한 단어다. 친정엄마로부터 받은 상처를 아이들에게 대물림해 주고 싶은 엄마는 절대 없을 것이다. 그렇지만 엄마가 받은 상처의 대물림을 끊을 수 있는 것도 결국 엄마의 몫이다. 엄마가 된다는 것은 두 챕터로 나누어지는 동화책과 같다고 다큐멘터리 〈마더 쇼크〉에서 말한다. 아픔과 슬픔이 담긴 상처 받은 과거를 그대로 가져가는 첫 번째 챕터, 웃음과 행복이 넘쳐나는 모습으로 새롭게 내용을 써나가는 두 번째 챕터. 어떤 내용을 써나갈지는 '온전히 엄마인 나 자신의 몫'이라는 것이다. 새로운 챕터를 행복하게 쓰기 위해서는 엄마도 치유가 필요하다. 친정엄마를 이해하는 과정과 시간도 필요하다. 또한, 엄마도 자신을 돌아보는 시간이 필요하다. 나 역시 친정엄마로부터 받은 상처도 있지만, 엄마 덕분에 지금껏 잘 살아왔다.

친정엄마의 엄하고 자립심을 강조하는 교육관 때문에 엄마처럼 살고 싶지 않다는 다짐을 한 적도 있다. 그렇지만 아이들을 키우면서 그런 친정엄마로 인해 엄마 역할에 대해 더 생각해볼 수 있었다. 어쩌면 나에게 그런 엄마의 모습 덕분에 상처의 대물림을 끊고 새로운 챕터를 쓸 수 있었다고 생각한다. 앞으로도 아이들과 내가 성장하며 써나가야 할 챕터는 온전히 내 몫이라는 것을 기억하길 바란다.

6
죄책감 대신
타고난 기질을 받아들이자

엄마들이 첫아이 임신을 하면 열심히 하는 것이 있다. 바로 '태교'다. 나도 첫째 아이 임신했을 당시 호텔에서 3교대 근무를 하면서도 다양한 방법으로 태교를 했다. 호텔리어가 고객과 대면하는 서비스를 해야 하는 업종이다 보니 사람에게 받는 스트레스가 많아 태교에 더 신경을 썼다. 모양이 예쁘고 몸에 좋은 음식만 먹는 것은 기본이다. 임산부 필라테스, 피아노 레슨, D.I.Y 유아용품(손싸개, 발 싸개, 짱구베개, 배냇저고리 등을 손으로 직접 만드는 것) 만들기에 틈틈이 태교 강좌까지 임신 기간을 더 바쁘게 지냈다.

그렇다면 엄마들이 왜 이렇게 태교를 중요하게 생각하고 열심히 하는 것일까? 아마 내 아이의 '기질'을 만들어가는 가장 중요한 기간이 뱃속에서 아이가 성장하는 기간이기 때문일 것이다.

임신과 출산을 겪는 산모들에게 최고의 병원으로 손꼽히는 차

병원에서 발간된 《행복한 280일 임신 가이드》에서 태교의 중요성에 대해 이렇게 말한다. '태교란 난자와 정자가 만나는 순간부터 분만 전까지 임신 중에 부모가 미래의 아기를 위해 조성하는 환경과 교육의 전부'를 뜻한다. 태어날 아기의 지성과 인성, 감성은 엄마 아빠의 사랑과 노력으로 쌓은 태교에서 비롯된다. 바른 태교는 아이가 따뜻한 마음을 바탕으로 건강하고 편안한 삶을 누릴 수 있게 하는 뿌리가 된다고 강조한다.

나는 이 내용을 보고 내가 첫아이 임신했을 때의 상황을 떠올려봤다. 거슬러 올라 친정엄마가 나를 임신하셨을 때의 상황에 대해 먼저 떠올려봤다. 엄마가 나를 처음 임신하셨을 때 입덧이 심해서 열 달 내내 음식을 거의 못 드셨다고 한다. 게다가 시아주버님이 갑자기 돌아가시는 상황이 일어나, 그 뒤부터 시부모님을 모시고 함께 살아야 했다고 하셨다. 남편인 친정아버지는 무뚝뚝하고 일도 바쁘셔서 살갑게 엄마를 챙겨주지 않으셨다고 지금까지 서운함을 말씀하신다. 친정엄마는 첫아이를 임신했지만, 아무것도 먹지 못하는 서러운 상황 속에서 시부모님까지 모시며 늘 외롭고 힘들었던 시간을 보냈다고 하셨다.

첫째인 나를 출산 후, 힘든 상황 속에서도 엄마는 탁구장을 운영하셨다고 한다. 내가 워낙 낯가림이 심해서 온종일 등에 업고 탁구 레슨까지 해가며 열정적으로 일하셨다고 한다. 덕분에 탁구

장도 잘 되고 돈도 꽤 많이 벌었다며 그래도 그 시절이 좋았다고 말씀하신다. 이렇게 엄마는 당신이 힘들지만, 남편에게만 의지하지 않고 어떻게든 돈을 벌며, 자신이 할 수 있는 일을 찾아가며 평생을 억척스럽게 살아오셨다. 이렇게 나는 엄마의 뱃속에서부터 지금까지 엄마의 영향을 받은 것이다. 돌이켜보면 나의 예민한 기질은 어찌 보면 당연한 모습이라는 생각을 하게 되었다.

엄마는 7남매 중 막내로 태어나 가난한 환경 속에 살아오며 배움에 욕심이 있어도 학교에 다니지 못하셨다. 초등학교 졸업이라는 당신의 학벌이 부족하다고 느끼셔서 50대에 중학교, 고등학교 검정고시로 혼자 공부하시고 졸업장을 받으셨다. 그것도 나는 대단하다고 생각했지만, 엄마의 공부는 거기서 멈추지 않았다.

'고관절 괴사'라는 병을 앓아, 걷기 힘든 통증이 있어도 대학교에 입학하셔서 3년간 공부 하셨다. 결국, 대학교 졸업까지 하시는 모습을 보며 엄마는 정말 대단한 분이라는 생각을 했다. 엄마의 이런 모습들은 빙산의 일각에 불과하다. 엄마는 여유롭지 않은 환경 속에 사업하시는 아빠를 돕느라, 평생 영업을 하시며 나와 동생 뒷바라지를 해주셨다. 중학교 때 미국으로 유학 간 남동생이 대학원까지 무사히 마칠 수 있었던 것은, 엄마의 헌신적인 노력이 있었기 때문이다.

이렇게 나는 평생 친정엄마의 영향을 받으며 성장했고, 지금까지 우연인 것 같지만 필연처럼 엄마와 비슷한 삶을 살아가고 있다. 나의 타고난 기질을 생각해 보면 예민하고 낯가림도 심한 데다 외로움을 잘 느끼는 사람이다. 친정엄마가 나를 임신했던 기간이 편안하지 못해서 어쩔 수 없이 첫아이의 태교를 못 해준 것에 대해 늘 미안하다고 말씀하신다.

반면에 엄마가 살아오신 모습과 깨어있는 교육관 덕분에 내가 엄마처럼 다양한 일에 도전하고 열정적으로 살아갈 수 있는 자세를 가르쳐주셨다. 엄마는 항상 여자도 능력이 있어야 하고, 그러기 위해서 끊임없이 배워야 한다고 말씀하셨다.

그렇게 살아왔던 내가 '출산'이라는 인생의 가장 큰 변화를 겪으며 나의 기질과 인생관에 대한 충돌이 일어났다. 첫아이를 임신했던 동안 극성스러울 만큼 태교는 열심히 했지만, 만삭까지 일하며 아이에게 편안한 환경을 마련해 주지는 못했다. 출산 후 나의 예민하고 우울한 기질과 첫아이의 불안감이 만나 아이와 내가 더 힘든 시기를 보냈다.

극심한 산후우울증을 극복해보려고 출산 3개월 만에 복직했지만, 항상 죄책감에 시달렸다. 나는 친정엄마의 모습처럼 일하며 성장해야 살아있다고 느낄 수 있는 사람인데, 육아만 하려니 괴로웠다. 일해야 즐거운 사람이 마음의 준비가 안 된 상태에서 신생아를 온종일 돌봐야 하는 시간이 감옥처럼 느껴지기까지 했다.

육아용품 시장이 빠르게 성장하면서 아이 키우기 편한 세상이라고 말하지만, 엄마들은 항상 고민한다. 전업맘은 육아와 살림을 하고 있지만, 나의 정체성과 성장에 대한 갈증을 느낀다. 반대로 워킹맘은 일과 육아를 병행하며 매일 이렇게 버티며 살아야 하나 고민할 때가 많다. 일하지 않는 삶을 상상하면 잠깐은 좋을지 몰라도 결국 나는 일을 할 때 행복하다고 느낀다.

수많은 육아서에서 공통으로 강조하는 것이 한 가지 있다. '엄마가 행복해야 가정이 행복하다'라는 말이다. 어쩌면 당연한 이야기라고 생각하지만, 진정으로 엄마들에게 행복한가에 관해서 묻는다면 쉽게 답하기 어려울 것이다. 아이가 태어나면 엄마는 모든 관심사가 아이에게만 집중된다. 아이의 기질은 물론 발달 단계, 음식 성향 등 아이가 중심이 된다. 물론 아이의 성향을 알고 키우는 것이 중요하지만, 그전에 파악해야 하는 것은 엄마인 내가 어떤 성향인지를 알고 아이와 합을 맞춰가는 것이 우선이라고 생각한다.

아동 도서 상담을 할 때도 아이의 독서 성향을 파악하기 위해 검사하는 과정이 있었다. 이때 아이를 위한 검사뿐 아니라 엄마의 성향을 검사하는 과정도 함께 진행했다. 처음엔 엄마 검사를 제안하면 귀찮아했지만, 검사 결과를 상담해보면 눈물을 흘리며 자신의 아픈 성장 배경을 털어놓는 엄마도 있었다. 이런 자신의 마음속 상처나 기질이 내 아이의 독서 성향까지 영향을 미치는 줄 몰랐다며 고마움을 표현했다.

엄마가 되면서 엄마들의 행복의 기준은 아이가 될 수밖에 없다. 그렇지만 사회적으로 말하는 평균적인 '좋은 엄마'라는 기준에 비교하기보다 자신이 진짜 원하는 삶이 무엇인지에 대해서 고민해 볼 필요가 있다.

사람은 저마다 타고난 기질이 있다. 대부분 사람은 타고난 기질에 성장 환경의 영향을 받아 세상을 살아가는 힘을 키운다. 나는 첫아이 출산 후 이겨낼 수 없을 만큼 힘든 상황이 되었을 때 타고난 기질은 숨길 수 없다는 것을 알게 되었다. 엄마가 괴롭고 행복하지 않다고 느낀다면 좋은 엄마가 되기 어렵다. 사회가 말하는 좋은 엄마가 되려고 무조건 애쓰기 전에 나의 기질을 알고 육아할 때 진정으로 엄마와 아이 모두가 행복할 수 있을 것이다.

7

전업맘 vs 워킹맘,
그것이 문제로다

몇 년 동안 입지 않은 옷들이
옷장 속에 숨어서 꿈을 꾼다
한때는 주인님의 사랑을 입고
친구도 만나고 영화도 보았지
어떤 때는 숲속을 함께 걸으며
꽃잎을 가슴에 달기도 했지
뚱뚱해진 허리를 바라보면서
영원히 버려질까 걱정도 하며
아름다운 추억들을 새기곤 했지
오랫동안 옷장 속에 갇혀 살면서
남몰래 간직해온 꿈이 있었지
주인님의 마음에 사랑 찾아와
화창한 봄나들이 꽃길을 따라
나도 같이 그 행복 누리고 싶다

전업주부 최영희 님의 《꽃잎이 지네》中 '옷장 속의 꿈'이라는 시이다. 이 시를 보며 '옷장 속의 옷'이라는 비유를 통해 '남몰래 간직해온 꿈'이라고 표현한 구절을 보니 가슴이 뭉클했다. 전업주부로서 자신이 간직해온 꿈을 이제는 화창한 봄날을 맞이하듯 꽃길을 거닐며 행복을 누리고 싶다는 마음을 시로 잘 표현했다. 한 여자에서 엄마가 되는 길 사이에서 반드시 고민하는 것. 전업맘과 워킹맘에 대한 선택일 것이다.

친정엄마는 가끔 사주를 보러 다니셨다. 맨손으로 사업을 시작하신 친정아버지의 일이 잘 풀리지 않고 위기라고 생각할 때, 엄마는 사주를 보며 안도감과 위안을 찾으셨다. 가끔 내 사주도 봐주셨다. 사주 이야기를 들을 때에는 재미있게 듣기도 했다. 성인이 되면서부터 엄마는 "너는 최대한 결혼을 늦게 하는 게 좋으니까 딴생각 말고 지금은 회사 다니며 돈 많이 모으고 일만 열심히 하는 게 좋아."라고 말씀하셨다.

그 당시 솔로였던 나는 결혼은 어차피 나와는 먼일이라고 생각했다. 친정엄마가 결혼을 늦게 하는 것이 좋다고 하니 부모님도 스트레스 줄 일이 없다는 생각에 마음도 편했다. 그러면서 '20대에는 내가 하고 싶은 일만 열심히 해야지.'라는 생각으로 결혼은 상상도 하지 않았다.

'계획대로 되지 않는 것이 인생'이라는 말처럼, 어느 날 나는 가

벼운 마음으로 만나게 된 남자와 예상과는 다른 삶을 선택하게 되었다. 최대한 늦게 결혼하는 것이 좋다고 말했지만, 나는 20대에 친구 중 가장 빨리 결혼하게 되었다. 남편은 온라인을 통해 만났지만 같은 고향 사람이라는 것만으로도 첫 만남부터 알고 지낸 사이처럼 편안했다. 처음 만난 날부터 그는 적극적으로 사귀자고 말하며 매일 이메일 편지를 보냈다. 처음 며칠 보내다 말겠지 싶었던 그 사람의 정성이 100일 동안 꾸준히 보내는 모습에 감동했다. 그는 100일이 지나 청혼했고, 만난 지 1년이 되는 달에 결혼했다.

친정엄마는 역시나 딸이 늦게 결혼할 줄 알았다가 20대에 결혼한다고 하니 반대하셨다. 무엇보다 딸이 멋지게 성장해서 엄마가 꿈에 그리던 커리어 우먼이 되길 바라는 마음이셨다. 엄마는 어린 시절 가난한 환경 탓에 배우지 못하고 성장에 대해 아쉬움이 많으셨기에 딸이 멋지게 꿈을 이루는 모습을 누구보다 간절히 바라셨다.

지금 누군가가 나에게 언제 결혼하는 것이 좋은지를 묻는다면, 굳이 일찍 하라고 권하고 싶지는 않다. 물론 행복한 가정을 꾸려 엄마 역할을 한다는 것은 세상 무엇보다 가치 있고 훌륭한 일이라고 생각한다. 그러나 자신이 하는 일을 결혼과 출산이라는 이유로 멈춰야 한다면 분명 일에 있어서 자신의 커리어에는 타격이 있기 때문이다.

나는 여중, 여고, 여대를 졸업했다. 그리고 여성이 많은 호텔, CS 강사, 유·아동 세일즈와 교육 강사로 일을 해왔다. 일부러 그런 것은 아니지만, 지금껏 여성들이 90% 이상인 곳에서 생활하며 자연스럽게 여성들의 특성을 알게 된 것이 있다. 대부분 여성은 남성들 못지않게 자신의 꿈에 대한 열정과 의지가 강한 사람이 많다. 나 역시 비록 아이를 키우며 경력 단절의 기간을 경험하기도 했지만, 누구보다 꿈에 대한 열정은 식지 않았다.

반면, 가끔 자신의 능력을 개발하기보다 돈 많고 집안이 좋은 남자를 만나 인생 역전을 꿈꾸는 친구나 동료를 본 적이 있다. 결혼해서 아이 낳고 돈 걱정 없이 편안하게 인생을 즐기며 사는 것이 꿈이라고 말하며 조건에 맞는 남자를 찾기 위해 애썼던 친구가 있었다. 실제로 그 친구는 본인이 원하는 조건의 남자를 만나 결혼을 했다.

결혼 이후 10년 만에 그 친구를 만났다. 반가운 마음에 그동안 각자 어떻게 살아왔는지 이런저런 이야기를 나누고 나니 시간이 훌쩍 지났다. 헤어지려던 찰나에 친구가 나에게 이런 말을 했다. '결혼 전에는 좋은 조건의 남자 만나서 아이들 낳고 편하게 살면 행복할 줄 알았어. 그런데 요즘은 아이들 키우며 정신없이 살아보니 내 삶이 없는 것 같아 많이 우울하더라. 남편은 나를 무시하고 집안일은 온전히 내 몫이라 다른 것을 할 여유도 없더라고. 이제 아이들이 조금 커서 무언가를 해보려니 두려움이 앞서서 용기가 안 나. 예전엔 네가 아이들 키우며 일하는 모습 보면 힘들고 안됐다고 생각했는데, 지금은 오히려 네가 부러워.'라는 말을 했다.

결혼 초기에 그 친구가 부러울 때가 있었다. 조건 좋은 남자와 결혼해 걱정 없이 행복하게 사는 친구 모습을 보니 질투가 나기도 했다. 나의 꿈과 성장을 위해서 일하기도 했지만, 남편의 외벌이로 두아이 키우며 살아가기에는 부족했다. 일을 놓을 수 없는 상황이기도 했다. 그렇게 10년이 훌쩍 지나 친구에게 의외의 이야기를 들으니 여러 가지 생각이 들었다.

세상을 살아가는 방법에 있어 어떤 것이 옳고 그름은 없다. 각자의 환경과 처한 상황에 따라 선택하며 살아가는 삶이 최선이라고 생각한다. 아무도 알 수 없는 인생이고 누구도 대신 살아줄 수 없는 삶이지만, 한 가지 확실한 것을 깨닫게 되었다. 내 삶에 있어서 주도권은 내가 갖고 살아야 한다는 것이다.

세상이 많이 바뀌었다고 하지만, 여전히 많은 엄마가 아이만 키우는 전업맘으로 살아갈지, 힘들더라도 일과 육아를 병행하는 워킹맘으로 살아갈지 갈팡질팡한다. 아이가 어느 정도 성장한 뒤 나를 찾아보려는 전업맘은 다시 사회로 뛰어들기가 망설여진다. 과연 일과 육아를 병행하며 잘할 수 있을지 걱정부터 앞선다. 내가 원하는 조건에 딱 맞는 일자리를 찾는 것 또한 쉽지 않다. 그러다 시간이 흐르고 나이가 많아질수록 자신의 능력을 과소평가하며 쉬운 일만 찾으려는 엄마들을 많이 봤다. 워킹맘 역시 일과 육아를 병행하며 늘 시간에 쫓기는 삶을 살게 된다. 자신의 일을 놓지 않기 위해 갖은 애를 쓰지만, 아이가 아프거나 학교를 입학하는 등의 엄마 손길이 필요할 땐 늘 퇴사를 고민하게 된다. 어느 쪽을 선택하더라도 갈등과 나름의 고민이 존재하기 마련이다.

누군가 전업맘과 워킹맘의 갈림길에서 고민한다면, 내가 선택하는 삶에 최선을 다하되 '나'를 잃지 않는 삶을 살아보라고 말해주고 싶다. 전업맘과 워킹맘 모두 각자의 역할에 충실하되, 아주 짧은 시간이라도 온전히 나를 위한 시간을 가질 수 있을 때, 삶의 만족도가 높아질 수 있다. 나를 찾는 시간은 누구도 만들어주지 않는다. 아이와 가족을 챙기는 일도 중요하지만, 나를 위한 시간을 스스로 1순위로 만들어나갈 때, 가족도 내 시간을 존중해 준다. 시간이 지난 뒤 나를 찾으려면 이미 늦다. 나의 내일도 오늘의 내가 만들어간다는 것을 기억하며 온전한 내 삶을 만들어가자.

8

엄마 이전의
'나'를 찾기로 했다

오랜 기간 다양한 고객과 만나는 일을 하며, 상대방의 심리를 파악하기 위해 유심히 보는 것 중 하나는 '카카오톡 프로필 사진' 이다. 100% 정확한 것은 아니지만, 일반적으로 프로필 사진을 유심히 보면 그 사람의 과거부터 현재까지 어떤 것을 좋아하는지 무엇을 중요하게 생각하는지 어느 정도 성향을 파악할 수 있다.

일반적으로 어린 자녀를 둔 엄마 아빠들의 프로필 사진은 아이 사진으로 설정해놓는 경우가 많다. 어찌 보면 당연한 모습일수 있지만, 그중에는 아이 사진보다 자신의 사진을 설정해놓는 사람도 있다. 이런 사람들은 주로 자기애(自己愛)가 강하거나 의도적으로 자신의 모습을 잃지 않기 위해 설정해놓는 경우가 많다. 카카오톡 프로필 사진뿐만 아니라 SNS 또한 마찬가지다. 아이가 태어나기 전에는 '나'에 대한 사진이나 글이 많았지만, 아이가 태어난 이후부터는 온통 아이 사진만 올리고 글을 남기게 된다.

나 역시 아이들 어린 시절 기록했던 SNS를 들어가 보면, 아이와 연관된 사진이나 글 이외에 온전한 '나'에 대한 사진이 거의 없다. 그만큼 아이들 육아에 집중했다고 말할 수 있지만, 반대로 생각하면 나에 대해 집중하는 시간은 없었다. 카카오톡 프로필 사진 또한 항상 아이들 사진이나 가족사진을 설정했었다. 어쩌면 예쁜 아이의 모습, 행복해 보이는 가족사진을 보며 지금 잘살고 있다는 위로를 받고 싶은 마음에 그랬는지도 모르겠다.

첫째 아이를 출산 후 몸조리를 하며 모든 상황이 힘들었지만, 그중 가장 힘들었던 것은 '의식주'에 대한 삶의 질이 떨어진 것이었다. 온종일 세수는커녕 펑퍼짐한 수유복 가슴에는 수유패드를 끼운 채로 지냈다. 수면 또한 몇 시간을 깨지 않고 자는 것은 상상할 수 없는 일이다. 평소 맛있는 음식과 함께 술을 즐겨 마셨던 나는 식사다운 식사를 하지 못한다는 것에 대한 스트레스로 힘들었다.

출산 전까지만 해도 특별히 가리는 음식 없이 다 좋아한다고 생각했는데, 아이를 낳고 보니 내가 좋아하는 음식이 '쌈밥'이라는 것을 알게 되었다. 나는 여유롭게 이야기 나누며 쌈과 함께 술을 곁들이는 식사 시간이 하루 중 가장 행복하다고 느꼈다. 그 정도 희생은 엄마라면 누구나 한다고 친정엄마는 말씀하셨다. 하지만 나에게는 행복한 식사 시간이 곧 삶의 질을 결정할 만큼 중요한 시간이었기에 더 힘들게 느껴졌다.

정신의학과 의사이자 《자존감 수업》의 저자이신 윤홍균 작가는 자존감의 3대 기본 축 중 하나는 '자기 조절감'이라고 말한다. 이것은 자기 마음대로 하고 싶은 본능을 의미하는데, 이것이 충족돼야 자존감이 높아질 수 있다고 한다. 자존감을 의미하는 또 한 가지는 '자기 효능감'이다. '자기 효능감'은 자신이 얼마나 쓸모 있는 사람인지 느끼는 것을 의미하는데, 우리 사회는 이 축을 지나치게 강조한다고 말한다. 세 번째는 '자기 안전감'이다. '자기 안전감'은 자존감의 바탕이 되는데 혼자 있는 것을 유난히 힘들어하는 사람이 안전감을 느끼지 못하기 때문이라고 말한다.

이 내용을 보면 첫째 아이를 출산한 당시의 내 자존감은 세 가지 모두가 바닥이었다. 아이가 태어나면 환경이 바뀌리라는 것을 예측하지만, 주어진 엄마의 역할을 해내기 위해 '자기 조절감'은 포기해야 했다. '자기 효능감' 역시 대부분 여성이 아이를 출산하고 몸조리를 하는 과정에서 대부분 경험하는 감정이다. 만삭까지 회사에 다니며 일했던 나는 아이를 낳고 육아에 전념한다는 것이 가치 있는 일이라고 생각하기보다 갇혀있다는 생각이 더 컸다. 그 때문에 자기 효능감을 느끼지 못했다. 마지막인 '자기 안전감' 역시 첫째 아이를 낳고 조리원을 나오면서부터 아이와 단둘이 있는 것에 대한 두려움이 컸다. 아이가 울면 불안감부터 느꼈고, 친정엄마든 남편이든 곁에 있기를 바랐다.

지금은 과거를 돌아보며 그때 자존감이 많이 떨어졌었다고 생각하지만, 그 당시에는 이렇게 나를 돌아볼 여유조차 없었다. 아이와 함께 있는 하루하루가 괴롭고 힘들어서 탈출하다시피 선택한 것이 회사로 돌아간 것이었다. 아이에게 미안한 마음과 엄마로서 제대로 역할을 해주지 못한 죄책감이 가득했지만, 그래도 나를 찾을 수 있는 길은 다시 일하는 것이 최선이라고 생각을 했다.

몇 년 전 세계 다양한 육아법 중 '프랑스 육아법'에 대한 책을 보게 되었다. 프랑스 엄마들은 출산 후 3개월 만에 처녀 시절의 몸매로 회복하고, 한 달만 모유 수유를 하며, 직장 복귀도 최대한 빨리한다는 내용이었다. 프랑스 엄마들의 마인드는 엄마 자신을 잘 가꿔야 행복하고, 그래야 아이도 행복하게 자란다는 내용이 공감되기도 했다.

여기서 한국과 다른 프랑스 엄마들의 특징은 죄책감을 느끼지 않는다는 것이다. 엄마이기 때문에 희생해야 하고 미안함을 느끼는 대신, 자신을 먼저 돌보는 것을 중요하게 생각한다고 말했다. 오히려 자존감이 높은 엄마의 육아법이 아이에게 마음의 평정심을 유지하며, 단호하지만 따뜻하게 아이를 키울 수 있다는 내용이 인상 깊었다.

내가 이 책을 읽은 시기는 첫째가 초등학교에 다닌 시기였지만,

이미 나는 프랑스 엄마와 같은 마인드를 갖고 살아왔다고 생각했다. 첫째를 낳고 도피하다시피 회사로 복귀했지만, 만약 그 시절에 아이만을 위해서 참고 견디며 살았다면 지금까지도 후회하며 살았을 것이다.

지금껏 15년 동안 엄마의 역할을 하며 나를 찾기 위해 노력하며 살았지만 아직도, 내가 무엇을 좋아하고 어떤 일을 잘하는지 쉽사리 답을 내리기가 어렵다. 그만큼 우리나라에서 워킹맘으로 살아간다는 것이 몸과 마음의 여유가 없다는 의미일 것이다.

특히 아이가 어리면 어릴수록 아이가 엄마와 떨어진 상태로, 다른 사람이나 환경 속에서 잘 지낼 수 있을지 엄마는 불안해한다. 따라서 많은 엄마는 나를 찾기보다 아이를 위한 희생을 감당하며 경단녀(경력 단절 여성)가 될 수밖에 없는 현실을 맞이한다.

엄마들은 애착이 형성되는 36개월 동안만큼은 엄마가 직접 키우는 것이 좋다는 말을 듣는다. 어린아이를 두고 일을 나가야 하는 워킹맘이라면 아이가 아프거나 다치기라도 하면 엄마가 일하러 나갔기 때문이라는 따가운 시선도 감당해야 한다.

첫째 아이 초등학교 입학 전, 지인이 내가 일을 그만두지 않는 것에 대해 이해를 못하겠다는 말을 들었다. 아이가 초등학교 입학하면 엄마가 챙겨줘야 할 것들이 얼마나 많은데 일을 계속한다는 이유로 순식간에 아이 교육에 신경 쓰지 않는 엄마로 취급받았다.

하지만 많은 정신과 전문의들은, 엄마가 하루 24시간 동안 아이와 함께 지내는 것이 오히려 우울증 위험을 높이고, 그만큼 아이에게도 좋지 않은 영향을 줄 수 있다고 말한다. 엄마가 아이와 분리되어 오롯이 혼자만의 시간을 갖게 되면, 오히려 아이에게 따뜻한 마음으로 대할 수 있고 육아 스트레스를 줄일 수 있다고 말한다.

아이가 초등학생만 되어도 엄마보다는 친구를 좋아하는 시기가 찾아온다. 엄마들은 보통 아이가 어느 정도 커서 무엇이든 혼자 할 수 있게 되면, 그때야 일을 찾고 나를 돌볼 수 있을 것으로 생각한다. 그러나 육아에만 전념하다 세월이 흘러 자녀는 독립하지만, 정작 엄마가 정신적으로 공허함을 느끼며, 이른 나이에 우울증을 앓게 되는 경우를 많이 볼 수 있다. 그때 가서 후회하기 전에 아이를 키우면서 일정 시간을 내어 자기 자신을 돌보는 시간을 가져야 한다. 그런 시간을 통해, 엄마 이전의 '나'를 먼저 바로 세워야 할 것이다.

세상에
완벽한 엄마는 없다

누구나 첫 시작은 미숙하며 서투를 수밖에 없습니다. 지금 당장 완벽하지 못하다고 생각하여 자신을 자책하면서 그 자리에 머무르지 마세요. 서투름을 인정하고 앞으로 나아가기 위한 노력이 동반될 때 진정한 성장이 이뤄질 테니까요.

-이서희, 〈200가지 고민에 대한 마법의 명언〉 중에서-

육아라는 문제지에
딱 맞는 정답은 없다

일반적으로 회사에 처음 입사하면 사수(師授)에게 직접 일을 배우거나 매뉴얼을 보며 일을 배우기 시작한다. 이때 사수가 있어 좋은 점은 매뉴얼에 나와 있지 않은 회사 생활에 직접적인 도움이 될 수 있는 꿀팁을 알 수 있는 장점이 있다. 하지만 일을 하다 보면 사수에게 일을 배우는 것이 반드시 좋지만은 않을 때가 있다. 일을 먼저 해본 선배의 관점에서 많은 것들을 알려주니 도움이 될 수 있지만, 내 생각과 다르거나 좀 더 효율적인 자신만의 방법이 낫다는 생각을 하게 된다.

나는 대학을 졸업하자마자 첫 사회생활을 호텔 프런트 오피스에 근무했다. 프런트 업무는 고객의 체크인과 체크아웃을 담당하지만, 그 외에도 다양한 업무를 맡는다. 내가 입사할 당시 프런트에서 고객의 내, 외부의 모든 전화를 담당하는 부서가 막 생기기 시작했다. 콜센터에서는 세계 각국 고객들의 호텔 예약 전화부터 다양한 나라에서 입실한 투숙객의 전화 응대를 하며 서비스 업무를 했다.

이러한 고객들의 전화를 응대하기 위해서는 다양한 외국어 구사 능력뿐만 아니라, 고객의 요구 사항을 빨리 처리할 수 있는 순발력과 문제 해결력이 필요하다. 부서가 새로 생기며 나는 이곳에서 업무를 시작했다. 매뉴얼도 따로 없어 하나하나 정리하며 일을 했던 기억이 있다. 처음에는 체계도 잡혀있지 않고 일을 먼저 경험한 선배가 없어 힘들었다. 그러나 새롭게 시스템을 만들어가는 과정에서 팀원들은 놀라운 성장을 할 수 있었다.

육아 역시 신입사원과 마찬가지로 새로운 분야의 일을 배우는 것과 같다. 임신 과정에서부터 출산 후 본격적인 육아를 하는 과정 모두가, 여자에서 엄마로 새로운 일을 배우는 것과 마찬가지다. 요즘은 워낙 임신과 출산, 육아 정보가 넘쳐나 오히려 나에게 진짜 필요한 정보를 골라내는 것이 어려운 시대가 되었다. 육아 선배의 경험담이 담긴 육아서도 홍수처럼 쏟아지고 있다. 스마트폰이 발달되면서 정보가 부족해서 아이를 키우지 못하는 시대는 이미 지나버린 것이다.

어느새 아이들의 유아 시절이 지난 지 10년이 흘렀다. 나 역시 요즘 유아를 키우는 엄마들과 세대 차이를 느낄 정도로 육아 트렌드는 많이 변했다. 항상 아이를 먼저 키워본 선배 엄마나 어르신들이 하는 말이 있다. "요즘은 애 키우기 정말 편해진 세상이야. 그런데도 요즘 엄마들은 애 키우는 게 뭐가 그렇게 힘들다고 하는지 모르겠어."라는 말을 많이 한다. 그분들의 말씀처럼 요즘 엄마들은 몸은 편해졌을지 몰라도, 정신적으로 상대적 박탈감을 느끼는 경우가 많아졌다. 넘쳐나는 육아 정보와 쏟아져 나오는 고가 육아용품을 보면, 다른 사람과 비교하며 우울감을 느낄 때도 많다.

육아법도 마찬가지다. 비싼 교구와 다양한 사교육 시장을 보면, 아이가 태어날 때부터 다양한 자극을 해줘야 똑똑한 아이로 키울 수 있을 것 같은 조바심을 느끼게 한다. 태어나 몇 개월도 되지 않은 아기와 함께 문화센터에서 수업을 시작한다. 엄마들은 다른 아이보다 잘 키우고 싶은 마음에 하나라도 열심히 배운다. 그러면서 옆집 아이와 내 아이를 비교하기 시작한다. 아이를 키우는 엄마가 먼저 자신의 육아법에 자신감을 잃고 멘탈이 흔들려 아이에게도 좋지 못한 영향을 줄 때가 많다.

물론 회사에서 사수에게 일을 배우듯, 육아 선배에게 얻을 수 있는 좋은 정보들은 초보 엄마에게 큰 도움이 될 수 있다. 훌륭한 육아서 또한 아이를 처음 키우며 막막할 때 좋은 길잡이가 될 수 있다. 반드시 육아 전문가의 조언을 귀 기울여 듣는 자세도 초보 엄마에게는 필요한 과정이다.

여기서 반드시 엄마가 기억해야 할 것이 있다. 이 세상에 똑같은 사람은 없다는 것이다. 단 몇 초 차이로 한 배 속에서 태어난 쌍둥이도 타고난 기질과 성향이 다르다. 똑같은 아이가 없듯이 똑같은 엄마도, 똑같은 가정도 없다. 어쩌면 대한민국의 표준치라고 하는 다양한 통계자료도 나와는 완전히 다르게 적용될 때도 많다. 결국, 평균치와 똑같은 상황으로 살아가는 사람은 없는 것이다.

'내 아이의 독서법'에 대한 부모 교육을 문화센터에서 강의할 때의 일이다. 강의가 끝나면 엄마들이 가장 많이 했던 질문이 "우리 아이가 ○살인데 어떤 책을 읽어줘야 하나요?"라는 질문이었다. 이렇게 질문하는 엄마에게 나는 항상 엄마에게 역으로 물었다. "엄마는 독서 나이가 어떻게 되시나요?" 물으면 한참을 고민하는 엄마들이 많았다. 그때 나는 "엄마의 독서 취향과 수준이 다른 것처럼, 우리 아이의 독서 수준도 나이가 아닌 내 아이의 성향과 수준에 맞는 독서를 해야 합니다."라고 답했다.

나는 아이가 어린이집에 가기 시작하면서부터 반드시 아이와 함께 상담을 다녔다. 아이가 어리지만, 함께 가서 아이가 직접 생활할 어린이집의 분위기를 느껴보도록 했다. 상담하시는 원장님과 아이를 맡아주실 선생님도 꼭 아이와 함께 있는 시간을 잠시라도 갖게 해 봤다. 큰아이가 중학생이 된 지금까지도 학원을 선택해야 할 때 아이와 함께 상담한 후 직접 결정하도록 아이의 의사를 존중해 준다.

일반적으로 많은 엄마가 어린이집이나 학원을 보낼 때도 동네 엄마에게 조언을 구할 때가 많다. 심지어 옆집 엄마가 보내는 곳이 좋다고 하면, 상담도 직접 하지 않고 보내는 엄마들도 있다. 아이가 낯선 환경에 적응하고 선생님과 호흡을 맞추기 위해 아이는 상당한 시간과 에너지를 써야 한다. 옆집 엄마가 좋다는 말만 믿고 보냈다가 내 아이와 맞지 않아 비용과 시간을 낭비하는 것은 물론, 아이가 정신적인 스트레스도 많이 받는다는 것을 생각하지 못하는 엄마들이 많다.

코로나 시대 이후 출간된 육아서 《내 아이의 첫 미래 교육》의 저자인 임지은 작가는, 요즘 아이들을 키우는 데 있어서 가장 중요한 점을 이렇게 말한다. "가장 개별적인 것, 자기만의 스토리가 길이 되는 시대다", "가장 개인적인 것이 가장 창의적"이라는 마틴 스코세이지의 말을 인용해 봉준호 감독이, 수상 소감으로 언급한 이 말 또한 같은 맥락이다. 성공하는 방식은 예측 불가능할 만큼 다양해지고 있다. 중요한 것은 '자기다움', '유니크'다. 다른 사람이 넘보기 힘든 오직, 나만의 영역을 구축해야 한다고 강조한다.

요즘 초등학생 아이들의 장래 희망을 보면 '유튜브 크리에이터'

가 1위라는 통계를 본 적이 있다. 단순히 맛있는 음식을 먹는 소리를 영상으로 만들어 올리는 것만으로 직업이 되는 시대가 됐다. 아이를 키우는 부모 세대에서는 상상하지 못했던 직업들이 수없이 생겨나고 있다. 이렇게 예측하기 어려운 시대를 살아가며 아이를 키우는 부모는, 다른 사람과 비교하기 전에 부모가 먼저 공부하고 중심을 잡는 것이 중요하다.

워킹맘은 아이들을 위한 교육 정보를 파악할 시간이 부족하다. 아이를 위해 미리 준비하고 공부하지 못해 미안한 마음을 안고 지낸다. 아이 책을 상담할 때에도 주로 워킹맘의 첫 마디는 '제가 일을 해서 시간이 없어요.'라는 말을 가장 많이 들었다. 하지만 육아는 '양보다 질'이라는 것을 기억하고, 구체적으로 계획하고 실천하자.

요즘은 옆집 엄마보다 더 훌륭한 육아 정보를 얻는 방법이 많다. 가장 객관적인 정보는 내가 직접 경험해보는 것이다. 전화 또는 이메일, 직접 상담 등을 통해 아이와 함께 판단하는 것이 가장 확실하고 빠른 정보가 된다. 아이와 함께 지내는 시간 또한 엄마가 짧은 시간이라도 정해서 집중하여 아이와 함께 하는 시간을 꾸준히 지켜보라고 말하고 싶다.

아주 작은 습관도 완전히 익숙한 일상을 만들려면 90일이 필요하다고 한다. 결국, 내 아이에게 가장 적합한 육아법은 엄마가 만들어가는 것이다. 아무리 세상이 빠르게 변하고 있다 하더라도, 내 아이를 가장 잘 파악하여 엄마와 아이에게 맞는 육아 문제지를 풀 수 있는 사람은 엄마 나 자신이라는 것을 잊지 말자.

2

세상에
완벽한 엄마는 없다

전 세계에서 오디션 프로그램이 가장 많은 나라가 대한민국이라는 기사를 봤다. 내 기억 속에 가장 먼저 떠오르는 오디션 프로그램은 '슈퍼스타 K'라는 프로그램이다. 물론 그전에도 대학가요제나 강변가요제와 같은 대학생을 대상으로 노래 실력을 겨루는 프로그램이 있었지만, 서바이벌 형식의 프로그램은 아마 '슈퍼스타 K'가 가장 먼저 시작되었다고 생각한다.

처음 오디션 프로그램을 볼 때는 신선하고 재미도 있었다. 평범했던 사람이 1등을 하고 하루아침에 스타 가수가 되는 모습을 보며, 노래하는 사람들에게는 현실적으로 가수의 꿈을 이뤄볼 기회가 되기도 한다. 그런 면에서 '초기의 오디션 프로그램이 큰 인기를 끌지 않았을까?'라고 생각한다.

'슈퍼스타 K'가 관심을 받기 시작하며 오디션 프로그램은 홍수처럼 쏟아져 나오기 시작했다. 노래의 장르별로 나뉘어서 아이돌, 트로트, 밴드 음악, 포크송, 크로스 오버까지 등장했다. 거기에 남성과 여성으로 나뉜 형식의 트로트 오디션 프로그램까지 나오며 큰 인기를 얻기도 했다.

나는 언젠가부터 오디션 프로그램에 흥미를 잃기 시작했다. 다양한 오디션 프로그램이 쏟아져 나오며 문제가 발생했던 프로그램이 생겼다. 이 문제들로 시청자들에게 믿음과 흥미를 잃게 했다. 내가 더는 관심을 두지 않게 된 가장 큰 이유는, 단순히 프로그램의 재미를 높이기 위해 순위를 매긴다는 것 자체가 맞지 않는다고 생각이 들었다.

출연자들의 노래와 퍼포먼스를 보면 각자의 재능과 매력이 충분히 있음에도 불구하고, 주관적인 심사위원의 견해로 당락이 좌우된다. 개인적으로 내가 좋아하는 참가자가 탈락하는 순간에는 안타까운 마음이 커서 그 프로그램을 더는 보지 않은 적도 있다.

'세상에 완벽한 가수가 있을까?'

물론 노래 실력의 차이가 있을 수는 있지만, 어디까지나 노래 실력 또한 개인의 주관적인 생각일 뿐이다. 가수뿐만이 아니다. '세상의 모든 일을 완벽이라고 표현할 만큼 누구나 인정할 수 있는 것이 얼마나 있을까?'라는 생각을 해보게 된다.

그런 면에서 '엄마 역할'도 완벽한 엄마라고 말할 수 있는 기준을 생각해 봤다. 아이가 원하는 것을 다 해주는 엄마는 누구나 좋은 엄마라고 생각하지 않을 것이다. 그렇지만 경제적으로 어려워서 아이가 원하는 것을 해주지 못하면 무능한 엄마라고 자책하기도 한다.

엄마들은 아이가 먹는 것부터 교육 기관을 선정하는 것 등을 선택할 때 좋은 것만 해 주고 싶어 한다. 나 역시 첫째 아이가 태어나 이유식을 시작할 때에는 무조건 유기농 음식과 좋은 식기를 사서 아이 전용으로 사용했다. 교육 기관도 경제적인 여건이 여유롭지 않음에도 불구하고 영어 유치원과 사립 초등학교를 보내고 싶어 몇 개월 동안 알아보며 다녔다. 아이에게 좋은 것만 해 줘야 좋은 엄마라고 착각했다.

물질적인 역할뿐 아니라 정신적으로도 나는 항상 아이에게 화내지 않고 친절해야만 한다고 생각했다. 훈육하더라도 육아서에 나온 것처럼 순간적인 감정에 흔들리지 않고 일관성 있는 엄마의 모습을 보여주는 것이 좋은 엄마라고 알고 있었다. 신생아 시절부터 36개월까지 가장 중요하다고 하는 애착 형성 기간도 엄마가 아이를 직접 키우며 따뜻하게 감싸주는 엄마가 좋은 엄마라고 생각했다. 세상이 제시하는 표준에 들어가지 못하는 나를 항상 자책하고 스스로 부족한 엄마라고 평가했다.

워킹맘은 아이와 함께 하는 시간이 부족하다는 생각 때문에 늘 미안함을 갖고 있다. 나는 첫째 아이를 처음 어린이집에 보낼 때 매일 어린이집 문 앞에서 한참을 울다 결국 출근을 못 한 날도 있었다. 낯가림이 심하고 새로운 환경에 적응하기 어려워했던 첫째는 어린이집에 들어가면 30분 이상 울었다. 아이가 힘들어하는데 엄마인 내가 직접 키우지 않고 어린이집을 보낸다는 것 자체만으로 죄책감이 떠나지 않았다. 육아라는 것이 정답이 없다고 말하지만, 세상이 평가하는 모범답안처럼 살지 못하는 나를 보며 항상 힘들어했다.

이탈리아 철학자 '프랑코 배라르디'가 한국에 와서 몇 년간 살아본 뒤 한국인의 삶을 4가지 개념으로 규정했다고 한다. '끝없는 경쟁', '극단적 개인주의', '일상이 사막 같은 한국인의 삶', '생활 리듬의 초 가속화' 현상을 말했다.

특히, 첫 번째로 말한 '끝없는 경쟁'을 하는 한국 사회의 특징은 놀라울 만큼 정확하다. 앞에서 말한 오디션 프로그램이 세계에서 가장 많고 여전히 인기를 얻고 있는 현상만 봐도 쉽게 알 수 있다. 각기 다른 재능과 개성 자체를 인정하고 개발하기보다, 치열한 경쟁에서 이기고 순위 안에 들어야 진짜 실력으로 인정하는 분위기가 형성된 것이다.

엄마 역할도 마찬가지다. 세상의 모든 아이와 엄마는 다르고, 그에 맞는 육아를 해야 한다고 말한다. 그러나 현실은 그것을 인정하기보다 사회에서 제시하는 평균치만큼 아이를 키우지 못하면, 엄마 자질이 부족한 사람으로 전락하게 된다.

그 외에도 '생활 리듬의 초 가속화'라고 표현한 한국 사회의 특징 또한 엄마들을 더 힘들게 한다. 매일 아침 기상하면서부터 아이와 쉴 틈 없이 출근과 등원 준비를 해야 한다. 아이들이 어렸던 시절 나도 모르게 '빨리빨리'라는 단어를 습관적으로 달고 살았다. 그러던 어느 날 무슨 일이든 스스로 해보고 싶어 하던 둘째가 '엄마가 맨날 빨리하라고 해서 늘 마음이 불안해.'라고 말하는 것을 듣고 '아차'하고 머리를 한 대 얻어맞은 것 같았다.

무슨 일을 하든 빨리하고 다음 것을 해야 한다는 조급함이 있었다. 퇴근하고 집에 돌아와 주어진 짧은 시간 동안 많은 것을 해야 한다는 강박관념 때문에 늘 서둘러야 했다. 아이와 엄마가 한 순간이라도 몰입해서 즐겁게 지내기보다, 해야 할 일을 빨리 해치우는 것이 중요하다고 생각했다.

철학자 '프랑코 배라르디'가 바라본 한국 사회의 특징을 보니 마음이 참 씁쓸했다. 누구보다 매일 노력하며 애쓰고 있는 엄마 관점에서 안타까운 마음이 더 크게 느껴진다. 내 아이를 잘 키우고자 하는 순수한 엄마의 마음마저도, 경쟁이라는 제도 속에 나도 모르게 분위기에 휩쓸려 아이를 키우고 있다는 생각이 들기도 했다. 나 역시 아이들이 사춘기 시기가 되면서, 입시 위주의 교육을 절대 하지 않겠다고 굳은 결심을 했다. 하지만 아이들이 먼저 경쟁에서 뒤처지는 것이 두려워, 공부해야 한다고 말하는 것을 보 마음이 안타까웠다.

앞에서 말한 것처럼 세상에 똑같은 사람은 없다. 같은 부모 사이에서 태어난 아이들도 각자의 달란트는 모두 다르다. 사람마다 각기 다른 성향과 재능을 가지고 태어나 자신에게 맞는 방법으로 살아가는 것이 가장 행복한 삶이라고 생각한다. 첫째 아이를 낳고 우울증에 시달렸던 과거 시절을 떠올려보면, 이상적으로 바라봤던 모습대로 살아가지 못한다는 강박관념이 나를 힘들게 했던 것 같다.

엄마와 아이 모두가 행복하기 위해서는 완벽을 추구하고 이상을 꿈꾸기보다, 있는 그대로의 모습을 인정하고 그에 맞는 삶을 살아갈 때 가장 자연스럽고 행복할 수 있을 것이다.

3

옆집 엄마와
비교하지 마라

'엄친아', '엄친딸'이라는 신조어가 있다. 요즘은 이 단어의 뜻을 모르는 사람은 없겠지만, 사전적 의미로는 '능력이나 외모, 성격, 집안 등 거의 모든 면에서 완벽한 남자 또는 여자를 빗대어 이르는 말'이라고 정의하고 있다. 결국, 다른 사람과 비교해서 월등하게 뛰어난 사람을 일컬으며, 상대적으로 비교당하는 사람에게는 썩 기분 좋게 들리는 단어는 아닐 것이다.

위의 단어에는 아들과 딸로 비유했지만, 한 여자가 결혼이라는 과정과 임신과 출산을 경험하면서부터 '비교' 때문에 스트레스를 받기 시작한다. 특히 임신과 출산의 과정은, 한 주 한 주 엄마가 되어가며 변화하는 모든 과정을 다른 사람과 비교하게 된다. 어디까지나 평균적인 수치와 자료를 바탕으로 만들어진 수많은 정보 때문에, 내가 정상이 아닌 것 같아 불안하게 느껴질 때가 많다. 출산은 또 어떠한가. 병원 선정부터 조리원, 아기가 태어난 이후에 보낼 어린이집까지 요즘은 임신이라는 사실을 알게 되면서부터 경쟁을 하기 시작한다.

나 역시 첫째 아이를 출산 후 갔던 조리원에서부터 다른 엄마들과 비교하고 다른 아이와 내 아이를 비교하며 심각한 산후우울증을 경험했다. 1장에서 말한 것처럼, 출산이라는 과정만으로도 많이 지쳐있던 상황 속에서 다른 엄마의 모유량을 비교하며 극심한 스트레스에 시달렸다. 게다가 첫째는 조리원에 입실한 첫날부터 다른 아이들보다 민감하고 목이 쉬도록 운다는 말을 들었다. 신생아실 선생님은 아이가 유별나다며, 엄마가 모유 수유를 더 자주 하는 것이 최선이라고 말했다.

일반적으로 엄마들의 조리원 동기 사랑은, 남자들이 군대에서 느끼는 전우애만큼 끈끈하다고 이야기한다. 반면 나는 이때부터 내 아이와 다른 아이를 비교하며, 조리원 동기 사랑이 동기 경쟁으로 바뀌는 경험이 시작된다고 생각했다. 출생 후 백일쯤 되어 시작하는 '뒤집기'부터 배밀이, 기기, 앉기, 그리고 최종적으로 아이가 걷기까지 엄마들은 대근육 발달부터 아이의 성장 과정을 비교한다. 대근육 발달보다 엄마들을 더 불안하게 만드는 것은 '아이의 말하는 시기'다.

예전에 조리원과 문화센터에서 '오감을 자극하는 우리 아이 독서법'을 주제로 강의를 할 때였다. 항상 엄마들에게 가장 많이 받았던 질문은 '아이의 말하는 시기'였다. 나 역시 첫째가 두 돌이 넘었는데도 말하는 단어가 10개도 안 된 것을 보고 언어발달에 문제가 있다고 생각했었다. 조리원 동기 딸아이가, 문장까지 유창하게 말하는 것을 보고 비교하며 불안감에 시달리기도 했다. 그래서 강의 때 질문하는 엄마들의 마음을 깊게 공감할 수 있었다. 엄마는 첫째를 키우며 많은 육아서를 통해 아이마다 '개인차'가 있다는 것을 알고 있음에도 불구하고 '아이의 말하는 시기를 기다리는 것'은 힘들어한다.

아이의 언어발달이 고민이었던 나는 회사를 그만두고 가장 먼저 언어발달에 대해 공부했다. 아이의 언어발달에 대한 이론적인 내용보다 더 중요한 것은, 아이와 매일 일정한 시간에 그림책을 보는 것이다. 글씨만 읽어주는 독서법이 아닌 아이가 호기심을 갖고 재미있게 말을 배울 수 있도록 책을 놀잇감으로 접근하는 방법을 배우기 시작했다. 아이와의 놀이 시간을 가장 우선순위로 정하고, 매일 정해진 짧은 시간 동안 집중하여 아이와 책으로 놀아주었다. 3개월이 지나면서부터 아이의 집중 시간이 눈에 띄게 길어졌고, 언어 표현이 놀라울 만큼 성장하는 것이 보였다.

28개월까지 10개의 단어도 말하지 못했던 아이가 6개월이 지나면서부터 '비가 분무기를 뿌리는 것처럼 촉촉이 내려요'라는 구체적인 표현을 말하게 되었다. 점점 책의 내용을 이해하고 즐기면서 아이가 초등학교 4학년 때 중학교 3학년 수준의 단어 이해력과 문장 표현력을 갖추게 되었다. 중학생인 지금까지도 아이가 유아 시절 폭발적으로 읽었던 독서량으로 특별한 사교육 없이 상위권의 학습 수준을 유지하고 있다. 더 놀라운 것은 자기의 생각을 정리해서 논리적으로 말하고 쓰는 것을 잘한다는 평가를 매년 담임 선생님들께서 말씀해 주신다.

엄마가 아이의 발달 과정에 대해서 염려하고 고민하는 것은 당연하다. 또 그것이 엄마의 역할이기도 하다. 발달이 늦은 아이를 두고 다른 아이와 비교하며 자책하기보다는, 내 아이의 상태를 파악하고, 엄마로서 해 줄 수 있는 적합한 해결책을 찾아 함께 노력하고 기다려주는 것이 현명한 부모의 역할이라고 생각한다. 강의하며 걱정스러운 질문을 했던 엄마들에게 강조했던 말이 있다. "다른 집 아이와 비교하지 말고 엄마가 함께 노력하셔야 해요. 꾸준히 아이와 노력하며 기다려주신다면 아이는 결국 해낼 수 있어요."라고 말이다.

아이들이 유아시기를 거쳐 초등학교를 입학을 앞둔 워킹맘들은 또 한 번 퇴사 위기를 맞이한다. 초등학교 입학은 유치원과는 확연히 다른 공동 사회생활을 시작하는 시기다. 기초 생활 습관부터 학습까지 엄마가 일일이 챙겨야 아이가 뒤처지지 않는다는 생각을 입학 전부터 하기 시작한다. 실제로 아이를 출산한 후 영아 시기보다 아이가 초등학교에 입학하는 시기에 잘 다니던 직장을 그만두는 엄마들은 많다. 물론 아이가 본격적으로 학교생활을 시작하면서 엄마가 곁에서 잘 챙겨줄 수 있다면 좋겠지만, 워킹맘을 하면서도 아이는 충분히 잘 적응하고 성장할 수 있다.

오히려 엄마가 회사를 포기하면서까지 아이의 학교생활 적응을 위해 정보를 얻어야 한다는 생각으로, 옆집 엄마들과 교류하기 시작하면서 문제가 발생한다. 서로 정보를 교환하며 다양한 친구를 만들어준다는 명목으로, 아이를 등교시키면서부터 하교 후 저녁까지 무리 지어 다니기 시작한다. 나 역시 동네 엄마들과 그런 시간을 보내며, 처음에는 큰 힘이 된다고 생각했다. 그러나 오랜 시간을 다른 아이들과 함께 있다 보니, 아이와 내가 감정적으로 지치기 시작했다. 굳이 알지 않아도 되는 다른 가정의 모습을 보게 되었고, 혹여 왕따가 될까 봐 내키지 않는 모임에 가서 의미 없는 시간을 보내기도 했다. 점점 아이와 나는 정보를 얻기보다 그 시간 때문에 스트레스를 받고 있다는 것을 알게 되었다.

엄마들은 아이를 키우며 경험하는 모든 과정이 처음이고 어떻게 대처해야 할지 난감할 때가 많다. 그럴 때 가장 쉽게 도움을 받는 방법이 이웃에게 얻는 정보가 될 수도 있다. 나도 그렇게 시간을 보내본 후에 깨닫게 된 진리가 있다. '세상의 모든 사람은 각기 다르다. 내 아이 역시 이 세상 누구와도 같지 않으며 아이만의 속도로 성장한다는 것이다. 엄마는 내 아이의 다름을 인정하고 기다려주며, 아이에게 맞는 양육관을 잘 정립한다면 분명 아이도 엄마도 잘 성장할 수 있다.'라는 것이다.

불안하지 않으려면 내가 직접 공부하고 생각하고 판단할 줄 알아야 한다. 다른 사람의 이야기가 도움이 될 수는 있지만, 결코 내 것이 될 수는 없다. 아이를 잘 키우는 일이 엄마가 된 이상 인생의 가장 큰 숙제이자 가장 큰 결실이기도 하다. 특히 코로나 사태 이후로 더 빠르게 변화하는 세상 속에서, 엄마들도 어떻게 내 아이를 잘 키워야 할지에 대한 고민이 많아졌다. 온라인 세상을 들여다보면 다른 집의 모습과 우리 집의 모습을 나도 모르게 비교하게 된다. 그래서 요즘은 많은 사람이 SNS에 올라온 다른 사람들이 행복해 보이는 모습을 보며 상대적 박탈감을 느끼기도 한다.

이럴 때일수록 비교보다 존중이 필요하다. 아이가 세상에 태어날 때, 감격스럽고 벅차올랐던 그 순간을 잊지 말자. 내 아이 그 자체를 존중하고 사랑으로 키운다면, 어느새 입가에 미소 지으며 누구보다 자랑스러운 아이와 내가 되어있을 것이다.

완벽한 엄마보다
다름을 인정하는 엄마가 돼라

'피할 수 없으면 즐겨라.'라는 말이 있지만, 워킹맘은 피할 수도 즐길 수도 없을 때가 많다. '유아 독서의 중요성'에 대한 주제로 강연을 할 때 워킹맘들의 공통적인 고민은 '아이에 대한 죄책감'이었다. 아침 일찍 일어나기 힘든 아이를 깨워 어린이집으로 등원시키고, 회사에서는 퇴근 시간 전까지 일을 마무리하고 눈치 보며 퇴근을 한다. 퇴근 후에는 집안일을 하다 보면 아이에게 책 읽어줄 시간은 커녕 엄마도 지쳐 늘 아이에게 미안함이 가득하다고 말한다.

어느 날, 전 직장에서 친하게 지냈던 후배에게 오랜만에 연락이 왔다. 일도 야무지게 잘하고 결혼해서 아이를 낳고 씩씩하게 지냈던 후배가 회사를 그만둔다는 안타까운 소식을 전했다. 퇴사 소식과 함께 후배는 자신의 집으로 와서 꼭 아이를 함께 만나

보고 언어 발달 상태를 한번 봐달라는 부탁을 했다. 며칠 뒤 아이를 만나보니 다섯 살인데, 말을 거의 못 하는 상태였다. 후배는 아이가 말을 못 하는 이유가 전적으로 엄마 책임이라는 죄책감으로 더 힘들어하고 있었다.

후배는 3교대 근무를 하는 직업 특성상 입주 도우미에게 아이를 맡겼다고 한다. 엄마 대신 24시간을 함께 생활해야 하므로 면접도 꼼꼼히 보며 신중하게 결정을 했다고 한다. 다행히 베이비시터는 정성으로 아이를 잘 돌봐주셨고, 그 덕분에 회사도 맘 편히 다닐 수 있었다고 말했다. 후배는 평소에는 아이와 함께 있는 시간이 짧지만, 쉬는 날만큼은 항상 아이와 함께 지내며 엄마가 돌보기 때문에 문제없이 잘 크고 있다고 생각했다는 것이다.

그런데 아이가 점점 엄마와 눈을 마주치지 않고 말을 시작해야 할 시기인 5세가 되어도, 전혀 말을 하지 않는 모습이 이상하게 느껴졌다는 것이다. 결국 후배는 퇴사를 결심하고 아이를 직접 키워야겠다는 마음을 먹었다고 한다. 아이를 만나보니 아예 말을 하지 않는 현상은 언어 발달 문제라기보다 아이와 엄마가 애착을 형성하는 방법부터 시작하는 것이 좋겠다는 생각이 들었다. 엄마들이 아이가 태어나 36개월까지 애착 형성이 중요하다는 말은 많이 듣는다. 하지만 육아를 처음 경험하는 초보 엄마들은 정작 아이와 어떻게 애착 형성을 하고 엄마 역할을 해야 하는지 잘 모른다.

그렇다면 아이를 잘 키우기 위해서 엄마는 일하지 않고 육아에만 전념하는 것이 옳은 선택일까? 앞에서 말한 후배는 회사에서 커리어가 점점 쌓여가며 승진을 앞두고 있었다. 일에 대한 열정도 있고 워낙 일도 꼼꼼히 잘하는 편이어서 회사에서 인정받으며 경력을 쌓고 싶어 하는 마음이 강해 보였다. 그녀는 본인의 일보다 결국 아이를 위해 중요한 시기를 놓쳐서는 안 되겠다는 마음을 먹고 아쉽지만 일을 그만둔 것이다.

나 역시 첫째 아이를 출산하고 아이를 여기저기 맡겨가며 일을 하겠다고 지내던 시기가 있었다. 후배의 아이처럼 첫째 아이도 애착과 언어 발달이 늦어졌기 때문에 누구보다 후배의 마음을 깊이 공감할 수 있었다. 일도 잘 해내고 싶고, 무엇보다 내 아이도 잘 키우고 싶은 마음은 엄마라면 누구나 똑같은 생각을 한다. 그렇다고 무조건 엄마가 일을 그만두고 육아에 전념한다고 모든 아이가 잘 성장한다고 생각하지 않는다.

엄마들을 위한 유아독서법에 대한 강연과 상담을 하며 다양한 직업을 가진 엄마들을 만나볼 수 있었다. 아이러니한 것은 아이에 대한 죄책감이 큰 엄마일수록, 자신의 삶에 대한 기준을 엄격하게 정해놓고 살아가는 성향인 엄마들이 많았다. 아이를 키울 때도 자신도 모르게 또래 아이와 엄마의 육아법까지 엄격하게 비교하며 힘들어한다. 아이가 육아서에 나오는 기준대로 성장하지 않으면 큰 문제가 있는 것처럼 불안해한다. 아이와 자기자신을 다그치며 점점 마음의 병을 앓는 엄마들을 많이 봤다.

첫째와 둘째 아이를 키우며 나도 모르게 두 아이를 비교하며 상처를 준 경험이 있다. 첫째는 말수가 적고 낯을 많이 가린다. 자신의 감정을 잘 표현하지는 않지만, 책임감 있게 자신의 할 일을 스스로 잘한다. 반면에 둘째는 말도 많고, 좋고 싫음을 확실히 표현한다. 눈치도 빠르고 애교도 많아서 어른들에게 칭찬도 많이 받는다. 두 아이가 딸이지만 정반대의 성향을 지니고 있다. 엄마로서 누가 더 좋고 더 나쁜 성향이라고 말할 수 없지만, 항상 표현을 잘하지 않는 첫째에게 "너도 동생처럼 인사도 잘하고 표현도 잘하면, 어른들에게 칭찬도 받고 얼마나 좋겠니?"라며 다그친 적이 있다.

반대로 동생에게는 "너도 언니처럼 자기 할 일을 알아서 잘하고 정리도 잘하면, 물건도 잃어버리지 않고 엄마가 잔소리도 안 하지 않을까?"라며, 나도 모르게 두 아이에게 상처를 준 적이 있다. 두 아이의 발달 과정을 항상 비교하며 '첫째는 문제없이 잘 키웠는데 둘째는 도대체 왜 이럴까?'라고 생각하며 서로 다른 아이들을 인정하지 못하고 답답함을 느낀 적이 있다.

위에서 말했던 후배의 아이와 우리 집 두 아이, 그리고 세상의 모든 아이의 성장 속도는 다르다. 하물며 같은 날 한 엄마 배 속에서 태어난 쌍둥이들도 성격이나 발달 속도가 다르다. 엄마들은 이 사실을 알고 있으면서도 다름을 인정하기 이전에 완벽한 아이로 자라기를 기대한다. 아이를 키우는 엄마도 각각의 상황과 성격이 모두 다르다. 육아도 적성에 잘 맞아 육아만 전념해서 행복한 엄마가 있고, 반대로 육아만 하는 것에 우울감을 느끼는 엄마도 있다. 한쪽을 선택하는 것이 더 좋고 나쁨은 없다. 아이가 다르듯 엄마도 자신의 상황과 성향에 맞는 선택을 하는 것이다.

얼마 전 윤여정 배우가 오스카 아카데미 여우조연상을 수상했다는 기쁜 소식을 전했다. 개인적으로 연기뿐 아니라 예능 프로그램에서 털털하면서도 겸손한 모습, 늘 새로운 도전을 멈추지 않는 모습을 보며 그녀의 인생철학을 닮고 싶다고 생각했다. 최근 그녀의 수상 소식이 발표된 후 SNS(출처: 인스타그램 @doing_people)에서 그녀의 인터뷰 기사 내용을 재구성한 글을 보고 큰 깨달음을 얻었다.

"이혼 후 돈이 필요했습니다. 가장으로서 두 아이를 먹여 살려야 했고 학교에 보내야 했어요. 그런데 세상의 시선은 참 차가웠습니다. 보수적인 사회 분위기 속에서 이혼녀라는 주홍글씨 달고 사는 건 쉽지 않았어요. 서러운 일 많이 당했습니다. 모든 게 불공정하고 불공평하게 느껴졌어요. 그래도 어쩔 수 없었습

니다. 궁한 건 나였어요. 견뎌내야만 했습니다. 20년 전, 잘 나
갔던 시절의 기억은 버렸어요. 아무짝에도 쓸모없더라고요. 인
간관계 다 끊고, 눈 닫고 귀도 닫았어요. 단역부터 별 이상한 역
할까지 입금되면 다 했습니다. 영혼을 갈아 넣었어요. 연기철
학? 그런 거 몰라요. 오늘 잘해서 내일 또 불러주기를 바랐습니
다. 절실한 마음으로 연기했어요. 그런 나의 연기가 마음에 들
었는지 하나둘, 박수치는 사람들이 생기더라고요. 단역에서 조
연으로 자리를 잡아갔습니다. 지금의 위치까지 왔어요. 불공정
하고 불공평한 순간들을 내 힘으로! 돌파하려고 애쓰고 노력
했던 시간이 뼈가 되고 살이 된 것 같아요. 40대의 단역이 없었
으면. 70대의 아카데미도 없었을 거예요. 배고파서 시작한 연
기였지만 이제는 내 삶의 중요한 부분이 되었어요. 죽는 날까지
꾸준히 연기하고 싶습니다."

그녀는 선택의 여지도 없었다. 이혼녀라는 주홍 글씨를 달고
남들과 다른 힘든 삶을 버텨오며 살았다. 세상의 불공평한 순간
을 피하거나 한탄하기보다, 자신의 상황을 인정하고 부단히 노력
하고 도전하며 살아온 그녀의 삶 자체만으로 인정받아 마땅하다
고 생각한다.

윤여정 배우가 수상소감으로 두 아들에게 엄마가 나가서 열심

히 일하게 해 준 것에 대한 결과물이라고 말했다. 이 말을 다시 생각해 보면 엄마가 나가서 일하느라 챙겨주지 못해 미안했지만 잘 성장해 줘서 고맙다는 의미일 것이다.

아이를 키우며 가정의 상황과 환경이 변하며 엄마로서 힘들고 난관에 부딪힐 때가 수없이 찾아온다. 아무리 힘든 상황이 찾아와도 엄마만큼 내 아이를 위해 최고의 선택을 하며 부단히 노력하는 사람은 세상에 없다. 그렇기에 나의 성향과 판단에 자신감을 갖고 내 상황에서 최선을 다하는 삶을 살아보자.

나만의 엄마 달란트(talent)를
활용하라

'나를 대표할 수 있는 키워드 세 가지는 무엇일까?'

일요일 아침 네 식구가 모여 독서 토론을 하며 나눈 주제 중 가장 흥미로웠던 주제였다. 돌아가면서 한 사람씩 상대방에 대한 대표 키워드 세 가지를 찾는데 흥미롭기도 했지만, 쉽게 대답하기 어려워했다. 처음에는 농담처럼 외모의 특징을 말했지만, 어느새 진지한 모습으로 서로를 관찰하며 장점을 찾아보기 시작했다. 네 식구 각각의 장점을 세 가지 키워드로 정리를 해보니, 각자 자신에 대해서 생각해 볼 수 있는 의미 있는 토론을 하게 되었다.

두 딸 바보이자 집안의 가장과 집사, 그리고 개그맨 역할까지 해내는 아빠의 키워드는 '자상함', '재미', '지구력'으로 정의했다. 첫째 아이는 코로나 상황이 아니어도 외출보다 집에 있는 것을 좋아한다. 혼자만의 시간을 즐기며 자신의 공간에 애착도 많아 '집순이', '상상력', '책임감'이라는 키워드를 꼽을 수 있었다. 둘째는 언니와 정반대로 외향적인 성향이며 관계를 중요시하고 강아지를 좋아한다. 혼자서 무언가 만들기를 할 때는 놀라운 집중력도 발휘해서 '손재주', '강아지', '활발함'으로 키워드를 꼽아 보았다.

그중 엄마인 나에 대하여 우리 가족이 정의 내려준 키워드는 '부지런함', '도전', '솔직함'이라는 대표 키워드를 꼽았다. 잘 생각해 보니 나를 가장 많이 지켜봐 온 가족들의 표현이 정확하다고 생각했다. 내가 이런 모습으로 살아가다 보니 자연스레 아이들에게도 엄마에 대한 이미지가 형성되었고, 나의 이러한 성향을 바탕으로 아이들을 어떤 방향으로 키워야 할지에 대한 엄마로서의 '양육관'도 정립할 수 있었다.

나는 새로운 시도를 즐기는 편이다. 아이들도 다양한 경험을 통해 직접 느껴보는 것이 가장 효과적인 교육이라고 생각한다. 주말이나 방학에도 새로운 경험을 할 수 있도록 계획한다. 그중 아이들이 초등학교 저학년 시절, 값진 경험을 통해 경제관념에 대해 배울 수 있었던 계기가 있었다. 문화센터에서 진행하는 '중고 플리마켓 경제 교실'이다. 사전 신청을 통해 아이들이 판매할 중고 물건을 2주 동안 모은 뒤 직접 판매를 하고 돈을 벌어볼 기회를 마련해 준다. 게다가 A 은행의 교육담당자가 아이들을 위한 금융 교육도 함께 진행해 경제 지식을 배울 수 있었다.

　그 당시 참가자 경쟁이 치열해서 알람까지 맞춰놓고, 신청 기간 첫날 이른 아침부터 줄 서서 접수했던 기억이 난다. 플리 마켓이 열리는 날을 기다리며 아이들과 함께 판매할 수 있는 중고 물건을 수집했다. 마켓 이름부터 물건들의 가격 정하기, 가격표와 설명 Tag 만들기 등 아이들의 작은 활동이지만 '장사'를 하기 위한 준비를 해본 것이다.

　드디어 플리 마켓이 열리는 날, 아이들이 직접 물건 디스플레이와 판매를 시작했다. 아이들은 중고지만 자신에게는 추억이 담긴 소중한 물건이라고 생각했고, 자신의 상황처럼 상대방도 물건의 가치를 느껴 쉽게 살 것이라고 예상했다. 하지만 예상과 달리 물건을 쉽게 사지 않는 사람들에게 서운함을 느끼는 모습이 역력했다. 아이들은 목청 높여 팔기도 하고, 가격도 흥정하는 경험을 통해 22,500원을 직접 벌었다. 옆에서 지켜본 나는 아이들이 기특하게 느껴졌다. 아이들에게는 물건을 판매하기가 쉽지 않다는 경험, 돈을 버는 것이 정말 어려운 일이라는 것을 깊이 느낄 수 있는 기회였다. 아이들도 힘들게 번 돈이라 쉽게 쓸 수 없다며 경험담을 털어놓았다. 아이들에게 '돈의 소중함'을 알게 해 줄 수 있는 값진 경험을 해볼 수 있었던 시간이었다.

　친정엄마도 내가 어린 시절부터 다양한 경험을 해볼 기회를 만들어주셨다. 강원도 영월이라는 시골에 살았음에도 불구하고, 방학이 되면 서울 구경을 할 수 있었다. 서울에 살고 계시는 엄마 친구분께 부탁해 예술의 전당에서 열리는 뮤지컬이나 전시회를 관람했다. 광화문 대형 서점은 물론 서울에 있는 대학교 구경도 시켜주셨다. 엄마는 경제적으로 여유로운 형편은 아니지만, 아이들이 넓은 세상을 보며 다양한 경험을 해 볼 기회를 주고 싶어 열심히 일했다고 말씀하셨다. 지금 생각해 보면 나도 워킹맘이지만, 엄마의 열정은 훨씬 대단했다는 것을 느낀다. 부모가 되면 자식을 잘 키우려고 하는 마음은 누구나 같다. 하지만 친정엄마는 누구보다 열정적으로 노력하셨고, 자식에게 다양한 경험의 기회를 주기 위해 애쓰셨다는 것을 느낄 수 있다.

친정엄마의 경험을 통해 배워야 한다는 교육관 덕분에, 기억에 남는 일화가 한 가지 더 있다. 내가 첫 직장에 입사하자마자 엄마는 대출을 알아보라고 하셨다. 사회 초년생이었던 나는 대출이라는 금융 제도를 잘 몰랐다. 은행 직원에게 들어보니 돈을 먼저 빌린 뒤 앞으로 조금씩 갚아나가야 한다고 설명해 줬다. 쉽게 말해 빚을 내라는 것인데 설명을 들어보니 막막했고 두려웠다. 친정엄마에게 꼭 대출을 받아야 하는지 여쭤보니 완고하게 대출을 신청하라고 말씀하셨다.

대출의 목적은 내가 자취하는 원룸 보증금이었다. 매달 월급을 받으면 제일 먼저 원리금을 갚으며 원룸의 보증금을 모은다고 생각하라고 하셨다. 빚을 졌다는 무거운 마음에 열심히 돈을 갚으며 회사를 다녔다. 사회 초년생이었던 나는 3천만 원의 빚이 생겼다는 것이 큰 부담으로 느껴졌다. 부담을 덜기 위해서 최대한 빨리 돈을 갚아야겠다고 생각했다. 그런데 돈을 갚고 나니 처음으로 종잣돈이 모이는 경험을 해보게 되었다. 결과적으로 모아놓은 돈을 부모님의 도움 없이 결혼자금으로 의미 있게 쓸 수 있었다.

지나고 나서 생각해 보니 엄마는 계획이 있었던 것이다. 친정엄마는 항상 '여자도 능력이 있어야 한다.'라고 말씀하셨다. 엄마는 가난해서 그리고 여자여서 배움과 다양한 경험의 기회도 얻지 못한 것이 당신의 약점이라고 생각하셨다. 결혼해서 아이를 낳으면 내 아이만큼은 원 없이 경험해보고 능력 있는 사람으로 키우고 싶었다고 말씀하셨다. 지금까지도 항상 공부하는 자세를 갖추고 자기관리를 잘해야 한다고 조언해 주신다.

엄마의 확고한 교육관 덕분에 새로운 일에 도전하고 주도적으로 내 인생을 계획하는 삶을 살아갈 수 있는 태도를 배울 수 있었다. 친정엄마의 가르침을 통해 내가 살아가는 모습 자체가, 아이들의 삶이 될 수 있다고 생각했다. 그렇기에 삶을 살아가는 순간순간의 과정들에 최선을 다해 살아야겠다는 다짐도 하게 된다.

출퇴근길에 잊지 않고 시청하는 유튜브 영상 중 '세바시(세상을 바꾸는 시간 15분)'라는 강연이 있다. 강연마다 감동과 동기부여를 얻을 수 있어서 구독해놓고 자주 보며 힘을 얻기도 한다. 그중 최근에 정년퇴직하신 유인경 전 경향신문 기자님께서 강연하신 내용이 마음속 깊이 와닿았다.

"30년이라는 오랜 시간 동안 기자 생활을 하시며 인터뷰했던 사람 중에 정말 행복해 보였던 사람들의 장점과 공통점이 무엇이었나요?"라고 한 청중이 질문했다.

"어느 분을 만나거나 모든 사람에게 다 장점들이 하나씩 있습니다. 인터뷰하며 배운 최고의 재산은, 만났던 사람들의 장점들을 하나씩 배울 수 있었다는 것이었습니다. 그중에서 나이가 들며 점점 관심을 끌게 되고 배울 수 있던 사람은, 그 나이가 되어서도 여전히 활력 있어 보이는 사람이었어요. 자기 일을 사랑하며 열정을 놓지 않고 살아가는 사람이 가장 행복한 사람이라고 생각합니다."라고 기자님께서 답을 하셨다.

기자님이 말씀하신 것처럼 모든 사람은 각자 자신만의 달란트 (talent)가 있다. 살아가면서 자신의 강점을 찾으며 끊임없이 성장하고 즐기는 마음으로 살아가는 것이 곧 행복한 삶을 살아가는 것으로 생각한다.

워킹맘도 엄마가 되기 전에는 자신의 달란트를 찾고, 하고 싶은 일을 하며 멋지게 살아가는 삶을 꿈꿨을 것이다. 그러나 아이를 출산하고 엄마라는 역할을 해보며 내 삶이 뜻대로 되지 않음을 처음 경험하게 된다. 나를 찾기보다는 온통 아이의 재능을 찾아주는 것에 집중하게 된다. 내가 워킹맘으로 하루하루 바쁘게 살아가는 모습이 과연 아이에게 무엇을 가르쳐줄 수 있을까? 의구심이 생길 때도 있다.

달리 생각해 보면, '아이의 달란트는 곧 엄마의 달란트'이다. 부모는 아이의 거울이라는 말이 있듯이, 엄마가 하루하루 최선을 다해 충실히 살아가는 모습 그 자체가 달란트이며 아이는 그 모습을 배워가는 것이다.

6
'부족함'을 받아들여야
아이와 동행할 수 있다

첫째 아이가 올해 15살, 대한민국에서 가장 무섭다는 중2가 되었다. 둘째 역시 초등학교 5학년이 되며 사춘기가 시작되었고, 나는 두 아이와 울었다 웃었다 하며 재미있게 지내고 있다. 두 아이 모두 딸이라 평소에 이야기도 많이 나누지만, 사실 부딪힐 때도 많다. 그럴 때는 아이들을 이해하려고 노력하지만, 엄마이기 전에 한 사람으로 화나고 서운한 감정을 남편에게 털어놓을때도 있다.

어느 날 남편이 아이들 때문에 하소연하는 나에게 들려준 노래가 있다. 그 노래를 들으며 몇 시간을 울었는지, 온종일 눈이 퉁퉁 부었던 날이 기억난다.

난 잠시 눈을 붙인 줄만 알았는데 벌써 늙어 있었고
넌 항상 어린아이일 줄만 알았는데 벌써 어른이 다 되었고

난 삶에 대해 아직도 잘 모르기에 너에게 해줄 말이 없지만
네가 좀 더 행복해지기를 원하는 마음에 내 가슴 속을 뒤져 할
말을 찾지

공부해라 아냐 그건 너무 교과서야
성실해라 나도 그러지 못했잖아
사랑해라 아냐 그건 너무 어려워
너의 삶을 살아라!

내가 좀 더 좋은 엄마가 되지 못했던 걸 용서해줄 수 있겠니
넌 나보다는 좋은 엄마가 되겠다고 약속해주겠니….

가수 양희은 님과 악동뮤지션 수현이 함께 부른 〈엄마가 딸에게〉라는 곡이다. 이 노래를 들으며 엄마 관점에서 가사가 와닿기도 했지만, 내가 딸로서 친정엄마의 마음이 느껴져 더 공감되고 눈물이 많이 났던 것 같다. 평소 거의 눈물을 흘리지 않는 남편도 이 노래를 들으며 혼자 울었다고 한다.

나는 15가지가 넘는 직업을 경험했지만, 항상 '엄마'라는 역할이 가장 어렵다고 생각한다. 세상에 존재하는 대부분의 일이 처음은 어렵지만 반복하고 연습하면 잘할 수 있게 된다. '엄마' 더

나아가 '부모'라는 역할은 모든 과정이 처음 겪는 일이고 연습을 할 수 없기때문에 더 어렵고 막막하게 느껴질 때가 많다.

세상에 한 생명을 잉태하는 순간부터 좋은 것만 주고 싶은 엄마의 마음은 모두 같다. 좋은 음식만 먹고 좋은 생각만 하며 아이가 건강하게 잘 자라주길 바라는 마음으로 온갖 노력을 기울인다. 아이가 태어나 성장하며 성인이 될 때까지 부모의 마음은 변함없지만, 늘 더 잘해주지 못해 미안하고 부족하다고 생각하는 것이 부모 마음이라는 것도 조금은 알 것 같다.

친정엄마 역시 당신이 가난한 환경 속에서 늘 부족함을 느끼고 자랐기 때문에 자식이 태어나면, 한없이 무엇이든 해 주고 싶었다고 말씀하셨다. 그 덕분에 나는 어려서부터 강원도 영월이라는 시골임에도 불구하고 일반 보습 학원뿐만 아니라 미술, 기타, 볼링, 서예 등 다양한 것들을 배울 수 있었다. 그때 나는 배움과 물질적으로 풍요로움은 느꼈지만, 정신적으로는 엄마에게 따뜻한 마음을 잘 느끼지 못했다. 엄마는 항상 내가 공부를 잘하길 바라는 마음이 강하셨다. 성적표를 들고 갔을 때 따뜻한 칭찬보다는 더 높은 점수를 받아야 한다며 다그치셨다. 무서운 마음에 성적표 점수를 고쳐서 보여드렸다가 더 크게 혼난 적도 있었다.

어른이 되어서도 엄마가 바라는 모습보다는 내가 하고 싶은 일을 선택하며 살아가는 모습을 보며 아쉬움을 표현하셨다. 엄마의 바람을 어기고 원하는 일에 도전했을 때 결과가 좋지 않으면, 엄마 말을 듣지 않아서 힘든 길을 가는 것이라며 원망하기도 하셨다. 항상 엄마에게 칭찬받고 싶었지만, 엄마의 기준에는 늘 부족한 딸이라는 생각이 떠나지 않았다.

나는 부족한 딸이지만 강하게 키워주신 엄마를 존경한다. 당신이 살아온 과정이 힘들고 괴로웠어도 자식을 위해 누구보다 열심히 살아오신 삶을 느낄 수 있다. 마흔이 넘어 사춘기가 찾아온 딸 둘을 키우며, 나 역시 아무리 노력해도 아이들에게는 늘 부족한 엄마라는 생각을 한다. 아이들 모습 그대로를 인정해 주고 함께 성장하는 삶을 살아야지 마음먹었다가도, 어느 순간 내 생각을 강요할 때가 있다.

세일즈 매니저로 일하며 신입사원이 입사하면, 엄마처럼 하나부터 열까지 도와주려고 노력했다. 매니저가 된 첫해에는 내가 정성을 다해 일을 가르쳐주면, 상대방이 나의 마음을 헤아려줄 것이라고 생각했다. 하지만 상대방에게 오히려 부담을 주고 내 생각이 전부 옳지는 않았다는 경험을 하며 깨달은 것이 있다.

세일즈 매니저 초기에는 리더 역할을 해야 한다는 생각에 초보라는 티를 내고 싶지 않았다. 새로운 팀원에게 완벽한 매니저가 되고 싶다는 욕심을 냈다. 오히려 리더이지만 '부족한 것을 인정하고 신입사원과 함께 성장하고 있는 모습을 보여줬다면, 끈끈한 동지애를 느끼며 오랜 기간 함께 일했을 텐데…'라는 생각을 나중에서야 할 수 있었다.

새로운 일을 배울 때, 그리고 운동을 처음 시작할 때 공통으로 강조하는 말이 있다. '힘을 빼야 더 자연스럽게 잘할 수 있다.'라는 진리다. 세일즈 신입사원 교육이 끝난 뒤 첫 상담을 나가는 영업 사원에게 '힘을 빼고 고객의 말을 최대한 많이 듣기 위해 노력해야 해.'라고 말한다. 대부분의 신입사원은 여태껏 자신이 배웠던 지식을 고객에게 많이 알려주면 상담을 잘했다고 생각한다. 고객의 반응이 좋았다며 높은 성과를 기대하기도 한다. 하지만 결과는 정반대다.

신입 영업 사원일 경우 고객에게 처음부터 자신이 부족하지만, 최선을 다해 고객에게 도움을 주겠다는 믿음을 전달할 때 고객은 신뢰한다. 오히려 신입사원인 것을 감추고 어설픈 상담을 하거나 잘못된 정보를 전달하게 되면 일을 그르치게 된다. 신입 시기에는 자신의 부족한 모습을 진정성 있게 상담하는 마음이 느껴져 계약까지 하게 됐다는 말을 고객이 전하기도 한다. 설사 당장 계약을 하지 않는다고 해도 영업 사원의 꾸준함과 노력하는 모습을 지켜본 뒤, 고객이 되는 경우도 많이 볼 수 있었다. 이렇게 일을 할 때도 자신의 부족함을 감추거나 단기간에 성과를 내려고 욕심내는 마음은 결국 일을 오래 할 수 없게 만든다.

'엄마'라는 역할도 이와 마찬가지한다. 워킹맘으로 일과 육아를 병행하려면 모든 것을 완벽하게 할 수 없다. 특히 아이가 어리고 일도 익숙지 않을 때는 사람이기 때문에 부족한 것은 당연하다. 일과 육아, 게다가 살림까지 완벽하게 해내는 멀티플레이어는 존재하기 어렵다. 단기간은 할 수 있겠지만 금세 몸과 마음 모두 지쳐버린다.

엄마는 자신의 역할을 맡기 전에 미숙한 인간임을 받아들여야 한다. 엄마가 되었다고 한순간에 초능력을 가질 수 없다. 아이가 잘 성장하기 위해 부모의 기다림이 필요하듯, 엄마도 엄마 역할을 배우는 데 시간과 노력이 필요하다. 물론 엄마의 마음은 서두에 말했던 〈엄마가 딸에게〉의 노래 가사처럼 아이에게 좀 더 잘해주지 못했다는 미안한 감정을 느끼게 된다. 하지만 엄마의 부족함을 인정하고 아이와 함께 성장해나갈 때 엄마와 아이 모두 행복한 삶을 살아갈 수 있을 것이다.

7

현실과 이상의 차이를
인지해라

요즘 유튜브나 미디어 시장이 급격하게 발달하면서 '바이럴 마케팅(Viral marketing: 어떤 기업이나 회사의 제품을 소비자의 힘을 빌려 알리려는 마케팅)'이 대세라고 한다. 이것은 마치 바이러스가 퍼지는 것처럼 입소문이 나는 것을 활용하는 것으로, 이메일이나 추천 리뷰 등의 방법으로 광고를 하는 방식이다.

특히 코로나 19 발생 이후 중장년층의 온라인 쇼핑 증가율이 72%가 늘었다는 설문조사(출처: 임팩트 피플스 '5060세대 온라인 쇼핑 트렌드' 조사 결과(2021.1.13.~27))를 보며 직접 구경하며 즐기는 쇼핑이 현저히 줄어들겠다는 예측을 해볼 수 있다. 중장년층이 온라인 쇼핑을 많이 이용하지 않은 이유는, 스마트폰 사용이 익숙하지 않다는 이유도 있겠지만, 물건을 살 때는 직접 보고 사야 한다는 생각 때문이었다.

나 역시 받아들이고 싶지는 않지만, 중년의 연령대라 그런지 여전히 옷이나 신발은 직접 착용해보고 사야 한다는 고정관념을 쉽게 내려놓을 수가 없다. 나처럼 생각하는 고객에게 신뢰를 전달할 수 있는 방법이 바로 바이럴 마케팅 방법이다. 요즘 대부분의 온라인 쇼핑은 실제 고객이 사용 후기를 쓰고, 소비자들은 리뷰와 평점을 보고 물건의 구매 여부를 결정할 때가 많다.

그러나 실제로 구매했을 때 리뷰와는 달리 실망스러운 제품들도 있을 때가 종종 있다. 심지어 요즘은 리뷰를 쓰는 일반인들을 업체에서 고용해 쓰는 경우가 많아, 내용을 다 믿고 샀다가 낭패를 보는 경우도 있다. 맛집도 마찬가지로 방송이나 온라인 후기만 보고 갔다가 돈 주고 음식을 사 먹은 게 아깝다는 실망스러운 경험도 하게 된다.

이렇게 우리는 일상생활에서 작은 물건을 사거나 음식을 먹더라도 다른 사람의 이야기를 참고하게 된다. 업체에서 제품을 대놓고 광고하는 것보다, 실제 사용한 사람의 말을 훨씬 더 신뢰할 수 있다고 느낀다.

일반적으로 사람들은 직접 경험해보지 않은 것을 시도하는 것에 대한 두려움이 있다. 소소한 온라인 쇼핑부터 인생의 중요한 일이나 배우자를 선택할 때에는 더 신중함을 기울이게 된다. 인생의 중요한 순간에도 역시 주변 사람이나 가족의 의견을 묻고 결정하는 경우가 많다.

남편과 연애 시절 친정 부모님께 결혼 허락을 받기 위해 인사드리러 갔을 때의 일이다. 친정엄마는 평상시, 딸이 결혼을 늦게 해야 좋다는 사주를 듣고 남편을 썩 반기지 않으셨다. 친정아버지도 딸이 결혼할 남자는 더 깐깐하게 살펴봐야 한다며, 마치 면접관처럼 폭풍 질문을 하셨던 기억이 난다.

결론적으로 친정 부모님은 그 당시 이른 나이에 결혼하는 것을 원하지 않으셨다. 남편의 조건을 따지며 부모님은 더 좋은 남자를 만났으면 하는 눈치였다. 그때 나는 눈에 콩깍지가 씌었기도 했지만, 이 남자와 결혼하면 후회 없이 잘 살 수 있겠다는 믿음이 있었다. '자식 이기는 부모 없다'라는 속담처럼 결국 현재의 남편과 결혼을 했고, 지금은 누구보다 친정 부모님께서 남편을 아껴주고 자상하며 늘 칭찬을 해주신다.

인생을 살아가며 평생 함께할 배우자를 만나는 일은 가장 중요한 일이다. 결혼 생활은 연습이 없다. 평균적으로 30년 이상 다른 삶을 살다가 평생을 함께하자고 약속을 하지만 직접 함께 살아보지 않으면 알 수 없는 것이 결혼이다. 결혼 전까지 심사숙고하고 누구보다 행복하게 살 거라는 확신도 갖지만, 살다 보면 내가 생각했던 결혼 생활이 이런 모습이 아니라는 생각이 들 때도 많다. 결혼 전 이상적으로 꿈꿔온 결혼 생활과 실제로 아이를 낳고 가정을 꾸리며 살아가는 현실은 크게 다르다. 부부가 각자 상상했던 모습에서 현실을 받아들이며, 차이를 인정해나갈 때 행복한 결혼 생활을 할 수 있다고 생각한다.

나는 일을 선택할 때에도 마찬가지라고 생각한다. 여성들은 결혼 전까지 나름의 역량을 갖고 자신만의 경력을 쌓으며 일을 한다. 꿈을 이루기 위해 노력하며 살아가는 과정에 결혼과 출산을 하며 '엄마'가 된다. '엄마'라는 역할도 연습은 없다. 아이가 태어나면 자신의 삶이 어떻게 바뀔지에 대한 이야기를 들으며 마음의 준비는 한다. 하지만 직접 육아를 경험하고 나서야 나와 내 아이에게 맞는 육아법을 찾게 된다. 엄마가 되면서 스스로 경험해봐야 진짜 내 방법이 될 수 있다는 진리를 알게 되는 것이다.

경단녀(경력 단절 여성)에서 새로운 일을 찾을 때도 많은 엄마가 아이를 키우며 안정적으로 할 수 있는 일만 찾으려고 한다. 때로는 그런 일인 줄 알았다가 실제 자신이 생각했던 일이 아니라며 몇 개월도 일하지 못하고 그만두는 경우도 많다. 물론 부득이한 상황일 경우는 어쩔 수 없지만, 그만두는 엄마들의 대부분은 적응 기간을 참지 못하고 포기하게 된다. 기존 직장에서 일정 기간 육아휴직 기간을 갖고 복직을 해도 적응 기간이 꽤 걸린다. 하물며 경력 단절의 기간을 보낸 뒤 사회생활에 복귀하려면 새로운 일에 적응해야 하는 시간이 필요한 것은 당연하다. 이 사실을 알고 있지만, 많은 사람이 조건이 맞지 않는다며 시도조차 해보지 않거나, 한 달도 채 일하지 않고 그만두는 사람도 많다.

나 역시 스무 살부터 부모님께 승무원이 되고 싶다고 말하니, 서비스업이 힘든 일이라며 교사가 되라고 하셨다. 경단녀가 된 이후 유·아동 도서 영업을 시작하겠다고 하니, 네 성격에 하기 힘든 일이라고 또 말리셨다. 특히 영업을 오랫동안 하셨던 친정엄마는 더욱 영업의 단점을 말씀하시며 안정적인 일을 해보라고 말씀하셨다.

영업을 시작하며 만났던 엄마들의 대부분은 '나는 사람들에게 가서 판매하는 일은 절대 못 한다.'라고 말하며, 경험해보지 않은 일을 미리 단정 지었다. 남편이 반대해서 일할 수 없다는 이유를 말하는 사람도 있었다. 엄마들이 새로운 일에 도전하기 위해서 고려해야 할 점들이 많지만, 한 가지 확실히 말할 수 있는 것은 '자신의 마음'에 따라 달려있다는 것이다.

아무리 경단녀가 되기 전까지 일을 잘했던 사람도, 육아에 전념하다 다시 일을 시작하려면 당연히 두려움이 생길 수 있다. 나역시 모두가 말리는 세일즈 분야의 일을 선택할 때 모두 말렸다. 그러나 나는 해보지 않은 일에 대해 미리 나의 능력을 단정 짓고 싶지 않았다.

아이를 키우며 서너 시간만 일하며 돈을 벌 수 있다는 말에 유치원 영어 특강 교사를 해보기도 했다. 장점만 보고 일을 시작했지만, 현실은 일하는 시간보다 수업 준비 시간이 더 많이 든다는 것을 알게 되었다. 일을 시작한 지 얼마 지나지 않아 견디지 못하고 팀장님께 도저히 못 하겠다고 말하기도 했다. 그때 팀장님의 도움 덕분에 초기에 힘든 상황을 잘 이겨냈고, 강사 계약 기간을 무사히 마칠 수 있었다.

엄마들이 경력 단절 기간 이후, 새로운 일을 시작할 때에는 출산 전과는 또 다는 능력을 갖추게 된다. '엄마'라는 역할을 하며 우리는 아이를 낳기 전보다, 뛰어난 문제 해결력과 유연함을 가질 수 있다. 아이와의 소통을 위해 공부하며 엄마들만이 가질 수 있는 포용력과 커뮤니케이션 능력도 남성들보다 뛰어나다.

'긍정적인 사람은 한계가 없고, 부정적인 사람은 한 게 없다.'라는 말이 있다. 하루하루를 예측할 수 없는 세일즈 업무를 하며, 부정적인 생각이 들 때마다 이 말을 떠올리곤 한다. 단지 여자라서, 엄마라서, 그리고 경단녀라서, 일할 수 없는 이유를 상상하지 말자. 막연히 이상적인 조건의 일만 생각하기보다는, 내가 처한 상황 속에서 할 수 있는 일부터 찾고 시도해보라고 말하고 싶다. 새로운 변화를 시도한다면 언젠가 나도 몰랐던 나의 한계를 경험하는 놀라운 날이 올 것이다.

8

아이와 남편은 1순위,
엄마는 0순위로 생각하라

"당신은 꿈이 무엇인가요?"

15년째 고객을 만나 상담하며 꼭 물어보는 질문이다. 이 질문을 하면 대부분 고객은 당황하거나 한숨부터 쉰다. 나에게 꿈은 이미 지나버린 과거이자, 멀어진 지 오래라며 지금의 현실만 잘 살아도 좋겠다는 이야기를 한다.

엄마는 아이가 태어나면 모든 관심사가 아이로 바뀌게 된다. 아이를 잘 키우기 위해 많은 정보를 알아보고 결정도 해야 한다. 말 그대로 엄마가 아이를 어떻게 키우냐에 따라, 아이의 인생이 달라질 수 있다. 한 사람의 인생을 결정할 수 있는 중요한 역할을 엄마가 하는 것이다. 그렇다면 여기서 아이와 엄마 중에 누가 더 중요한 사람일까?

유치원 딸아이를 둔 엄마와 아이 책에 대해 상담할 때의 일이다. 상담 일정을 잡기 위해 전화를 했다. 전화를 받자마자 집에 책이 정말 많으니 방문해서 점검해달라는 요청사항이 있었다. 집으로 들어서는 순간 신발장 공간부터 책꽂이에 책이 가득했다. 40평대의 넓은 거실은 마치 도서관처럼 책과 교구들로 전시되어 있었다. 대한민국에서 유명하다는 전집과 고가의 교구까지 풀세트로 갖춰져 있었다.

상담을 진행하기 위해 식탁에 앉으니 냉장고 문 앞에 아이의 스케줄 표가 여러 장 눈에 띄었다. 아이의 스케줄은 유치원, 방문 수업 일정, 학원 및 과외 일정, 그리고 식단과 아이 건강식품까지. 유명 연예인처럼 하루에 아이가 소화해야 하는 일정이, 유치원 다녀온 후에도 최소 3~4개의 일정으로 가득 차 있었다. 상담하러 간 날에도 아이는 역시 방문 미술 수업 중이었다. 주말 역시 아이의 사립 초등학교 입학을 위해, 영어 과외 및 악기 레슨을 받고 있다며 엄마는 자랑스럽게 이야기했다.

아이를 위해 엄마는 완벽한 매니저 역할을 했다. 아침에 눈 뜨는 시간부터 밤에 잠드는 순간까지, 아이의 시간을 엄마가 관리하고 있었다. 상담을 시작하며 엄마에게 아이의 독서에 관한 생각을 들어보았다. 아이의 독서 습관은 시간을 정해 독서 선생님과 수업한 이후 숙제로 독서를 하고 있다고 말했다. 수많은 엄마를 만나 상담을 해봤지만, 이렇게 철저하게 아이를 관리하는 엄마를 만나본 것은 처음이었다. 그 엄마를 보며 대단하다는 생각과 함께 안타까운 점 한 가지를 발견할 수 있었다.

이 세상의 모든 엄마는 내 아이를 잘 키우기 위해 노력하고 투자를 한다. 물론 경제적으로 여유가 있어 좋은 책, 값비싼 교구, 준비된 환경을 아이에게 만들어주고 싶은 것은 모든 엄마의 바람일수 있다. 하지만 정말 안타까웠던 것은 수많은 아이의 책과 교구 사이에 엄마의 책은 찾아보기 어려웠다. 냉장고 문 앞의 꽉 찬 아이의 일정 가운데, 엄마만을 위한 시간 또한 찾아볼 수 없었다.

엄마에게 이렇게 아이를 키우게 된 사연을 들어보니, 자신의 어린 시절 이야기를 털어놓기 시작했다. 상담한 엄마는 어린 시절 집안 형편이 어려워, 갖고 싶은 장난감도 쉽게 가질 수 없었다고 한다. 배우고 싶은 것이 있어도 엄마에게 말도 못 하고, 학원 가기 싫다는 친구들을 보면 배부른 투정이라는 생각을 했다고 한다. 그래서 본인이 결혼해서 아이를 낳으면 부족함 없이 키우고 싶었고, 아이가 원하는 것은 다 해주고 싶었다고 말했다.

엄마의 이야기를 들으며 서두에 말했던 '엄마의 꿈'에 관해 물어보니 눈물을 흘리기 시작했다. 지금 아이를 위해 자신의 모든 것을 바쳐 하루하루를 살고 있지만, 사실은 아이도 엄마도 힘들다는 솔직한 이야기를 털어놓았다. 온종일 남편과 아이를 챙기고 나면, 밤마다 우울하고 답답한 생각이 들며, 과연 이렇게 아이를 키우는 것이 맞는지 고민 된다고도 했다. 자신만의 시간을 가져보려 해도, 하루 일정이 너무 빡빡해서 도저히 여유가 생기지 않는다고 했다. 더 솔직히 말하면 취미를 가져보려 해도 무엇을 하고 싶은지, 자신의 마음조차 모르겠다고 했다.

사실 아이 독서뿐 아니라 보험을 상담할 때 엄마들의 모습도 비슷했다. 보험 상담을 하다 보면 아빠나 아이의 보험은 여러 개 가입되어 있지만, 엄마가 자신을 위해 가입해놓은 보험의 비중은 아주 적거나 없는 엄마도 있었다. 물론 경제적인 상황이 넉넉지 않은 가운데 무리한 보험 가입은 오히려 가정 경제에 독이 될 수 있다. 하지만 보험은 말 그대로 나와 우리 가족에게 위험이 생겼을 때를 대비하기 위해 준비하는 것이다.

정말 최악의 위기 상황이 닥친다고 가정해봤을 때, 아이에게 닥치는 위험과 엄마에게 닥치는 위험 중, 가족에게 주는 영향력은 엄마가 훨씬 더 크다고 볼 수 있다. 아이가 아프거나 다치면 부모가 치료비를 감당하고 돌봐 줄 수 있다. 반대로 엄마가 아프면 아이가 엄마의 치료비는 물론 보살핌을 받을 수 없다. 물론 주변의 가족이나 배우자가 책임질 수는 있지만, 우선순위를 매긴다면 아이보다는 엄마에게 위험이 닥쳤을 때, 먼저 보호를 받아야 한다는 것이다.

이렇게 몇 가지 사례만 봐도 가족 구성원 중 가장 중요한 역할을 하는 엄마가 정작 우선순위에서 밀려나 있는 경우를 많이 볼 수 있다. 엄마만의 시간과 꿈, 엄마의 노후까지 엄마는 '나중에'라는 시간으로 밀려있는 모습에 매번 안타까움을 느꼈다.

소아정신과 의사이자 《대한민국에서 일하는 엄마로 산다는 것》의 저자 신의진 교수는 하루에 서너 시간 자면서 밥 먹을 틈도 없이 병원을 뛰어다니는 레지던트 1년 차에 첫아이를 임신했다고 한다. 첫째 아이가 태어났지만, 다른 아이들보다 예민하고 정신적으로 틱 장애까지 겪으며 아이를 키우는 데 어려움이 많았다고 한다. 수시로 유치원이나 학교에서 문제를 일으켜 죄인처럼 사과해야 했고, 선생님들께 머리를 조아리며 아이를 부탁해야 할 때도 많았다고 한다. 아이의 아픈 증상들이 엄마 때문이라는 죄책감에 시달리며, 하루에 스무 번도 넘게 일을 다 내려놓고 아이를 위해서 살아야겠다는 생각도 수없이 했다고 한다.

그럴 때마다 신의진 교수는 두렵고 무척 슬펐지만, 우울함과 좌절이 덮치는 것을 막을 수 있었던 건 자신의 일을 0순위에 두었기 때문이라고 말한다. 일하는 동안 슬픔과 두려움에서 벗어나 나를 추스를 수 있었고, 일하며 얻은 성취감으로 다시 씩씩한 엄마가 될 수 있었다고 말한다.

엄마가 일하는 이유는 경제적으로 조금 더 여유롭게 아이를 키울 수 있고, 가족이 더 풍요로운 생활을 하기 위함도 있다. 그러나 경제적 보탬이라는 중요한 이유보다 더 확실한 이유는, 엄마 자신을 위해서다. 매달 아이의 학원비를 위해서, 아파트 대출 상환을 위해서만 일한다고 생각하면 우울하고 지치기만 할 것이다.

일반적으로 사람들이 직업을 선택할 때, 주로 세 가지를 중요하게 생각한다. 돈, 가치, 비전(성장 가능성)이다. 세 가지 요소가 모두 중요하지만, 일하는 이유가 오로지 돈에만 집중하다 보면, 어느 순간 멘탈이 무너지는 상황을 경험하게 된다. 특히 워킹맘은 일뿐만 아니라 육아와 살림까지 병행해야 하는 상황에서, 자신이 먼저 자신을 돌보지 않으면 몸과 마음이 최악의 상황을 맞이할 수밖에 없다.

엄마인 내가 먼저 나를 존중하고 인정해야 한다. 엄마가 자기 일이 살아갈 수 있는 원동력이자 성장하는 과정이라고 여긴다면, 가족들도 엄마를 충분히 응원하고 인정할 것이다. 가족 구성원 한 명 한 명 소중하지 않은 사람은 없다. 그중에서도 엄마가 자신을 가장 소중하다고 생각해야 한다. 그래야 가족도 엄마를 0순위로 존중할 것이다.

CHAPTER
3

남편 대신 출근하는
워킹맘입니다

―――

결심에 이르기 전까지는 주저함이 있고, 물러설 기회가 있고, 또 항상 무기력함이 있다. 그러나 분명한 결심에 이르는 순간 우주의 섭리도 함께 움직이게 된다. 결심에 이르지 않았다면 발생할 수 없었을 일들이 이제는 걷잡을 수 없이 일어나 우리를 돕는다. 결심으로부터 사건들이 연이어 발생하고, 이런 식으로 일어나리라고는 꿈도 꾸지 못했던 보이지 않는 우연들과 만남들과 물질적 도움들이 우리에게 유리한 방향으로 펼쳐진다.

-주디스 라이트, 〈단 하나의 결심〉 중에서-

1

남편이 퇴사하며
변화하는 것들

최근 MBTI(일상생활에 활용할 수 있도록 자기 보고식 성격 유형 지표) 검사가 유행이다. MBTI 검사를 하는 이유는, 나에 대해 알고 다른 사람을 이해하기 위한 도구로, 직장이나 가족 간의 소통 문제를 더욱더 현명하게 대처할 수 있기 때문이다.

최근에 나는 회사에서 MBTI 검사를 한 적이 있다. 결과를 보니 신기하게 잘 맞아서 남편도 바로 검사를 해봤다. 결과를 보니 우리는 정반대의 성향을 가지고 있었다. 나는 ENTJ (대담한 통솔자, 타고난 지도자형)인 반면에 남편은 ISFP(호기심 많은 예술가, 신중하며 거절을 못 하는 편)로 결과가 나왔다. 이렇게 정반대의 성향이어서 그런지 때로는 서로를 이해하지 못하고 의견 충돌이 일어날 때도 있다. 그중 하나가 남편의 회사에 관한 생각이다.

남편은 케이블 방송사의 PD였다. 대학시절, 행정학과를 졸업한 뒤 안정적인 공무원이 되겠다며 고시촌에서 2년간 행정고시 준비를 했다고 한다. 남편은 본인의 생각보다 부모님의 의견을 따르며 직업을 선택하려 했다. 그러나 고시 준비를 하며 자신의 적성과 맞지 않는 일이라는 것을 느끼고 고시 준비를 중단했다. 결국, 본인이 진짜 하고 싶은 PD가 되기로 결심하고, 1년 동안 방송 아카데미에서 열심히 공부한 뒤 PD가 되었다고 한다. 남편이 말하길 공중파 방송국은 아니었지만, 본인이 간절히 원했던 일이었기에 행복하게 일할 수 있었다고 말한다.

점점 성장하며 안정적으로 15년간 일해오던 남편이 어느 날, 청천 벽력같은 소식을 전했다. 본인은 원하지 않았지만, 지방으로 발령이 났다는 것이다. 집에서 5시간 넘는 거리에 있는 포항이라는 낯선 곳으로 남편은 떠나야 했다. 발령이 나고 일주일 뒤 남편은 차에 짐을 가득 싣고 포항으로 떠났다. 주변 사람들은 '전생에 나라를 구해야만 할 수 있는 것이 주말부부'라며 부러워하기도 했다. 그러나 평소 남편과 대화도 많이 하고 서로 의지하며 친구처럼 지냈던 우리에게는 받아들이기 힘든 시간이었다. 남편이 떠나기 전날이었던 2017년 12월 24일 크리스마스이브는 우리 가족 생애 가장 슬픈 날을 보냈다.

남편의 MBTI 성향(ISFP)이 보여주듯, 그는 안정적이고 신중한 사람이다. 회사에서 일방적으로 내린 결정에 대해 불만이 많았지만, 바로 회사를 그만둘 생각은 하지 않았다. 지방으로 떠나 힘든 시간이지만 나름 회사에 적응하며 지내보려고 애쓰는 모습을 보며 나는 늘 안타까웠다. 그는 일단 1년을 버텨보겠다고 말했고, 한 주도 빠짐없이 매주 집을 오가며 KTX 열차 안에서 수많은 고민을 했다고 한다. 유독 아빠와 친하게 지낸 두 딸은 매주 일요일 아침부터 우울 모드로 변했다. 결국, 1년 동안 이산 가족 생활을 하며 남편은 큰 결심을 하게 되었다. 어느 날, 그가 내게 말했다.

"내가 얼마나 부귀영화를 누리겠다고 가족과 매주 생이별을 하며 살아야 하는 건지 모르겠어. 언제 다시 돌아올지 모르는 지방에서 혼자 직장 생활을 하는 것은 가족 모두가 힘든 시간인 것 같아. 아이들이 클수록 나와 멀어질 것 같고, 회사도 불안정해서 여기까지만 하는 게 좋을 것 같아." 그 말을 하고 난 후, 딱 1년을 채우고 남편은 회사를 그만두고 집으로 돌아왔다.

남편이 포항으로 발령이 나기 전 2017년부터 나는 보험회사 세일즈 매니저로 일하기 시작했다. 출산 후 10년 정도는 짧은 시간(오전 10시~오후 4시)만 일하다가 공식적인 회사 프로젝트에 합격한 후 전문직 커리어를 쌓을 기회가 생겼다. 결혼 전부터 하고 싶었던 교육 분야의 커리어를 쌓으며 일하는 것은 즐거웠다. 하지만 지방으로 남편이 떠난 뒤 완전히 혼자 독박 육아와 일을 해야 하는 상황을 맞이했다. 결국, 남편이 회사를 그만둔 순간부터 나는

'진짜 가장 워킹맘'이 되었다.

　남편이 15년간 다녔던 회사를 그만두는 것은 어려운 선택이었고 우리 부부에게는 위기로 다가왔다. 하지만 위기라고 생각하기보다 15년간 고생해온 남편에게 '안식년'을 선물해 주기로 생각하니 한결 마음이 편안해졌다. 3년이라는 시간 동안 가장으로 일을 해보니 남편의 마음을 조금씩 이해할 수 있었다. 그때부터 남편에게 그동안 고생했던 시간을 위로받고 여유를 가지며, 제2의 인생을 준비해 볼 수 있는 시간을 주고 싶다는 생각을 했다.

　남편은 깔끔한 성격 탓에 집안일을 나보다 훨씬 잘했다. 퇴근 후 집에 오면 가사 돌보미가 다녀간 것처럼 항상 집이 깨끗했다. 요리는 어렵다며 힘들어했던 남편이 요리 실력까지 나날이 늘어 매일 저녁 나의 퇴근길을 설레게 했다. 남편의 살림은 능숙해졌지만, 가장 힘들어했던 점은 두 딸의 육아였다. 한창 외모에 민감해지는 사춘기 아이들의 머리를 묶어주고 옷을 챙겨주는 일은, 아빠에게는 낯설고 어려운 일이었다. 게다가 아이들 학원 일정부터 학교 상담, 그리고 병원 가는 일까지 3개월 정도 모든 것을 도맡아 해보더니 어느 날 남편이 고백하듯 말했다.

　"10년이 넘는 시간 동안 육아와 일을 병행하며 얼마나 힘들었을지 이제야 너를 이해할 수 있을 것 같아. 아이들이 어렸던 아기 시절은 더 힘들었을 텐데…. 지금까지 정말 고생 많았고, 앞으로는 내가 더 잘하고 노력할게."

남편의 이야기를 들으며 왈칵 눈물이 쏟아졌다. 남편이 워킹맘의 마음을 이해한 것처럼 나 역시 남편이 매일 아침 지옥철에 시달리는 출퇴근길 심정을 이해하게 되었다. 매일 회사 생활하며 괴롭고 화가 치밀어 올라도 꾹 참으며 일했을 그를 생각하니, 남편에게 미안함과 가장의 책임감도 공감할 수 있었다.

남편이 회사를 그만두고 내가 가장으로 일하고 있다고 지인들에게 말하면, 유독 비슷한 나이의 남성들이 부러워했다. 본인도 아내보다 살림도 잘할 수 있다며 '안식년'을 가져본다는 것 자체가 꿈같은 일이라고 말했다. 그래서 그런 것일까? 남편이 회사를 그만두고 가장 행복한 순간은 '평일 아침, 다른 사람 출근하느라 정신없을 때 여유롭게 운동할 때'가 제일 여유롭고 행복하다고 말했다.

나는 가능하다면 짧은 기간이라도 남편과 아내가 역할을 바꿔 지내보길 추천한다. 이러한 시간을 보내고 나니 부부가 서로 깊게 이해하고, 단단해질 수 있는 시간이 되었다. 아이들도 아빠와 함께하며 선물 같은 추억을 만들어나갈 수 있는 시간을 보낼 수 있었다.

언제나 해보지 않은 일을 시도하는 것은 두려움이 따르고 용기가 필요하다. 다른 사람과 조금 다르게 지내보는 것은 더 불안할 수 있다. 하지만 '위기는 곧 기회다'라는 말이 있듯이 한 가정에 위기가 닥쳐와도 부부가 서로 이해하고 공감할 수 있다면, 더 행복한 가정을 꾸려나갈 수 있을 것이다.

2
진짜 가장이라는
마음으로

직장 생활을 하며 가장 재미있는 순간이 언제일까? 요즘은 코로나로 회식을 할 수 없지만, 팀원들과 함께 회식하며 짧은 시간 동안 '야자타임(나이가 어린 사람이 많은 사람과 반말로 이야기하는 시간)'이라는 게임을 한 번쯤은 재미있게 해봤을 것이다. 물론 상사는 기분이 썩 좋지 않을 때가 있지만 짧은 순간 현타(현실자각타임)가 오기도 한다. 야자타임이 짜릿한 이유는 완벽하게 상대방의 관점에서 느끼는 점을 대놓고 반말로 듣기 때문에 더 리얼하게 와닿는다.

상대방을 이해하기 위해서는 내가 상대방 입장이 되어보는 것이 가장 좋다. 여자도 결혼 전에 느끼는 엄마에 대한 생각과 결혼 후 엄마의 관점에서 느끼는 엄마에 관한 생각은 현저히 다르게 느껴진다. 내가 직접 엄마 역할을 해보며 엄마가 나를 키우느라 얼마나 힘들었을까에 대한 마음을 깊이 이해하게 된다.

남자 또한 대학 졸업 후 군대를 다녀온 후 힘든 취업 준비과정을 거쳐 직장 생활을 시작한다. 사회생활을 어느 정도 하다 결혼 후 가장이 되어보면, 그동안 힘들게 살아오신 아버지의 인생을 조금씩 공감할 수 있게 된다.

나는 첫째 아이 출산 후 계속 일하고 싶었지만, 엄마라는 이유로 육아를 전담해야 한다는 것이 억울했다. 요즘은 남편도 육아휴직을 많이 쓰는 추세이긴 하지만, 가장이라는 이유로 일을 그만두는 것은 당연히 엄마가 해야 한다는 분위기가 일반적이다. 물론 남편도 가장의 역할을 해내기가 쉽지만은 않다. 하지만 나는 남편이 일하고 싶은 분야에서 점점 성장하며 일을 한다는 것만으로 부러웠다. 더구나 워킹맘은 남편과 똑같이 일도 하고, 육아와 살림까지 하니 남편만큼 힘들다는 것도 맞는 사실이다.

내가 일을 지속하기 힘들었던 가장 큰 이유는, 온종일 마음 편하게 아이를 맡길 수 있는 곳이 없었기 때문이다. 보통 할머니나 가족이 가까이 살며 도움을 얻기도 하지만, 나는 그럴 수 있는 사람이 없었다. 그래도 일은 해야겠다는 생각으로 주어진 시간 내에 효율을 극대화할 수 있는 일을 찾았다. 시간제나 영업직처럼 자유롭게 할 수 있는 일이, 아이를 키우며 유연하게 할 수 있는 일이라고 생각했다. 비록 지금은 어쩔 수 없이 육아와 병행하며 할 수 있는 일을 찾지만, 훗날 내가 진정으로 하고 싶은 일을 하기 위하는 과정이라고 생각하며 일했다.

유치원 영어 강사 때의 일이다. 유치원에서 아이들을 가르치는 시간은 딱 2시간이었다. 그러나 아이들을 가르치기 위해 일주일 간의 교육과 선배 강사들과 교수법 회의에 참석해야 했다. 주 3회 는 유치원으로 수업하러 가지만, 그 외의 시간은 교구를 만들거나 수업 준비를 하기 위해 선생님들과 회의를 해야 하는 날이 많았 다. 그 당시 첫째가 6세, 둘째가 두 돌이었다. 아이들이 잠든 뒤부 터 교구를 만들 수 있었고, 회의에도 매번 아이들을 데려가면서 참석해야 했다. 남편은 매일 밤에 10시가 넘어야 집에 왔다. 육아 에 도움을 받으며 일하기는 어려운 상황이었다.

처음 영어 강사를 시작할 때 육아와 일을 병행해야 하는 엄마 로서 주 3회, 2시간씩만 일하고 다른 일보다 시간당 급여가 높다 고 생각해 함께 시작했던 엄마들이 많았다. 막상 일을 시작해보 니 여러 가지 넘어야 할 산들이 있었고, 결국 3개월도 일하지 못 하고 그만두게 되는 선생님을 많이 볼 수 있었다.

영업직 또한 마찬가지였다. 엄마들은 아이를 돌보며 일을 해야 하므로, 회사보다 자유롭게 일할 수 있는 영업직을 선택하는 경우 가 있다. 나 역시 아이를 키우며 아프거나 여러 가지 급한 상황일 때, 자유롭게 나의 일을 조율할 수 있다는 장점 때문에 영업일을 선택했다.

그런데 이렇게 일을 경험하며 만나게 된 비슷한 상황의 엄마들을 만나며 느낀 점이 한 가지 있다. 일에 대한 책임감과 우선순위에 대한 개념이다. 물론 일과 육아를 병행하다 보면, 어쩔 수 없이 일을 그만둬야 하는 경우가 있다. 하지만 많은 엄마가 잠깐 일하다 육아를 핑계로 또는, 가족이 반대해서라는 이유로 쉽게 일을 포기하는 경우가 많았다. 특히 급여가 적고 아이들을 돌보는 일에 소홀해진다고, 남편이 일을 그만두라고 해서 더는 일을 못 하겠다고 하는 사람도 있었다. 가족의 상황이 각기 다르지만, 엄마의 인생은 자신이 스스로 판단하고 결정하며 책임져야 한다고 생각한다. 내가 먼저 내 일에 책임감을 느끼지 않고 가치를 낮게 평가하면서 다른 사람에게 존중받을 수는 없다.

아이들을 돌보며 짧은 시간 동안 일하다가 2017년부터 간절히 원하던 일을 하게 되었다. 세일즈 매니저로 매일 새벽에 출근해서 밤늦게까지 일하며, 육아와 살림까지 병행하는 생활이 고됐다. 그렇지만 전문직으로 커리어를 쌓을 수 있다는 마음에 출근길은 항상 설레었다. 점점 일에 적응하는 가운데 다음 해인 2018년 남편이 지방으로 발령이 났다. 1년간 주말부부로 지내며 남편은 결국, 기약 없이 지방에서 회사생활 하는 것이 맞지 않는다고 생각해 회사를 그만뒀다. 남편의 퇴사로 항상 일하는 게 더 편하다며 큰

소리치던 내가 진짜 가장이 된 것이다.

남편이 결혼 후 15년 만에 육아와 살림을 하고, 내가 가장이 될 것이라고는 누구도 예상하지 못했던 일이다. 서두에서 말했듯이 언젠가 내가 상대방의 입장이 되는 날이 오긴 하지만, 진짜로 남편과 나의 역할을 바꿔서 일해 볼 기회가 올 줄은 몰랐다.

가장이 되어 일했던 첫해에는 나도 능력 있는 사람이라고 인정받는 것 같아 힘들지만, 행복하고 감사했다. 역시 회사 생활은 기쁨도 있었지만, 일의 강도와 책임이 커지며 스트레스를 받을 때에는 도망가고 싶을 때도 있었다. 회사 생활 2년 차가 되면서부터 가장의 외로움과 무거운 책임감을 느낄 수 있었다.

유치원 시간제 영어 강사와 영업일을 하면서는 육아와 병행하며 일하는 것도 만만치 않은 것은 사실이었다. 일하며 힘들고 지칠 때 남편이 "너무 힘들면 일 안 해도 괜찮아. 내가 더 열심히 하면 되지."라고 위로해 줬다. 그때 내심 남편이 가장이니까 내가 몇 달쯤은 일하지 않아도 괜찮다는 마음에 부담감은 훨씬 덜 했었다. 남편이 이제는 그런 말을 해 줄 수 없는 상황을 실제로 마주하게 되니, 일이 힘들다고 아이들이 아프다고 덜컥 일을 쉬거나 그만둘 수 없는, 가장의 책임감을 뼈저리게 느낄 수 있었다. 이제는 일이 나랑 맞지 않는 것 같다고 말하며 쉽게 그만둘 수가 없는 상황이었다. 내가 일하지 않으면 당장 가족의 생활이 유지되기 힘들다는 것이 큰 부담감으로 느껴졌다.

《파리에서 도시락을 파는 여자》의 저자인 켈리 최 대표는 30대까지 잘나가는 사업을 하다가 40대에 10억이 넘는 빚을 지며 바닥까지 내려가는 절망적인 순간을 맞이했다고 한다. 그 당시 본인의 상황을 돌아보니 '10억 원의 빚을 지고 누구의 도움을 받을 수 없는 상태로 프랑스에서 살아가는 40대 초반의 한국인 여성'이라는 것이 현실임을 깨닫게 되었다고 했다. 하지만 사업에 큰 실패를 하고 남편에게 의지하며 살 것인지 다시 공부해서 사업에 재기할 것인지에 대한 생각을 해봤을 때, 켈리 최 대표는 '현실 직시'를 하고 새로운 사업 준비를 하기 위한 도전을 선택했다고 한다.

실패한 사업가가 재기하기 어려운 가장 큰 이유는 사실 빚 때문이 아니라고 한다. '잘나가던 시절의 나'를 한 칸 내려놓지 못하기 때문이라고 말한다. 어렵고 간절하다고 생각했지만 '내가 어떤 사람인데 이런 걸 해?'라는 생각을 하기 시작하면, 다시 일어서기는 어렵다고 그녀는 말한다.

세상 모든 엄마가 한때 잘나가는 직장인이었고, 변화하는 세상의 흐름을 잘 따라가는 능력 있는 사람이었을 것이다. 육아에 집중하다 보니 엄마의 모든 관심사와 책임은, 아이가 1순위가 되는 것은 당연하며 또 그렇게 할 수밖에 없다. 그런데도 일을 해야겠다고 마음을 먹었다면, 내 이름을 대표할 만큼 책임감을 느끼고 집중해서 일해야 한다. 내 일에 대한 가치는 내가 먼저 존중하고 자부심을 품어야 다른 사람에게도 나의 일을 존중받을 수 있는 것이다

나는 이미 나를 책임지는 가장이라는 것을 기억하자. 나의 일을 스스로 존중하고 책임질 수 있을 때 점점 나의 능력은 더 향상될 수 있을 것이다.

3
결핍이 클 때
나의 한계를 찾을 수 있다

'피는 못 속인다'라는 속담이 있다. 부모로부터 물려받은 성격이나 행동, 습관 등 여러 가지 면에서 마치 대물림된 것처럼 자식이 부모를 쏙 빼닮는 것을 말한다. 때로는 부정하고 싶을 때도 있지만, 나 역시 부모님과 붕어빵처럼 닮았다는 이야기를 많이 듣는다.

친정엄마는 어린 시절 10남매 중 막내로 태어나, 정말 가난한 환경에서 성장하셨다고 한다. "옛날에는 다 가난하고 못 배웠어."라고 어른들은 말씀하시지만, 엄마는 유독 어려운 가정환경 때문에 학교를 제대로 다니지 못하셨다. 엄마는 "만약 내가 공부만 더할 수 있었다면 내 인생이 바뀌었을 텐데…"라고 말씀하시며 늘 '배움'을 강조하셨다.

겨우 초등학교까지 졸업하셨던 엄마는 늘 자신의 학력에 대한 결핍이 있으셨다. 내가 고등학교 시절 작성했던 가정환경 기초 조사서 중, 부모님의 학력을 쓰는 항목이 있었다. 엄마가 고졸이라고 써주셔서 나는 성인이 될 때까지 엄마의 학력은 고졸인 줄 알았다. 대학을 졸업하고 사회생활을 시작할 때쯤 어느 날, 탁자 위에 검정고시 책을 보게 되었다. 아무 생각 없이 이 책이 누구 책인지 엄마에게 물어보니 엄마 책이라고 하셨다. 중학교, 고등학교 검정고시 졸업 후 대학교까지 갈 계획이라고 희망에 가득 찬 목소리로 말씀하셨다.

이처럼 결핍이라는 것은 자신이 부족하거나 불편하다고 느끼는 감정에서 출발한다. 결핍을 자신의 콤플렉스라고 생각해서 위축되거나 감추려는 사람도 있다. 그러나 반대로 생각해 보면 자신에게 부족하다고 느끼는 감정, 즉 결핍이라고 느끼는 감정 덕분에 그것을 채울 때까지 노력할 수 있는 원동력이 된다는 것을 기억해야 한다. 아마 친정엄마도 당신의 학력이 늘 콤플렉스로 느끼셨을 것이다. 자식에게까지 감추고 싶은 당신의 학력을 어떻게든 스스로 높이고 싶다는 간절함에 공부를 시작하셨다고 생각한다. 결국, '대학교 졸업'이라는 학력까지 이루며 엄마는 학력 결핍이라는 감정을 큰 성취감으로 맛보셨을 것이다. 그런 엄마를 보며 나 역시 한계에 도전하는 열정을 배울 수 있었다.

2017년 세일즈 매니저로 입사해 수많은 인터뷰를 한 사람 중,

가장 기억에 남는 사람이 있다. 40대 중반의 남성이며 금융권 근무 경력이 있었던 후보자였다. 매니저가 후보자에게 가장 중요하게 질문하는 내용 중 '당신이 일하고 있는 회사(또는 직전에 일했던 회사)에서 가장 불만이었던 사항이 무엇인가?'에 대한 것이다. 이 질문에 답변을 들어보면 후보자의 성향을 파악할 수 있는 것은 물론 불만 사항을 통해 그 사람의 결핍이 무엇인지를 파악할 수 있다.

면접을 봤던 후보자는 전 직장에서 13년간 성과도 높게 올리며 열정적으로 일했다고 한다. 금융권 회사다 보니 어느 날 본인과 동료가 연결된 금융 사고가 일어났다고 한다. 그 문제를 해결하기 위해 애썼지만, 결국 본인이 1억이 넘는 빚을 떠안게 되었다고 말했다. 회사를 자랑스럽게 생각하고 열심히 일했지만, 모든 책임을 직원에게 떠넘기며 개인의 빚으로 돌리는 회사에 억울함과 배신감을 느껴, 더 이상 회사에서 일할 수 없다는 결정을 내렸다고 말했다. 그 뒤로 자신이 일한 만큼 보상을 받을 수 있고, 최대한 직원을 배려하는 회사를 찾기 위해 10곳이 넘는 보험회사를 알아봤다고 말했다.

후보자가 말하는 눈빛에서 간절함이 느껴졌고, 두 아이의 아빠로서 부족함 없이 가장의 역할을 하고 싶다는 후보자의 말에, 면접관 모두 감동과 응원의 박수를 보냈다. 그는 당연히 면접에 합격했고, 열정적으로 일하며 뛰어난 성과를 달성하는 모습을 보여 줬다. 그의 결핍은 가장으로서 두 아이를 잘 키우고 싶은 경제적 여유와 자신이 일한 만큼 받을 수 있는 회사의 인정과 보상이었다. 그는 자신의 결핍을 자신감으로 바꾸기까지 수많은 좌절과 억울한 시간을 이겨내며 그 자리에 오를 수 있었다.

세일즈 분야에서 15년 동안 일하며 영업을 정말 잘하는 분들을 많이 만날 수 있었다. 그분들이 수억억대 이상의 연봉을 받으며 그 자리에 있기까지 성공담을 들어보면 신기할 만큼 공통점이 있다. 그것은 '결핍'이 있었기 때문이라고 말한다.

보험회사 입사 초기에 나를 유독 응원해주셨던 선배님 이야기다. 선배님이 보험 영업을 시작하기 전까지 대기업 경영전략실에서 일하셨다고 한다. 대학 졸업 후 고향에 계신 부모님도 자랑스러워하실 만큼 만족스럽게 회사에 다니며 열심히 일했다고 한다. 덕분에 승진도 빨리했고, 회사의 핵심 부서인 경영전략실에서 일할 수 있었다고 했다. 그러나 1998년 우리나라가 IMF 외환위기가 닥치며 회사도 위기가 찾아왔고, 경영전략실에서 근무했던 선배는 회사의 구성원을 줄여야 하는 '구조조정' 업무를 맡게 되었다고 한다. 본인도 한 가정을 책임지고 있는 가장으로서 구조조정 업무를 하며 마음이 아팠고, 엄청난 스트레스를 받았다고 한다. 모두가 인정해 주는 대기업의 경영전략실 업무에 회의를 느끼기 시작했고, 더는 일에 대한 보람과 가치를 찾을 수 없어 결국 퇴사를 하게 되었다고 말씀하셨다.

많은 사람들이 직업을 결정할 때 중요하게 생각하는 세가지 요소가 있다. '돈(보수)', '가치', '비전(성장)'이다. 세 가지 항목이 모두 중요하다. 그중 사람이 자신이 하는 일에 대한 보람이나 가치 즉, 자신의 일을 인정받지 못하면 그 일은 오래 할 수 없다고 한다. 물론 사람마다 일하는 이유가 다를 수 있다. 하지만 이 항목 중 어느 한 가지라도 내가 결핍이라고 느끼는 것이 있다면, 그것을 채우기 위해 부단히 노력하게 된다는 것은 확실하다.

선배님의 이야기를 들으며 나는 어떤 점을 결핍으로 느끼고 있는지 생각해 봤다. 위의 세 가지 중 하나를 꼽으라면 '나의 비전과 성장'이었다. 결혼 후 아이를 낳고 주변의 도움 없이 할 수 있는 일을 찾아 해보겠다며 몇 가지의 직업을 경험했다. 내가 하고 싶은 일은 당장 할 수 없지만, 하루에 몇 시간이라도 일하면 나를 찾는 것 같은 마음에 위안으로 삼으며 일했다. 하지만 마음속에는 원하는 일에 대한 미련과 나의 성장에 갈증을 느꼈다. 나의 의지보다 육아해야 하는 상황 때문에 일을 그만둬야 했기 때문에, 다시 성장하며 일해보고 싶은 마음은 내려놓을 수 없었다.

늘 마음속에서 느끼던 결핍은 내 인생에 새로운 기회를 안겨주었다. 기존에 내가 원했던 일과 똑같지는 않지만, 내가 배운 지식과 경험을 다른 사람에게 나누며, 선한 영향력을 줄 수 있는 리더의 역할을 할 기회가 온 것이다. 기회가 왔을 때 해보지 않았던 일이었기 때문에 망설였지만, 새롭게 도전함으로써 분명 내가 성장할 수 있을 것이라는 생각을 했다.

과감하게 도전을 했고, 시행착오도 겪었지만, 늘 마음속에 아쉬움으로 자리 잡았던 나는 놀랍게 발전할 수 있었다. 그 덕분에 일머리를 키우고 세상을 바라보는 시야가 넓어졌고, 생애 최고의 월급인 한 달에 천만 원 이상의 보수를 받으며 억대연봉을 달성하기도 했다.

'결핍'이라는 것을 다르게 생각하면 '간절함'이라고 말할 수 있다. 사람마다 자신이 느끼는 간절함의 종류는 각자 다를 것이다. 돈이 될 수도 있고 앞에서 말한 선배의 이야기처럼 일의 가치가 될 수도 있다. 혹은 내가 느낀 결핍처럼 자신의 성장이라고 느낄 수 있다. 그게 무엇이든 자신에게 가장 간절한 것을 찾아보자. 간절한 것이 없다면 지금이라도 만들어보자. 내가 느끼는 '결핍'이라는 것을 채우려고 할 때, 나도 모르는 나의 한계치를 경험해보는 짜릿한 순간도 느낄 수 있을 것이다. 상상만 해도 즐겁지 아니한가. 내가 원하는 간절함이 최고의 뿌듯함으로 느껴질 때를 경험해보길 바란다.

4

특명, 내 안의
잠재력을 찾아라

최근 멀티 페르소나, 부캐, N잡러, 문라이터(moonligther, 영어로 투잡족이라는 의미로 달빛이 떠오를 때 일하는 사람을 말함)라는 키워드가 자주 등장하고 있다. 이 단어들의 공통점은 무엇일까? 한 사람이 환경이나 상황에 따라 여러 개의 정체성을 보이며, 다양한 모습으로 활동하는 것을 나타낸다. 이 단어들은 최근에 사회적으로 화두가 되고 있지만, 사실 워킹맘들은 이미 다양한 정체성을 갖고 살아가고 있다.

역할로만 봐도 엄마(아이가 딸인지 아들인지에 따라서도 엄마의 정체성은 달라질 수 있다), 딸, 아내, 며느리, 언니 또는 동생, 그리고 회사에서의 역할만 해도 이미 워킹맘들은 기본적으로 6가지 이상의 정체성을 갖고 살아간다. 아마 대부분 사람이 자신의 역할이 바뀔 때마다 상황에 맞게 적절히 자신만의 정체성을 드러내며 역할을 해낼 것이다. 특히 요즘은 SNS에서 보이는 자신의 정체성을 또 다르게 만들어가며 새로운 온라인 인맥도 만들어가는 세상이다.

아이러니하게도 이렇게 다양한 정체성을 갖고 살아가면서도, 정작 '나다움'에 대한 고민은 더 깊어져만 간다. 여성들은 결혼 후 아이를 출산하며 '나'를 내려놓아야 하는 시기가 찾아온다. 내가 좋아하는 것, 하고 싶은 것보다 아이를 위해 할 수 있는 것으로 삶 전체를 바꿔야 한다. 일은 물론이고 친구, 취미, 음식 취향 등을 선택하는 모든 기준이 아이 위주로 결정하게 된다.

나는 고등학교 시절부터 승무원이 되고 싶었다. 결혼 전까지는 승무원이라는 직업을 통해 넓은 세상을 경험하고 서비스 업종에서 사회생활의 기본기를 배우고 싶었다. 결혼하고 아이를 낳게 되면 승무원의 경력을 바탕으로 강사를 하며 멋지게 살아가는 인생의 로드맵을 그렸다. 하지만 시작부터 계획대로 되지 않았다. 항공사 면접을 50회 이상 도전했지만, 결국 승무원의 꿈을 접고 호텔리어가 되었다. 꼭 승무원이 아니어도 서비스업이라는 큰 카테고리 안에서 내가 하고자 하는 경력을 쌓을 수 있다는 점을 받아들이고 나니 직업에 대한 만족도가 올라갔다.

호텔리어로 8년 정도 일을 하며 인간관계와 일의 기본기를 잘 배울 수 있었다. 덕분에 강사라는 꿈도 결혼 후 차곡차곡 준비해서 이룰 수 있었다. 문제는 아이를 출산해보지 않고 막연히 꿈에 그렸던 강사라는 직업은, 아이 엄마가 하기에 현실적으로 힘든 일이었다. 잦은 지방 출장과 기본 일정이 3일에서 일주일까지 머무르며 프로젝트 강의를 맡아야 했다. 아이를 며칠씩 돌봐줄 수 있는 사람이 없는 나로서는 일할 수 없는 상황이었다. 이때부터 내 인생 전체에 대한 방향 설정을 다시 해야 했다.

처음엔 아이 때문에 하고 싶은 일을 접어야 한다는 사실이 슬펐다. 고등학교 시절부터 꿈에 그렸던 일이었고, 승무원의 꿈을 이루지 못했던 아픈 실패 이후 힘든 노력 끝에 강사가 되었다. 내가 하고 싶었던 일을 완전히 포기해야 하는 것 같아 아이를 낳은 것부터 후회하기도 했다. 힘든 감정에 대해 고민을 할 사이도 없이, 나는 아이를 키워야 하는 엄마라는 역할에 충실해야만 했다. 모든 발달이 느렸던 아이를 위해 공부와 살림, 그리고 일을 병행하느라 그동안 아이와 함께하지 못했던 시간을 더 몰입하여 육아에 전념했다.

어느 날 언어발달이 느렸던 아이를 위해 유아 독서에 대하여 강의를 듣기 위해 유아 전집 회사를 방문했다. 강의를 들으며 가슴이 뛰고 설레는 마음을 오랜만에 느꼈다. 그때부터 다시 강사라는 일에 대한 열정이 솟아올랐고 강사라는 일에 도전하고 싶었지만, 현실은 경단녀였다. 더구나 자녀 교육이나 독서법에 대한 강의 경력도 없었기 때문에 늘 마음속에만 묻어두고 지내야 했다. 그때부터 강의하고 싶다는 나의 진짜 마음을 들여다보고, 아이를 잘 키우며 할 수 있는 나의 잠재력에 대하여 진지하게 고민하기 시작했다.

사실 내가 20대까지는 직업에 대해 'Why'에 대한 생각 보다는 막연히 동경하는 마음으로 직업을 정했다. 왜 승무원이 하고 싶은지, 서비스업을 경험한 뒤 강사는 왜 하려 하는지에 대한 질문에 나만의 답변이 명쾌하지 않았다. 아이를 낳고 여러 번의 실패와 좌절을 경험하며, 도대체 내가 왜 이렇게 강사라는 일을 하고 싶은지에 대한 물음을 나에게 던져 보았다. 선뜻 대답하기 어려웠다. 며칠을 고민한 끝에 마음속의 풀리지 않는 'Why'에 대한 답을 내릴 수 있었다. '내가 알고 있는 지식을 통해 주변 사람들에게 선한 영향력을 줄 수 있는 사람이 되고 싶다.'라는 답을 얻을 수 있게 되었다.

나는 사람들을 만날 때 에너지가 넘친다. 사람들이 관심 갖고 필요로 하는 지식을 나눌 수 있을 때 보람과 행복감을 느낀다. 이 것이 나의 잠재력이라는 것을 아이의 엄마가 되고 여러 번의 실패 경험을 통해 깨닫게 되었다. 그 당시 내가 유·아동 독서 교육에 대한 강의를 바로 할 수는 없었지만, 유·아동 도서 영업과 부모 교육을 강의하기 위한 공부를 시작했다. 한 달 동안 아동 도서 영업을 위한 신입 교육을 받았다. 교육이 끝난 뒤 영업을 시작할 때까지만 해도 자신감을 느끼고 진정성 있게 책의 정보를 전달하면 실적도 잘 나올 것이라고 예상했다.

역시 결과는 나의 예상과 완벽히 달랐다. 강연은 내가 할 이야기들을 정리해서 주어진 시간 내에 지식을 전달하면 되는 방식이다. 하지만 영업이 다른 이유는, 설명에서 끝내는 것이 아닌 클로징(closing:영업 활동의 마지막 단계로 고객의 구매욕을 일으켜 결정까지 끌어가는 것)을 해야 하는 어려운 단계를 소화해야 했다. 처음에는 누군가에게 이 물건이 좋다고 사달라는 것 같아서 자존심 상하기도 했고 창피하기도 했다. 이때 다시 한번 내가 이 일을 선택한 이유에 대해 생각해 봤다. '내가 알고 있는 지식을 다른 사람에 전달하여 선한 영향력을 줄 수 있는 사람'이라는 것을 생각해 보니 일에 대한 가치를 확실히 느낄 수 있었다. 우리 아이와 직접 독서를 해보고 아이가 놀랍게 변화하는 과정을 경험한 뒤, 이것을 다른 사람에게 나눌 수 있는 일이라고 생각하니 자신감이 생기기 시작했다. 그때부터 내가 가진 잠재력이 실제 세일즈를 하는 데 있어 엄청난 시너지 효과를 낼 수 있었고, 유아 독서에 대해 전문가로 인정을 받기 시작했다.

일에 대한 가치를 제대로 파악한 뒤 상담을 하니 내가 하는 말에 힘이 실린다는 것을 느꼈다. '유아 교육 전시회'에 B 출판사 상담자로 참가했다. 유아 교육 전시회에서 처음 만나는 부모 고객에게 진정성 있는 상담을 통해, 하루만에 일반 직장인 월급 수준의 실적을 달성하기도 했다. 돈을 벌어야겠다는 욕심보다 상담하는 고객들에게 진솔한 나의 마음을 전달했고, 시간이 지난 지금까지도 아이의 독서 상담을 위해 연락하며 지낸다.

강연하는 강사는 청중들에게 마음의 울림이나 도움을 주는 강의를 해야 한다. 그런 맥락으로 봤을 때 세일즈도 비슷하다. 상담을 통해 고객에게 감동과 도움을 주고, 의사결정까지 끌어내 성과를 올리는 과정까지 해내는 업무가 강의와 크게 다르지 않다. 오히려 더 적극적으로 상대방의 공감과 함께, 나에 대한 신뢰감을 최대한 어필해서 고객이 믿고 구매 결정까지 해야 하는 과정은, 더 큰 노력을 해야 성과를 얻을 수 있다. 넓게는 모든 분야의 일에 있어서 영업이라는 분야를 빼놓고는 개인이나 회사는 성장하기 어렵다. 영업을 배우고 잘할 수 있다면 일이 어렵거나 실패하더라도 극복할 수 있는 힘을 배우게 된다.

서두에 말했듯이 많은 사람들이 '나'에 대한 고민을 많이 한다. 고민은 많이 하지만, 정작 내가 좋아하는 것, 꾸준히 잘할 수 있는 것에 대해 질문을 했을 때, 바로 대답하기 어려워한다. 코로나 사태를 겪고 15년 정도 세일즈와 대면 강의를 경험한 나에게도 위기가 찾아왔다. 이러한 상황을 계기로 '나의 잠재력'에 대해 깊게 고민해 봤다. 아직도 꿈 많은 소녀처럼 배우고 싶고, 하고 싶은 일도 많지만, 그중에 내가 가지고 있는 잠재된 능력을 극대화하고 오랫동안 할 수 있는 일에 대한 고민은 끊이지 않는다.

잠재력은 겉으로 드러나지 않는, 속에 숨어 있는 능력이다. 내가 나를 가장 잘 알고 있는 것 같지만, 내가 가지고 있는 잠재능력을 파악하고 그것을 최대한 발휘하고 살아간다는 것이 말처럼 쉽지가 않다. 엄마들도 아이를 출산하기 전에는 각기 개인의 역량을 발휘하며 사회생활을 했던 시기가 분명히 있었을 것이다. 잠재된 능력은 숨어 있지만, 그것을 알기 위해서는 끊임없는 자기계발과 동기부여를 통해 알 수 있다. 항상 낯설고 새로운 것은 불편하다. 불편함이 편안함으로 느껴질 수 있는 순간, 나의 잠재력은 인생을 풍요롭게 살아가는 힘이 될 수 있을 것이다.

5
내가 경험하지 않은 것을
내 경험인 것처럼 착각하지 마라

　요즘 들어 혹시라도 들을까 봐 두려워하는 단어가 있다. '꼰대'라는 말이다. 2019년 영국 BBC가 '오늘의 단어'로 'kkondae(꼰대)'를 꼽으면서 '자신이 항상 옳다고 믿거나 다른 사람은 늘 잘못됐다고 여기는 나이 많은 사람'이라는 풀이도 함께 소개했다. 덕분에 꼰대는 국제적인 단어가 되었다. 흔히 '꼰대' 하면 나이 든 사람을 연상한다. 연륜과 경험을 내세워 자꾸 젊은 사람들을 가르치려 들기 때문이다.

　내가 생각하는 꼰대의 기준은, 나이가 많고 적음을 떠나 '새로운 것에 관한 판단을 유연하게 하지 못하고, 본인의 경험으로 모든 것을 결정짓는 사람'이 꼰대라고 생각한다. 물론 나이가 많아질수록 경험이 많아지고 그만큼 상황에 대처하는 여유와 지혜가 생길 수 있다. 그러나 나이가 많다고 무조건 지혜롭다고 할 수 없듯이, 나이가 어리다고 모두 유연하다고 볼 수는 없다.

세일즈 매니저로 일하며 가장 어렵기도 하지만 흥미로웠던 업무 중 하나가 신입 영업 사원을 선발하기 위한 심층 면접 과정이었다. 이 면접 과정은 9가지의 세부적인 분야에 대해 입사지원자에게 과거 행동을 질문하고, 답변을 통해 지원자의 미래를 예측해볼 수 있는 과학적인 면접 과정이었다. 구체적으로 평가하는 9가지 항목은 다음과 같다.

인상(Impact)

언어표현력(Oral Communication Skill)

이해력(Listening Skill)

활동력(Energy, Vitality)

자기 동기부여(Motivation for Work, Self Starter)

설득력(Persuasiveness, Salesmanship)

정신 회복력(Mental Resilience)

유연성(Flexibility, Trainability)

감수성(Sensitivity)

9가지 항목들을 하나하나 살펴보면 중요하지 않은 항목은 없다. 다만 세일즈 매니저로 다양한 팀원들과 일을 해보니 가장 중요한 항목은 '유연성(Flexibility, Trainability)'이라고 생각다. 이것은 회사에서뿐만 아니라 일상생활 속에서도 중요한 부분이라고 생각한다. 유연성이 부족한 사람이야말로 진정한 '꼰대'라고 할 수 있고, 결국 회사 생활에서도 왕따로 전락하기 쉽기 때문이다.

입사지원서부터 유독 눈에 띄었던 한 신입 지원자가 있었다. 그 친구는 ROTC(Reserve Officers' Training Corps, 학군단이 설치된 4년제 대학에 재학 중인 학생들을 선발하여 군사교육을 실시하고 임관 종합평가제를 최종적으로 합격하게 되면 졸업과 동시에 장교로 임관시키는 제도) 과정에서 전체 1등을 하며 신입 장교 훈련을 도맡아 했던 화려한 경력을 자랑했다. 학군단 내에서 진행하는 프로젝트까지 본인이 높은 성과를 끌어내 시상까지 받았다며, 자신 있는 모습을 보였다. 그는 보험 영업도 잘할 수 있을 것이라며, 면접 과정에서 높은 점수로 합격을 했고 입사 하게 되었다.

자신감 넘치고 유능한 신입사원이 함께 일하게 되어 담당 매니저인 나와 회사에서도 기대가 컸다. 그런데 본격적으로 일을 시작하고 몇 달이 지나지 않아서 일을 그만두겠다고 말했다. 이유를 들어보니 함께 입사한 동기들과 고객 발굴을 위한 활동을 하며 여러 가지 문제가 일어났다고 한다. 본인이 군에서 1등까지 하며 리더 역할을 잘했으니, 자신의 의견이 옳다며 무조건 따르라는 강압적인 분위기를 조성했다는 것이다.

어느 날 그의 고객에게 VOC(Voice of Customer: 고객 불만 사항 접수 시스템)가 접수되었다. 내용을 보니 얼마 전 그 신입사원이 계약한 건이었다. 고객이 그가 제안했던 내용의 계약이 마음에 들지 않아 변경을 요청했지만, 담당 사원이 자신의 의견을 고객에게 강요한 것이 화가 난 것이다. 고객 불만 접수뿐만이 아니라 담당 매니저였던 나도 그 친구와 소통이 되지 않았다. 그 친구에게 아무리 도움 되는 내용을 교육해도 받아들이지 않고, 본인 마음대로 판단하고 행동하는 것이 느껴졌다. 결국, 유연성이 떨어졌던 그는 3개월 만에 회사를 떠나게 되었다.

부부 사이도 이러한 유연성은 화목한 가정을 유지하기 위해 반드시 필요한 부분이라고 생각한다. 일반적으로 남편이 가장 역할을 하며, 아내는 일하면서 육아와 살림까지 맡는 경우가 많다. 여기서 누가 더 힘든가의 문제를 따지기 전에, 서로의 입장이 되어 보지 않고 자신이 더 힘들다고 주장하는 순간, 부부 갈등은 시작된다. 남편은 아내보다 육아와 살림을 덜 하는 것 같지만, 가장의 역할을 하며 정신적, 육체적 스트레스를 강하게 받는 순간들이 많다. 가장이라는 책임감은, 상당한 무게감을 느끼게 한다. 아무리 힘들고 지쳐도 버텨내야 한다는 부담감이, 가장이 아닐 때와는 현저히 다르다.

반대로 아내 역시 일과 육아, 살림까지 병행하며 챙겨야 할 일들이 많다. 남편이 직접 경험해보지 않고, 아내의 일이나 역할을 가볍게 여기는 발언이나 행동은 삼가야 한다. 각자의 역할을 직접 경험하지 않고, 자기 생각대로 상대방의 행동을 강요하는 것은, 평생 잊지 못할 상처를 주는 것이다. 서로에게 자신의 상황을 말하기 전에 상대방의 입장을 먼저 생각한다면, 부부뿐 아니라 인간관계를 유지해나가는 데 큰 도움이 된다.

서두에 말한 '꼰대'가 되지 않으려면 '내가 경험한 것들이 옳다.'라는 관념을 내려놓아야 한다. 엄마의 역할도 '꼰대'가 되지 않으려는 노력은 필요하다. 아이들에게 엄마는 인생을 좀 더 일찍 경험해 본 최고의 멘토이자 선배다. 아이들이 어렸을 때는 엄마가 대부분 선택한다. 첫째 아이가 6세 때의 일이다. 그 당시 나는 A 출판사에서 아이들 책을 판매하며 독서 논술 교사를 했다. 엄마가 독서 전문가이니 내 아이를 위한 책을 고르는 것은, 무조건 엄마 선택이 옳다고 판단했다. 그런데 어느 날 아이가 "엄마, 우리 집에는 왜 A 출판사 책만 있어요? 어린이집에 가면 재미있는 책이 많은데 우리 집에 있는 책은 전부 A 출판사라고 쓰여 있고 너무 어렵고 재미없어요."라는 말을 듣게 되었다.

아이의 질문은, 머리 한 대를 세게 얻어맞은 것처럼 충격이었다. 동시에 아이에게 미안했다. 엄마가 책에 대해 잘 알고 있다는 이유로, 아이의 취향과 생각을 존중하지 않았다. 그 뒤부터 책을

고르는 것 뿐만 아니라 아이를 위해 결정해야 하는 일이 있을 때
는, 나의 경험보다 아이의 생각을 먼저 묻고 함께 판단한다.

　세상은 빠르게 변화하고 있다. 어느새 나이가 40대가 되면서
다양한 경험을 많이 해봤지만, 반면에 내가 알지 못했던 세상이
여전히 많다는 생각이 든다. 그런데도 여전히 나 역시 '꼰대'인지
아닌지 헷갈릴 때가 있다. 40대 이후 항상 떠올리는 말이 있다.
'살까 말까 할 때는 사지 마라. 먹을까 말까 할 때는 먹지 마라. 말
할까 말까 할 때는 말하지 마라. 그러나 해볼까 말까 할 때는 해
봐라.' 내가 직접 경험해본 것이 진짜 내 경험이라는 것을 잊지 말
고 망설이는 시간에 시도해보는 삶을 살아보자.

6

아무것도 하지 않으면
아무 일도 일어나지 않는다

'매도 먼저 맞는 놈이 낫다'라는 속담이 있다. 이 속담의 뜻은 누구나 잘 알듯이 '이왕 겪어야 할 일이라면, 괴롭더라도 먼저 치르는 것이 낫다는 말'이다. 그런데 이 뜻을 더 깊이 생각해 보면, 매를 늦게 맞는 사람이 심리적으로 더 불안감을 느끼는 시간이 길어지므로, 차라리 괴로운 순간을 1초라도 빨리 경험하는 것이 심리적으로 편안함을 느낄 수 있다는 뜻이다.

사람이 가장 '불안함'이라는 감정을 느낄 때가 언제일까? 나에게 어떤 일이 생길지 스스로 예측할 수 없는 순간에 가장 불안감을 느낀다. 쉬운 예로 나는 많은 사람이 직업을 선택할 때, 영업직을 선호하지 않는다는 것을 세일즈 매니저로 일하며 피부로 느낄 수 있었다. 15년 동안 영업 분야에서 다양한 일을 해왔지만, 주변에서 '나는 너처럼 힘든 일은 잘할 자신이 없어.'라는 말을 수없이

들었다. 이 말은 영업은 거절에 대한 두려움, 예측할 수 없는 자신의 성과에 대한 불안감이 존재하기 때문이라고 생각한다.

하지만 이 불안감을 해소하는 방법이 있다. 바로 '대수의 법칙'이라는 이론을 보면 알 수 있다. '대수의 법칙'이란, '어떤 일을 몇 번이고 되풀이할 경우, 일정한 사건이 일어날 비율은, 횟수를 거듭할수록 일정한 값에 가까워진다는 경험 법칙'이다. 즉, 많은 경험을 반복적으로 하다 보면, 일정한 결과를 얻을 수 있게 된다는 뜻이다. 영업이 불안하지 않으려면, 내가 고객을 많이 만나다 보면 일정한 결과는 나올 수 있다는 것이다. 그런데 여기서 처음부터 부정적인 생각을 하는 사람은, 고객을 어떻게 많이 만날 수 있는지에 대한 걱정부터 하기 시작한다. 부정적인 상상이 꼬리에 꼬리를 물며 자신감은 떨어지고 생각만 많이 하다가 일을 포기하는 경우가 많다.

엄마가 아이를 키우면서도 '대수의 법칙'을 적용할 수 있는 상황은 많이 일어난다. 단적인 예로 아이가 신체적으로 놀랍게 경험하는 '걸음마'를 시작할 때를 보면 알 수 있다. 아이가 스스로 엄마의 도움 없이 혼자 첫걸음을 떼기까지 넘어지는 경험을 수 없이 반복한다. 처음에는 엄마가 잡아주기도 하고, 아기도 무언가를 잡고서라도 발걸음을 떼는 횟수가 많아야 혼자 걸을 수 있는 순간이 오는 것이다.

아기의 언어 발달도 마찬가지다. 아이가 '엄마'라는 단어를 정확히 표현할 때까지 아이는 옹알이부터 시작해, 비슷한 소리의 단어를 수천 번 말하다가 '엄마'라고 정확히 말할 수 있는 순간이 온다. 아기가 엄마라는 단어를 말하기까지 말하기 연습뿐만 아니라, 수만 번 듣기도 해야 겨우 따라 한다.

첫째 아이는 걸음마와 언어 발달이 유난히 늦었다. 걸음마는 돌이 지나 17개월이 되어서야 걸음마를 시작했고, 29개월이 될 때까지 간단한 단어조차도 말하지 못했다. 그 당시 나도 초보 엄마이다 보니, 또래보다 늦어지는 아이의 언어 발달이 불안했다. 처음에는 엄마가 해 줄 수 있는 것은 유명한 발달 치료 센터를 데려가 치료받는 것만이 정답이라고 생각했다. 급히 언어 발달 치료 센터를 알아보니 최소 3개월 이상 기다려야 한다는 답변을 들었다. 엄마인 나는 더 불안해지기 시작했다.

조급한 마음은 들었지만, 아무것도 하지 않은 채 3개월을 보낼 수는 없었다. 그때 처음으로 아이가 태어난 이후부터 성장해온 28개월을 차근차근 돌아봤다. 잘 생각해 보니 나는 그동안 아이를 누군가에게 맡겨놓고 어떻게 하면 일할 수 있을지만 고민했다. 엄마가 아이의 언어 발달을 위한 놀이는 관심도 없었고, 알아보려고 노력하지도 않았다. 언어 발달도 다양한 자극이 필요한데, 아이의 언어 발달 시기에 맞춰 자극해 주지 않으니, 발달이 늦어지게 된 건 어쩌면 당연한 일이었다. 그때 처음으로 아이의 발달도 엄마가 얼마만큼 제대로 알고 육아하느냐에 따라, 완전히 다른 아이로 자랄 수 있겠다는 생각을 해보게 되었다.

처음으로 엄마가 할 수 있는 일은 아이 책을 사주기만 할 게 아니라, 엄마가 먼저 아이 책을 제대로 알고 있어야 재미있게 놀이로 할 수 있겠다고 생각했다. 아이가 책을 안 본다고 포기하지 않고, 놀이로 접근할 수 있는 다양한 방법들을 시도해봤다. 며칠 만에 아이의 반응이 바뀌지는 않는다. 꾸준히 공부하고 실천해보니 점점 아이의 집중 시간이 길어졌다. 처음에는 책을 펼치기만 해도 도망가던 아이가 놀이로 접근하니 10초씩 집중 시간이 늘어갔다. 드디어 책에 재미를 느끼며 말을 하기 시작했다. 만약 엄마인 내가 먼저 아이 책을 공부하고 노력하지 않았더라면, 아이의 변화는 일어나지 않았을 것이다.

보험회사 세일즈 매니저 프로젝트로 입사 제안을 받았을 때의 일이다. 그 당시 나는 아동 도서 세일즈와 부모교육, 초등학교 독서 논술 교사로 경력을 쌓으며 바쁘게 지내고 있었다. 몸은 바쁘지만, 마음 한편에는 열심히 일하는 시간 대비 보수가 적다는 생각이 많았다. 더구나 아이들을 위한 독서 시스템이 점점 디지털화되며 부모님들까지 아이들 독서에 관한 관심이 줄어들고 있었다. 초등학교 방과 후 수업과목에서도 독서 논술 수업은 폐지하는 학교가 많아지기 시작했다. 이런 추세를 보며 '과연 언제까지 이 일을 할 수 있을까?'에 대한 고민은 많았지만, 섣불리 다른 일을 하기란 쉽지 않았다.

마침 일에 대한 고민이 많을 때, 보험회사 세일즈 매니저 프로젝트를 제안을 받은 것이다. 처음에는 보험회사에 대한 편견만으로 깊게 생각조차 해보지 않고 거절했다. 주변 사람들도 보험 영업에 대한 부정적인 의견을 말하며 말리는 사람이 대부분이었다. 많은 사람이 지인이 보험회사에 입사 후 찾아오면 관계를 끊는다고 말했다. 나 역시 친했던 선배가 보험 영업을 강요하면서, 관계를 끊게 된 경험을 했기 때문에 더욱 보험회사에서 일하는 것에 대한 선입견이 강하게 자리잡고 있었다. 아동 도서 영업을 할 때도 지인과 고객에게 받았던 따가운 시선과 편견을 극복하기가 쉽지 않았는데, 보험 영업 분야에서 일하며 또 한 번 내가 사람들의 선입견을 이겨낼 수 있을지 두려웠다.

그렇지만 내 일에 불만이 생겼다는 것은 변화해야 할 때가 왔음을 알리는 것이나 마찬가지다. 사람은 같은 일을 지속하더라도 성장하지 않으면 매너리즘이 찾아온다. 이 때 고민만 하며 시간을 흘려보낼 것인지, 변화를 위해 새로운 선택을 할 것인지는 온전히 자신만이 결정할 수 있다.

일주일 정도 깊은 고민 끝에 새로운 변화를 시도해 보기로 했다. 결정하고 나서도 과연 잘하는 선택인지에 대한 불안감은 떨칠 수 없었다. 하지만 '내가 직접 해보지 않은 일에 대해서는 미리 판단하지 말자.'라는 생각으로, 입사까지 부정적인 생각을 떨칠 수 있었다. 면접 현장을 가보니 의외로 나이도 젊고 학력이나 전 직장의 경력이 화려한 사람이 많았다. 오히려 지원자 중 나와 비슷한 조건의 여성은 찾아보기 힘들었다. 유학파에 대기업 출신 남성들이 대부분이어서 합격조차 하기 힘들겠다는 생각을 했다. 대학 졸업 이후 입사지원서와 자기소개서 작성, 그리고 3번의 까다로운 임원 면접 과정까지 해보는 것도 15년 만에 해보는 새로운 경험이었다. 다행히 결과는 합격이었고 세일즈 매니저로 새로운 변화를 시작할 수 있었다. 그리고 생애 최고의 연봉을 받을 수 있었고, 한층 더 성장할 수 있었다.

새로운 업무를 배우며 찾아오는 변화가 견뎌내기 어려울 때도 많았다. 하지만 분명한 것은 내가 하는 일에 불만이 점점 많아진다는 것은, 결코 부정적인 생각이 아니라 변화를 시도해야 한다는 사인(sign)임을 알아야 한다. 인생을 살아가며 경험하는 모든 기록은 내가 직접 문을 두드리고 두렵지만, 용기를 냈을 때 성공도 실패도 경험할 수 있다는 것을 기억하길 바란다.

워킹맘 말고
CEO 맘이 되기로 결심했다

초등학교 시절 기억에 남는 숙제 중 하나는 '가훈(家訓)'을 써오
라는 것이었다. 이 숙제를 부모님께 말씀드리면 그제야 우리 집
가훈을 무엇으로 할지 급히 정했던 기억이 난다. 사실 아직도 선
명하게 우리 집 가훈에 대해 기억에 남는 내용은 없다. 대신 부모
님께서 살아오신 모습을 보고 그대로 뒤를 따르는 것이 우리 집만
의 문화가 된다는 것을 알게 되었다.

친정아버지는 내가 어렸던 시절부터 지금까지도 새벽 5시에 기
상하신다. 기상 후 매일 운동을 1시간 하신 뒤 성당에서 기도드린
후 목욕탕(코로나 전까지)을 다녀오셨다. 전날 늦은 시간까지 술을
드시거나 일 때문에 늦게 주무셔도 항상 기상 시간은 변함없으셨
다. 약 30년간 자동차 정비 공장을 운영하시면서 큰 위기도 많이
겪으셨지만, 흐트러지지 않는 아버지의 모습이 대단하셨다는 것

을 요즘에서야 느끼고 있다.

친정아버지의 모습을 보고 '성실함'을 배웠다면, 친정엄마에게는, 엄마의 삶을 살아오며 보여주신 '도전 정신'을 배울 수 있었다. 앞서 말한 엄마의 배움에 대한 열정과 성장을 위해서 끊임없이 노력해 오신 엄마를 보며 자연스럽게 나는 엄마의 인생철학을 본받게 되었다. 가훈이라는 것이 정해져 있지는 않지만, 이렇게 부모님이 살아오신 모습 자체가 자녀들에게 알려주는 삶의 가르침이라는 생각을 할 수 있었다.

보험회사 세일즈 매니저로 입사해 가장 먼저 교육받은 내용을 생각해 보면 역시 회사의 'Core value(핵심가치)'와 'Mission(사명)'에 대해 배웠던 것이 기억에 남는다. 회사의 Core value와 Mission은 곧, 내가 왜 이 일을 하는 것인지에 대한 본질을 생각할 수 있었다. 더구나 세일즈 매니저로서 팀을 이끌어가는 역할은, 한 집안의 가장처럼 중요한 리더 역할을 해야 한다는 것도 배울 수 있었다.

일반적으로 영업을 한다는 것은 무언가를 판매하는 일이라고 생각을 한다. 나 역시 아동 도서 영업을 처음 시작할 때에는 설명을 잘해주고 구매 혜택을 많이 주면 책을 팔 수 있다고 생각했다. 아니 그전에 영업은 누군가에게 이 제품을 사달라고 말해야 하는 자존심 상하는 일이라고 생각했다. 내가 노력하는 만큼 돈을 벌 수 있다는 장점은 있지만, 영업이라는 일에 대한 확고한 나만의 세일즈 철학을 가지지 못했다.

특히 영업을 시작하는 신입사원일 때에는 높은 실적을 내기 위해 다양한 지식을 알아야 한다고 생각한다. 물론 고객에게 전문가로서 유형 또는 무형의 것을 제안하기 위해서는 지식을 잘 알고 있어야 한다. 하지만 지식을 습득하기 전에 먼저 갖춰야 할 것이, 나를 이끌어 갈 수 있는 '셀프 리더십(Self leadership)'이 필요하다.

'리더십(Leadership)'이라는 단어의 의미 안에는 다양한 개념이 포함되어 있다. 그중 가장 강조되는 의미는 '자발적'인 행위부터 시작된다는 것이다. 아무리 리더십이 좋은 사람이라도 강제적인 행동에 의한 결과는 지속할 수 없다는 의미를 포함하고 있다.

이런 의미에서 특히 '세일즈'라는 일은, 결국 1인 기업을 운영하는 것과 마찬가지다. 회사에 소속은 되어있지만, 결국 내가 이 일을 선택한 이유와 함께 일에 대한 본질을 파악하지 않으면, 고비가 찾아올 때 어김없이 물러서게 되고 만다. 이런 일의 특성을 갖고 세일즈 매니저를 하며 나 역시 많은 고비를 겪었다.

세일즈 매니저 합숙 교육을 한동안 받으며, 나의 팀을 경영한다는 마음을 갖고 팀명부터 며칠을 고심하며 지었다. 팀을 이끌어가는 방향과 목표도 설정하고 리더로서 갖춰야 할 자세도 다시한번 꼼꼼히 점검한다. 팀명과 목표, 방향 설정은 이론일 뿐, 실제로 팀원이 함께 일하기 시작하면 예상치 못한 위기가 수없이 찾아온다. 업무적인 것부터 관계에 대한 복잡한 일들이 일어나며, 한 팀을 이끌어야 한다는 무거운 책임감을 느낄 때도 많았다. 한 집안의 가장이 흔들리면 가족 구성원 모두가 영향을 받듯이, 세일즈 매니저라는 역할을 소화하며 리더라는 역할이 얼마나 중요한지를 실감할 수 있었다.

남편은 15년 동안 첫 직장에서 일했다. 이것은 곧 15년간 회사에서 책정해 주는 월급을 받으며 일해왔다는 것을 의미한다. 남편이 회사를 그만두기 전까지 가장 고민한 부분은 '월급이 주는 안정감'이었다. 한 가정을 이끌어 오던 가장이라는 역할을 하기 위해 월급은 가족이 먹고 살아가야 하는 '생계'가 달린 문제였기에 퇴사는 꿈에도 생각하지 않고 살았다. 그렇게 지내다가 지방 발령이 났고 위기를 겪으며, 자신의 먼 미래까지 생각해 볼 수 있는 계기가 되었다.

앞으로 남편이 회사에서 언제까지 일할 수 있는지는 아무도 보장하지 않는다. '내 일에 대한 비전은 회사에서 나보다 먼저 입사한 선배의 모습을 보면 알 수 있다.'라는 말이 있다. 나의 10년 후의 모습을 상상했을 때, 아찔함과 불안감이 느껴진다면 하루빨리 '홀로서기'를 해야 한다고 남편에게 말했다. 본격적으로 세일즈 매니저로서 경영 철학을 배우며 남편에게 과감히 판단하고 용기를 내보라고 1년 동안 말했다.

만약 내가 남편과 똑같이 회사에 다니며 월급 받는 생활을 했더라면, 남편에게 쉽게 회사를 그만두라고 하지 못했을 것이다. 내가 가장으로 일할 때, 주변에서 가장 많이 들었던 말도 너는 영업을 하며 월급이 고정적으로 받지 않는데, 어떻게 남편이 회사를 그만둘 수 있었는지에 대한 질문이었다. 이때 나는 그 사람들에게 역으로 질문했다. '남편이 50세가 넘어 회사에서 퇴직하게 되면, 그때는 어떻게 할 것이냐?'라고 물었을 때 그들은 쉽게 답변하지 못했다.

변화 경영 전문가 故 구본형 소장님은 《그대, 스스로를 고용하라》라는 저서에서 이렇게 말한다.

"미래의 부를 획득함에 있어 가장 중요한 출발점은, 자기 마음속에 자리 잡은 피고용자로서의 직장인이라는 전통적 인식을 파괴하는 것이다. 나 없이는 살 수 없다. 나를 잃음으로써 나를 되찾는 것은 모든 지혜의 공통된 메시지이다. 개인의 혁명은 자신의 껍데기를 죽임으로써 가장 자기다워질 것을 목표로한다. 자기가 아닌 모든 것을 버림으로써 자기로 새로 태어나는 과정이 바로 변화의 핵심이다. 그러므로 변화는 변화하지 않는 핵심을 발견하려는 열정이며, 그것을 향한 끊임없는 '움직임

(Movement)'이다. 실업의 불안과 절망에서 벗어날 수 있는 길은, 직장인의 특성인 '고용 당한다'라는 개념을 죽임으로써 스스로를 고용하는 방법밖에는 없다."라고 강조한다.

이 글을 읽으며 결국 나의 변화는 내가 만들어내야 함을 깊게 깨달을 수 있었다.

남편에게 퇴사를 권하고, 내가 가장이 되기로 했지만, 처음에는 혼자 생계를 이끌어 가야 한다는 사실에 심적 부담감이 극도로 밀려왔다. 부담감의 근원을 생각해 보니, 나는 하루살이처럼 눈앞에 보이는 일만 해결하며 즉흥적으로 살고 있었다는 사실을 깨달았다. 마음을 바꿨다. 단순히 일하는 것이 아닌 나를 경영한다는 마음을 먹었다. 나 스스로를 경영하는 CEO가 되기로 하니, 고비가 올 때마다 이겨낼 수 있었다.

같은 일을 하더라도 의무적으로 해야 한다는 생각이 드는 순간, 일이 하기 싫어진다. 사소한 일도 내가 스스로 선택하고 긍정적인 마음으로 할 때, 일이 더 즐겁고 나도 모르는 잠재 능력까지 발휘될 수 있다. 엄마들은 아이가 주도적인 아이가 되길 바란다. 주도적인 아이를 키우기 위해 선행되어야 할 것은, 부모가 먼저 주도적인 삶을 살아가는 모습을 보여줘야 아이도 닮을 수 있다. 그러기 위해서는 나를 경영하고 있다는 1인 기업 마인드를 가져야 한다. 모든 일이 그러하듯, 나로부터 시작된 경영이 잘 되었을 때, 일, 아이, 가족 모두가 성장하며 더 나은 삶을 살아갈 수 있을 것이다.

8

천 번을 넘어져도
나는 워킹맘입니다

"위험한 것에 과감히 뛰어드는 것만이 용기는 아니다.

뛰어들고 싶은 용기를 외면하고,

묵묵히 나의 길을 가는 것도 용기다."

이 구절은 드라마 〈미생〉에서 지독한 워커홀릭이자 회사생활의 바닥까지 떨어지며, 힘든 모습을 보여준 오상식 과장의 명대사다. 드라마가 방영된 7년 전, 첫째는 초등학교 입학, 둘째는 유치원에 입학하며, 그야말로 몸이 열 개라도 모자랄 정도로 바빴던 시절이었다. 매일 일을 계속해야 하나, 말아야 하나, 수없이 고민할 때 봤던 이 드라마는, 나를 지금까지 버티게 해 준 인생 드라마다.

그 당시 나는 작은 유·아동 전집 서점에서 상담과 영업을 담당했다. 오전 9시에 아이들을 부랴부랴 등원시키고 오후 5시까지 육아와 병행하며 일하기에 보수는 적지만, 근무시간은 좋은 조건이었다. 두 아이가 동시에 초등학교, 유치원을 입학하며 적응하는 기간이 문제였다.

초등학교에 처음 입학시키는 엄마는, 유치원 다닐 때와는 달리 아이만큼 엄마도 긴장한다. 엄마가 보기에 아이는 아직 어린 아기 같은데, 학교에서 공동체 생활을 시작한다는 사실에 걱정이 많아진다. 학교에 챙겨가야 하는 준비물부터 학습 습관, 생활 규칙 등에 적응하며, 학교생활의 첫 단추를 끼우는 시기가 초등학교 입학 시기다. 워킹맘이 아이가 어릴 때는 회사를 잘 다니다가 오히려 초등학교에 입학시키며 회사를 계속 다녀야 할 지 고민이 많아진다.

다행히 일하는 서점이 멀지는 않았다. 다만 첫째 아이가 낯을 많이 가리고 새로운 환경에 적응하는 데 시간이 오래 걸리는 성향이라, 3월에 입학한 후 10번도 넘게 담임 선생님께 호출이 왔다. 아이가 배가 많이 아프다고 하고 심지어 토하며 힘들어한다고 해서 일하다 말고 달려간 적도 많았다. 병원에 가보니 아이가 '새 학기 증후군'이라며 될 수 있으면 엄마가 등하교할 때 함께해 주고, 아이가 안정감을 느낄 수 있도록 해줘야 한다는 처방을 들었다.

첫째뿐 아니라 둘째도 어린이집을 졸업하고 큰 규모의 유치원으로 옮기며, 2~3개월 동안 힘든 시간을 보냈다. 어린이집 다닐 때에는 바지에 실수한 적이 없던 아이가 입학 후, 한 달 동안 수시로 대소변을 바지에 실수하며 불안한 증상을 보였다. 게다가 둘째는 손가락을 빨던 습관이 있었다. 입학전까지 힘들게 고쳤던 습관이, 다시 생기기 시작했다. 두 아이 모두 새로운 환경에 적응하느라 힘든 시기였고, 엄마인 나는 매일 일을 계속해야 할까 말까에 대한 고민을 수없이 반복하며 일했던 시기였다.

나는 서점에서 상담하기도 했지만, 출장 상담도 했다. 소나기가 퍼붓던 어느 날, 고객이 아이 책을 상담하고 싶다며 전화가 와서 알려준 주소로 바로 상담하러 갔다. 고객의 집은 1시간 정도 가야 하는 먼 거리였다. 아이들이 하교할 시간까지 돌아오기 빠듯할 것 같아 갈까 말까 고민을 했다. 함께 아이를 키우는 엄마로서 돕고 싶은 마음에 내 아이가 걱정되지만, 다양한 상담 자료를 챙겨 부지런히 고객의 집으로 출발했다.

고객의 집 앞에 도착해 문을 두드렸지만, 응답이 없었다. 전화를 여러 번 해도 받지 않았다. 사전에 약속 변경에 대한 연락도 없었다. 이상해서 문자를 보내니 그제야 답장이 왔다. "영사님(영업사원을 줄여서 엄마들이 부르는 말) 오기 전에 옆집 언니와 통화했는데, 아는 분이 책을 저렴하게 해 준다고 해서 상담을 안 해도 될 것 같아요."라는 내용이었다. 문자를 본 후 바로 다시 전화했지만, 역시 전화는 받지 않았다. 비가 억수같이 퍼부어서 신발은 다 젖고, 첫째 아이에게 울며 전화가 왔다. 오늘도 학교에서 배가 많이 아팠지만, 꾹 참고 집에 왔는데 엄마가 없어서 슬프다는 말을 들으니 울컥했다.

그 순간 그 고객에게 너무 화가 나서 '고객 집으로 올라가 문두드리고 나오라며 따질까?'라는 생각도 했다. 그럴 시간에 빨리가서 내 아이를 챙겨야겠다는 생각으로 곧장 집으로 돌아왔다.

유·아동 도서 영업뿐만 아니라 보험 영업을 할 때는 더 깊은 상처를 감당하며 육아와 일을 병행해야 할 때도 많았다. 고객의 거리가 먼 곳으로 상담 가서 거절 받는 것은 기본이다. 고객을 위해 많은 시간을 쏟고 정성을 담아 여러 차례 상담을 진행한 후 계약까지 했지만, 며칠 지나지 않아 계약을 취소하는 경우도 있다. '내 아이들을 위해 일하는 것이지만, 정작 아이들도 돌보지 못하며 이렇게까지 일을 해야 할까?'라고 생각하며, 멘탈이 바닥까지 떨어질 때가 많았다.

영업이라는 직업 특성상 수많은 거절과 따가운 시선을 극복하며 일해야 할 때가 다른 일보다 많았다. 영업이라는 일이 자유롭게 일할 수 있기도 하지만, 고객이 상담을 원하는 시간에 맞추려면, 밤늦은 시간이나 주말에도 일해야 할 때도 있다. 고객이 멀리서 상담을 요청해도 상담을 해야 한다. 상담하는 모든 고객이 계약하는 것은 아니다. 많은 고객을 상담해야 결과를 만들어 낼 수 있으므로 늘 상담 기회에 최선을 다해야 한다.

얼마 전 강원도 원주로 소개받은 고객의 상담을 위해, 4차례 상담을 다녀온 적이 있다. 일반적으로 소개받은 고객은 1~2회 정도의 상담을 하면 대부분 계약을 한다. 간혹 까다로운 고객을 만나면 3회 정도의 상담을 하지만, 원주에서 만난 고객은 유독 질문도 많았고, 요구 사항도 많았다. 고객의 요구 사항을 다 받아주며 지방까지 왕복 4회를 오가며 계약까지 힘들게 끌어냈다. 그러나 2주가 지나 계약한 내용을 모두 취소하며, 감사 인사로 전달한 선물도 돌려받지 못했다. 상담부터 계약하는 과정까지 들인 시간과 비용을 생각하면 너무 아깝고 화가 났지만, 영업하며 그런 상황도 수없이 경험했다.

아침 일찍 지방까지 상담하러 가느라 아이들도 챙기지 못하고 일했지만, 돌아오는 길은 더욱더 발걸음이 무거웠다. 그럴 땐 이렇게 거절과 무시를 당하며 왜 이렇게 일을 하는 건지 후회스러울 때도 많았다. 하지만 그런 경험들이 오히려 나를 더 강하게 만들었다. 실패와 좌절도 '굳은살'이 생기게 된다. 처음 그런 경험을 할 때는 멘탈이 나락으로 떨어져 다 그만두고 싶지만, 그런 경험을 반복하며 조금씩 무뎌지고 극복하는 힘이 생기게 된다.

드라마 미생을 보면 무역회사에서 일하는 상사맨들의 영업 이야기가 주된 내용이다. 영업에 대한 스토리도 무척이나 공감되지만, 극 중에서 보여준 워킹맘인 선 차장의 역할도 깊은 공감을 할 수 있었다. 일에 대한 열정과 업무 역량이 뛰어나지만, 육아와 일을 병행하며 힘들어하는 모습은, 대한민국 워킹맘의 고충을 그대로 보여주기도 했다.

드라마 장면 중, 매일 아침 바쁘게 아이를 등원시키며 아이와 인사도 제대로 하지 못했던 자신을 발견하며, 뜨거운 눈물을 흘릴 때는 대한민국 워킹맘들도 함께 울었을 것이다. 워킹맘들은 항상 죄인처럼 회사와 아이에게 미안해하며 지내야 할 때가 많다. 나역시 육아와 일을 병행하며, 수없이 눈물을 흘리고 후회할 때도 많았다. 앞으로도 위기는 또 찾아올 것이다.

그런데도 워킹맘으로 살아가는 이유가 마음속에는 명확하게 자리 잡고 있다. 영업하며 상처를 받고 수많은 거절을 당하면서도 항상 생각한 것이 있다. '만약 내가 일을 하지 않았다면 지금의 나는 행복했을까?'라는 생각이다. 물론 육아에 전념하며 아이를 잘 키우고 살림을 잘 해내는 일 또한, 엄마로서 훌륭한 역할을 해내는 시간이기도 하다. 그러나 나는 일을 하는 동안 분명히 성장하고 있고, 내가 하는 일이 나와 가족을 위해 헛되지 않은 시간이라는 것을 잊지 않고, 일에 더 집중했다.

아이들이 사춘기에 접어들며 이제는, 엄마의 손길보다는 스스로 판단하고 결정하기를 원한다. 아이가 어렸을 때는 '언제쯤 나는 자유로운 시간이 올까?'라며 멀게만 느껴졌지만, 요즘은 '만약 내가 일을 하지 않았더라면 얼마나 허무했을까?'라는 생각을 하게 된다. 워킹맘의 일상이 고되고 멘탈이 바닥으로 떨어질 때도 많다. 그런 시간이 쌓여 내가 더 성장하고 단단해지고 있다는 것을 기억하자. 지금, 이 순간에도 함께 일하고 있는 워킹맘을 뜨겁게 응원한다.

세상을 내 편으로 만드는
워킹맘 생존 비법

당신의 삶의 방법은 환경에 좌우되지 않고 환경에 대한 태도에 따라 결정된다. 즉 여러 가지 사건보다는 그 사건을 확인하려는 태도에 의해서 결정되는 것이다. 환경이나 일이 당신의 인생을 채색할 수는 있겠지만 그 색의 선택권은 오직 당신에게 있다.

-존 밀러-

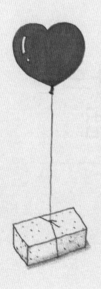

1
모든 일에 '태도'가
전부임을 기억하라

    평소 나는 TV를 거의 보지 않지만, 매주 수요일 저녁이면 꼭 챙겨 보는 TV 프로그램이 있다. 바로 '골목식당'이다. 요식업계의 롤모델인 '백종원 대표'가 폐업 위기에 처한 식당의 문제를 찾아내고, 해결 방안을 제시해 주는 프로그램이다. 골목식당을 보고 있으면, 단순히 재미를 떠나 '내 일을 대하고 있는 태도'에 대해서 진지하게 생각해 보게 된다. 골목 식당에 출연하는 식당들은 과연 어떤 문제점이 있을까? 만약 문제점만 해결되면, 다시 식당이 잘될까? 백종원 대표가 코칭만 잘해준다면, 과연 모든 식당이 잘 될 수 있을까?

    이러한 질문들은 현재 나의 상황에도 그대로 적용해볼 수 있다. 일하다 보면 우리는 문제에 부딪힐 때가 종종 있다. 그럴 때 '지금 내가 하는 일에 있어서 무엇이 문제일까?', '지금 느끼고 있는 문제점이 해결되면, 나는 걱정 없이 일을 잘할 수 있을까?', '인생을 잘 살아가는 선배가 좋은 해결책을 제시해 준다면, 나는 행복해질 수 있을까?'라고 말이다.

나는 단지, 일 뿐만 아니라 인생을 살아가는 삶 자체가, 그 사람의 '태도'에 의해 결정된다고 생각한다. 골목 식당에 출연하는 식당도 단순히 맛있는 음식을 만드는 비법을 몰라, 문제가 있다고 생각하지 않는다. 대부분 문제는 '식당을 운영하는 사람의 태도'에 의해 성공 여부가 달려있다는 것을 볼 수 있다.

워킹맘으로 일과 육아를 소화해내는 것도, 한 가정을 운영하는 엄마의 태도에 따라 완전히 달라질 수 있다. 아이들에게 항상 좋은 엄마가 되고 싶지만, 많은 시간을 함께하지 못해 늘 미안함을 달고 산다. 일은 또 어떠한가? 아이 엄마라고 티 내며 일하고 싶지 않지만, 아이를 픽업해야 하는 시간이 정해져 있거나 아플 때는 회사 눈치를 봐야 할 때가 많다.

워킹맘은 늘 바쁘지만, 마음은 힘들다. '세상 사람들은 행복해 보이는데, 왜 나만 이렇게 힘들게 살아야 하는 걸까?' 하고 원망하는 마음이 샘솟기 시작한다. 그러다 회사를 그만둬야 하나, 말아야 하나 늘 고민한다. 그런 마음으로 일을 하게 되면 결국, 가장 힘들어지는 것은 나 자신이다. 어쩔 수 없이 돈은 벌어야 한다는 수동적인 자세로 일을 하게 되면 일도 힘들지만, 아이들에게도 스트레스가 그대로 전달된다. 결국, 일도 육아도 악순환이 반복되며 모든 것에 의욕을 잃게 되는 경우가 생기게 된다.

전 회사에서 세일즈 매니저로 근무할 때의 일이다. 세일즈 매니저는, 영업을 막 시작하는 신입사원에게 영업을 잘할 수 있도록 기본적이며 중요한 교육을 한다. 나는 항상 교육을 시작할 때 신입사원에게 질문하는 것이 있었다. '아래의 네 가지 요소 중에 가장 중요한 것이 어떤 것일까?'라는 질문을 수많은 신입사원에게 던져보았다.

K (Knowledge)
A (Attitude)
S (Skill)
H (Habit)

대부분 신입사원은 영업을 잘하는 사람에게는 뭔가 특별한 지식(Knowledge)이나 기술(Skill)이 있을 것이라고 답한다. 영업을 잘하는 사람의 비법을 알려준다고 하면, 그 어떤 강의보다 적극적으로 들으려고 한다. 그러나 강의를 들어보면 영업을 잘하는 사람들의 공통점은 결국, 일을 대하는 '태도'에 있다는 것을 깨닫게 된다. 특히 영업이라는 업무 특성상 실적만 좋으면 다른 것은 소홀

해도 된다고 생각하기 쉽다.

　교육이 끝난 후 팀에 함께 하게 된 신입사원이 있었다. 입사 전 2시간의 압박 면접과 심층 면접까지 높은 점수로 합격한 친구였다. 전 직장에서의 높은 영업 실적 기록을 말하며 잘할 수 있다는 자신감과 열정이 넘치는 모습을 보였다. 그러나 교육받는 한 달 동안, 개인적으로 결혼을 준비해야 한다는 핑계로 지각은 물론이고 조퇴를 하기 시작했다. 처음에는 일생에 한 번뿐인 결혼 준비를 하며, 새로운 업무를 배우느라 바쁘고 힘들 수 있다고 생각하며 이해했다.

　한 달간 교육 기간이 끝나고, 본격적으로 영업을 시작하는 신입사원이 이런 말을 했다. 내 실적은 알아서 잘할 수 있으니, 출퇴근은 필요할 때만 하겠다는 것이었다. 팀을 운영하는 매니저로서 이제 막 영업을 시작한 신입사원이 보이는 태도에 당황스러웠다. 물론 나는 상황에 따라 개인마다 예외적인 상황은 있을 수 있다고 생각한다.

　하지만 그 친구의 문제는 태도였다. 가장 기본적인 것이 가장 중요하다는 점을 놓치고 있었다. 근태는, 모든 일의 기본이며 업무를 시작하는 태도이다. 영업이라는 업무 특성상 자유롭게 일할 수 있다는 것은 큰 장점이다. 이 장점이 자칫 잘못하면 짧은 시간 안에 모래성처럼 무너질 수 있는, 위험한 요소가 될 수 있다는 것을 잊지 말아야 한다. 단순히 실적만 높으면 된다는 생각으로 일하는 사람치고 오랜 기간 일을 잘하는 사람은 없다. 결국, 자기 일에 대한 가치와 태도를 얼마만큼 충실히 지속하느냐가 성패를 좌우한다.

'태도'라는 것은 눈에 보이지도 않고 정확한 수치로 평가할 수 없다. 사람과 사람만이 함께 생활하며 느낄 수 있는 아주 섬세한 감정이라고 생각한다. 비단 직장뿐만이 아니라 가족 사이에도 그 집의 분위기를 좌우할 수 있는 것이, 서로에 대한 태도라고 생각한다. 가족 구성원 각자 하루를 보내고 만나는 저녁 시간도 태도에 따라 집안의 분위기는 확 달라질 수 있다. 엄마가 온종일 일하고 돌아와 아이를 만날 때의 분위기는 저녁 내내 영향을 미친다. 남편과도 마찬가지다. 남편에게 하루 동안 애쓰며 지낸 감정을 위로받고 싶다면, 내가 먼저 남편을 존중하는 태도가 필요하다. 가장으로 무게를 감당하며 고군분투하는 남편의 감정을 공감해 줄 때, 남편도 내 감정을 이해해 주려고 할 것이다. 시댁에도 (정말 어려운 일이긴 하지만) 내가 먼저 시부모님께 감사한 마음을 표현하고 좀 더 따뜻하게 다가가려고 노력하는 모습을 보일 때, 어른들도 며느리를 따뜻하게 대해주실 것이다.

결국 '태도는 곧 나의 마음'을 표현한다. 상대방에게 나의 마음을 어떻게 전달하느냐에 따라, 모든 관계가 어떻게 유지될 수 있는가도 결정이 된다는 것이다. 앞에서 말한 백종원 대표님의《백종원의 장사 이야기》라는 책에서 이렇게 말한다. '먹는장사를 시작하려는 사람은 일단 먹는 것을 좋아해야 한다. 또한, 한결같이 내 가게에 와준 손님에 대한 고마움을 느낄 줄 아는 마음가짐이 있어야 한다.'라고 말한다. 특히 '식당 창업을 위해 무엇부터 해야 하는가?', '서비스업에 종사할 마음가짐이 되어 있는가?', '인내심이 있는가?' 등 창업하려는 자세와 마음가짐에 대해 점검하고 냉철하게 자신을 바라봐야 한다고 강조한다.

워킹맘으로 살아간다는 것은 내가 선택한 고단한 삶이라고 느낄 수 있다. 일과 가정생활 모두 잘하고 싶은 마음으로, 하루 24시간이 모자랄 만큼 애쓰며 살아간다. 하지만 사람이기 때문에 지치고 힘들 때가 많다. 워킹맘뿐만이 아니라 전업맘도, 백종원 대표가 말하는 식당을 운영하는 자영업자도 결국, 모든 사람이 인생을 살아가며 힘든 시기는 반드시 찾아온다. 이렇게 모든 것이 힘들게 느껴질 때는 세상을 바라보는 관점도 부정적으로 보이게 된다. 부정적인 사람의 말과 행동은, 자신뿐만이 아니라 주변에도 결국 좋은 에너지를 줄 수 없다.

그럴 때는 백종원 대표의 말처럼, 내가 워킹맘으로 살아가는 자세와 마음가짐에 대해 돌아봐야 할 필요가 있다. 아이를 처음 출산하며 엄마가 될 때의 감동과 책임감, 일을 처음 시작할 때의 열정과 다짐을 생각하며 마음을 다잡기도 한다.

항상 긍정적인 마음과 태도를 유지하려고 노력하다 보면, 어느새 내가 주는 에너지의 기운이 달라지는 것을 느낄 수 있을 것이다. 특히 그런 나의 모습을 닮아 성장하는 아이가 있고 남편과의 관계도 훨씬 달라질 수 있다. '일이 술술 풀린다.'라는 말은 곧 그 사람의 에너지가 좋다는 뜻이다. 사람은 누구나 주변 사람들에게 선한 영향력을 주고 싶은 본능이 있다. 그런 영향력은 결국 나의 태도에 달려있다는 것을 잊지 말자.

2
내 편 만들려고 애쓰지 말고
내가 먼저 상대편이 되어줘라

최근 국내 배달 애플리케이션(앱) 1위 '배달의 민족' 창립자이자 '우아한 형제들'의 의장인 김봉진 대표가 사재 1,000억 원을 털어 직원, 라이더 등 2,100여 명에게 주식을 무상 지급한다는 기사가 화제다. 라이더 400여 명이 접속된 단체 채팅방에 "OOO님께 4월 중 제가 가진 독일 딜리버리 히어로의 주식 OO주를 드리고자 합니다."라는 내용으로 직접 메시지를 올렸다고 한다. 더불어 "배민(배달의 민족)이 성장한 건 땀 흘린 라이더분들 덕분"이라고 말하며 감사의 마음을 담은 개인적 선물을 한다고 전했다.

이 기사를 본 후 '우아한 형제들'이라는 기업에 대해 조금 더 알아봤다. 그중 가장 인상적인 것은, 인사팀과는 별도로 다른 회사에 없는 '피플팀'이 있는 것이다. 인사팀이 생기기도 전에 대표 직속의 '피플팀'이라는 전례 없는 조직들 만들었다. 피플팀은 직원을 관리의 대상이 아닌 보살핌의 대상으로 보며, 우아한 형제들 기업의 '엄마' 역할을 담당하는 것이다. 피플팀은 한 명의 직원도 소외되지 않도록, 모두에게 공동체 의식을 심어주고 관심을 기울이며, 힘들어하는 직원들과 대화하며, 도와줄 방법을 찾는 것이 이 팀의 역할이라고 한다. (출처: 중앙 시사 매거진 포브스 온라인 기사/2018.11.23.)

나는 사실 배달 음식을 별로 좋아하지 않는다. 배달 앱도 거의 사용한 적이 없다. 우아한 형제들이라는 기업에 대해 들어본 적은 있지만, 자세히 찾아본 적은 없어서 '배민다움'이라는 기업문화에 대해서도 처음 알게 되었다. 개인적인 선호도를 떠나 우리나라에 이런 기업이 존재하고, 고유한 조직문화가 형성되어 발전하고 있는 모습에 박수를 보내고 싶다.

작년까지 나는 보험사 세일즈 매니저로 일하며, 함께 일할 팀원을 리쿠르팅하고 팀의 리더 역할을 했다. 매니저를 시작한 첫해, 가장 어려웠던 점이 '팀원과의 관계'를 잘 유지하는 것이었다. 팀을 만들고 첫 팀원이 입사하며, 단둘이 교육과 영업활동을 하며 온종일 함께하는 시간이 많았다. 마치 엄마가 첫째 아이를 낳아 돌보는 것처럼 모든 일에 의욕은 넘쳤지만 미숙했다.

비록 초보 매니저였지만, 내가 알고 있는 영업 노하우 전부를 알려주려고 애썼다. 상담을 함께 다니며 도와주면, 신입사원이 고마워하며 일을 잘할 것이라고 생각했다. 몇 개월을 그렇게 지내고 나니 내 생각이 착각이었다는 것을 깨달았다. 함께했던 신입사원은 모든 것을 알려주고 도와주려는 마음은 고맙게 느꼈다고 했다. 그러나 나의 섣부른 생각과 행동이 상대방에게 부담감을 안겨주었고, 심지어 권위적으로 느꼈다는 말을 듣기도 했다.

나는 신입사원에게 "네가 일을 잘해야 나도 잘될 수 있어. 그러니까 우린 서로 Win-Win 해야 살아남을 수 있어."라는 말을 했다. 내가 아무리 상대방을 위한 마음이라 할지라도, 받아들이는 사람은 다르게 느낄 수 있다는 것을 확실히 깨닫게 되었던 순간이었다.

그 뒤로 매니저 경력이 2년 차가 되며 왜 그 친구가 그렇게 부담스럽고 권위적으로 느꼈는지 이해할 수 있었다. 매니저로 일을 처음 시작할 때, 나는 함께하는 영업 사원이 무조건 실적이 잘 나올 수 있도록 돕기만 하면 된다는 생각이 많았다. 물론 보험 영업을 처음 시작하는 사람에게 실적은 정말 중요하다. 하지만 실적을 챙기기 전에 신입사원이 느끼는 영업에 대한 두려운 마음을 따뜻하게 공감해 주는 것이 먼저라는 것을 몰랐다. 상대방의 마음에 공감해 준 뒤, 매니저로 든든하게 지켜줄 수 있다는 마음을 전달했다면 좋았으리라는 것을 나중에야 느끼게 되었다.

이 부분은 내가 매니저라는 팀의 리더로서 느끼기도 했지만,

직급이 높은 상사와의 관계에서도 또 한 번 생각해 볼 수 있었다. 일반적으로 세일즈 매니저의 상사인 지점장은 훨씬 더 많은 영업과 Managing 경험을 한 선배이기 때문에, 모든 것을 알려주는 사람이라고 생각한다. 업무적인 지식이나 노하우를 전달받는 것은 당연하고, 식사나 음료를 사주는 것 또한, 당연하다고 생각하는 것이 일반적이었다. 여기서 한 가지 깨달은 것은 무조건 물질적으로 베풀고, 다양한 지식을 알려주는 것만이 리더의 역할이 아니라는 것을 상사를 보며 알게 되었다. 베푼다는 것의 의미는 나를 위해서가 아닌, 상대방의 마음을 먼저 이해해 주려고 노력하는 마음이 선행되어야 한다는 것을 알게 된 것이다.

사람은 기본적으로 내가 잘하면 상대방이 내 편이 될 것으로 생각한다. 여기서 잊지 말아야 할 것은, 나의 호의(好意)가 상대방으로서도 호의(好意)로 받아들일 수 있는 것인지를 먼저 생각해야 한다.

서두에 언급했던 김봉진 의장의 자세와 기업을 이끌어 가는 경영 철학을 보면 쉽게 이해할 수 있다. 회사 성과가 좋아서 받는 인센티브나 복지혜택은, 직원 입장에서 당연하다고 생각할 수 있다. 하지만 그는 당연한 것에 그치지 않고, 직원의 충성심을 높이기 위해 오히려 상대방의 마음을 먼저 헤아리려 했다는 점이 놀라웠다. 직원의 편에서 무엇이 필요한지, 회사가 어떤 도움을 줄 때 일을 더 잘할 수 있을까에 대한 고민이, 직원들에게는 회사에 대해 감사함과 자부심을 높일 수 있던 것이다.

이러한 '역지사지(易地思之)'의 마음은 가족과의 관계에서도 필요하다. 남편을 처음 만나 결혼 준비를 하며, 어머님께서 몇 년 전 교통사고로 세상을 떠나신 이야기를 듣게 되었다. 남편이 결혼 후, 홀시아버지와 함께 사는 것에 대해 어떻게 생각하는지에 대해 조심스레 물었던 적이 있다. 나로서는 신혼부터 홀시아버지를 모신다는 것이 쉬운 선택은 아니었다. 반면 쓸쓸히 혼자 계시는 아버님을 생각하는 장남인 남편의 처지를 생각하면, 당연히 모셔야 한다고 생각했다.

처음에는 말수가 없으신 시아버님과 한집에서 지낸다는 것이 어렵고 불편했다. 나름 아버님과 친해져 보기 위해 비가 오는 날이면 부침개에 막걸리를 대접해 드리고 영화도 시아버님과 단둘이 보러 가기도 했다. 그런데도 아버님과 가까워지는 것은 어려운 일이었다. 나로서는 아버님과 조금이라도 가까워지기 위한 노력이라고 생각했다. 역시 착각이었다. 오히려 아버님은 당신의 이야기를 들어주고, 외로운 마음에 공감해 주는 것이, 아버님께는 더 간절했다는 것을 나중에야 느낄 수 있었다.

신혼 시절에는 남편에게도 아버님을 위해 내가 이렇게 애쓰고 있다는 것만을 보여주려 했다. 결혼 생활 16년 차가 되며 이제는 내 입장에서 판단하고 행동하는 것이 아니라, 홀로 계신 아버님의 관점에서 먼저 생각해 보려고 노력한다. 그렇게 지내보니 아버님과 조금 더 가까워질 수 있었고, 아버님을 마음으로 이해할 수 있게 되었다.

인간관계의 핵심 원리를 담아놓은 《인간관계론》의 저자 데일 카네기는 '인간관계의 중요한 비결'을 이렇게 말한다. 세상에서 다른 사람에게 어떤 일을 하게 만드는 유일한 방법은 '다른 사람이 원하는 것을 주는 것이다.' 여기서 우리는 다른 사람이 원하는 것이 무엇인지를 잘 파악해야 한다.

미국의 가장 뛰어난 철학자 중 한 사람인 존 듀이(John Dewey)도 인간 본성의 가장 깊은 충동은 '중요한 사람이 되고픈 욕망'이라고 말한다. 즉, 다른 사람이 원하는 것은 자신을 인정받고 싶어하는 '인정 욕구'라고 존 듀이는 말한다. 내가 상대방을 위해 원하는 것을 해 준다고 애쓰지만, 상대방을 먼저 인정해 주려고 노력할 때, 진정한 내 편이 될 수 있다는 것이다.

앞서 말했던 회사의 매니저로서, 며느리로서 노력했던 나의 행동들은 결국 내가 인정받기 위해 애썼던 것이었다. 내가 먼저 인정받으려고 애쓰기 전에 상대방을 먼저 인정해 줄 때, 인간이 그토록 갈망하는 욕구가 채워질 수 있다는 것을 반드시 기억하자. 내가 베푸는 호의(好意)가 상대방에게도 호의(好意)로 받아들일 수 있는 것인지를 다시 한번 잘 생각해 봐야 한다. 상대방에게 '호구'가 아닌 진정한 '기버(Giver)'가 될 때 나의 애쓰는 마음이 진심으로 전달될 수 있을 것이다.

3
자존심보다
자존감이 우선이다

　나는 자존심이 강한 사람일까? 자존감이 높은 사람일까? 살면서 스스로에게 이 두 가지 질문에 쉽게 답하기 어려울 때가 많다. 자존감이라는 표현은 자아 존중감(Self-esteem)이라는 표현의 약자다. '자신을 존중하는 마음' 그것이 바로 자존감이다. 가끔 우리는 자존심과 자존감을 비슷한 감정으로 느끼거나 헷갈려 사용할 때가 있다. 자존심과 자존감의 가장 큰 차이는 상대적인 감정인지, 절대적인 감정인지에 따라 완전히 다른 감정이라고 볼 수 있다.

　자존심은 보통 내가 상대 보다 잘났다는 마음, 상대에게 지기 싫어하는 마음, 상대보다 더 나아 보이려는 마음을 뜻한다. 즉 상대가 있어야 느낄 수 있는 감정인 것이다. 반면 자존감은 상대가 없어도 되는 절대적인 '나'에 대한 감정이다. 자기 자신을 존중하는 마음, 자신의 장점이나 긍정적인 모습은 물론, 자신의 단점과 부정적인 모습 또한, 그대로 인정해 줄 수 있는 마음. 그것이 바로 자존감이다. 따라서 자존감은 대상이 내 자신이 되는 절대적인 감정이다. 세상에 나 혼자 있다 해도 자신의 존재를 존중해 주는 것이다.

나는 영업 분야에서 15년 동안 일했다. 친정엄마도 평생 영업을 하시며 넉넉지 않은 살림에 남동생 미국 유학까지 보내며, 열정적으로 당신의 일을 하셨다. 과거의 나는 엄마가 판매하는 상품들을 내 주변 지인들에게 소개해 보고 판매하면, 수당까지 챙겨주신다고 했지만 다른 사람들에게 권유하거나 소개하지 않았다. 심지어 매번 이야기하시는 엄마가 때로는 귀찮고 창피하기까지 했다.

첫째 아이 출산 후 유모차를 태우고 지나가다가 학습지 선생님들이 벽 그림이나 전단을 나눠주며 말을 걸어도, 대답조차 하지 않고 도망가기 바빴다. 누군가 다가와 판매하려고 하는 상품의 내용을 말하면, 귀를 닫고 남의 말을 듣지 않았다. 그 당시에는 상대방의 이야기를 존중하기보다, 자존심만 강해서 다른 사람의 이야기를 전혀 듣지 않았던 독불장군이었다.

그렇게 자존심만 강하고, 영업하셨던 친정엄마와 전집 영업하시는 분들을 무시했던 내가 그분들처럼 유·아동 전집 영업을 시작하게 되었다. 아이의 언어 발달을 위한 유아독서법과 그림책에 대하여 처음 교육을 받을 때는 자신감이 넘쳤다. 이렇게 좋은 책과 함께 전문가인 내가 엄마들에게 독서법까지 알려주며 판매한다면, 쉽게 영업할 수 있다는 착각에 빠졌었다.

아직도 신입 영업 사원 교육을 마치고 첫 상담을 하러 갔던 날을 잊을 수가 없다. 전 직장에서 친했던 친구의 아이도, 우리 아이랑 비슷한 개월 수였기 때문에 당연히 아이 책이 필요하다고 생각했고, 흔쾌히 구입할 것으로 생각했다. 큰 가방에 지퍼가 잠기지 않을 만큼 다양한 책들을 챙겨갔다. 친구는 내가 유·아동 전집 영업을 하기 시작했다는 말을 듣고 냉랭한 반응을 보였다. 더는 이야기를 할 수 없었다. 잔뜩 챙겨갔던 책들은 꺼내 보지도 못하고 돌아오는 차 안에서 엉엉 울었던 기억은 내 인생에서 잊을 수 없는 날이 되었다.

그날의 경험은 영업하시는 분들을 무시하고, 남들보다 잘났다는 오만한 생각으로 살아왔던 과거의 나를 돌아보게 된 계기가 되었다.

그제 서야 내가 보였다. 많이 반성했고, 새로운 마음으로 영업을 바라보기 시작했다. 영업을 잘하는 사람이야말로 자존감이 높고, 상대방을 공감할 줄 아는 자세를 갖추고 있다는 것도 알게 되었다. 아이 엄마가 되지 않았더라면, 아이 언어발달이 늦지 않았었다면, 나를 돌아볼 수 있는 시간은 없었을 것이다.

《나를 믿고 일한다는 것》의 저자이신 우미영 대표님도 20대 시절 다양한 경험을 바탕으로 대기업으로 취업을 시도했지만, 실패하고 시작한 일이 영업이라고 말한다. 다른 전문분야보다 사람을 좋아하고, 고객을 돕는 마음, 사람과의 관계를 잘 유지해야 하는 자신의 역량이, 영업직과 잘 맞는다고 생각해서 도전했다고 한다. 그녀는 주위로부터 '영업하는 사람치고 자존감이 높다'라는 얘기를 듣는 이유가 바로, 아주 오랫동안 지켜온 일에 대한 태도라고 말한다. '고객을 서로의 성장을 도울 수 있는 사람으로 바라봤다'라는 자신의 확고한 철학이 있었다.

요즘 서점에 나가보면 '자존감'에 대한 책들을 쉽게 볼 수 있다. 그만큼 사람들이 '자존감'이라는 감정에 대해 관심이 많다는 증거일 것이다. 특히 육아서 중에도 내 아이를 잘 키우는 방법 중, 가장 필요한 것이 '엄마와 아이의 자존감'이라고 강조한다. 반대로 엄마들은 출산 후 산후우울증을 겪게 되면서부터 자존감을 상실하기 시작한다. 나에 관해 관심을 갖고 나를 돌아볼 육체적, 정신적 여유가 없다. 출산 전과 완전히 달라진 육아 환경에 적응하며 살아가다 보면, 내가 좋아하는 것이 무엇인지, 잘할 수 있는 일이 무엇인지 생각해 본지가 언제인지도 모른다.

워킹맘도 다르지 않다. 아침에 눈을 뜨면서부터 바쁘게 아이들 챙기고 회사일 끝내면, 바로 살림과 육아를 해야 한다. 나를 돌보는 시간은 남 일처럼만 느껴지고, 마음의 여유는 점점 사라진다. 어느새 아이들은 훌쩍 커 있고 거울에 비친 나이 든 내 모습을 보면, 자존감이 바닥인 나를 보게 된다.

자존감은 앞서 말한 것처럼 '자신을 존중하는 마음'이다. 2020년 코로나 사태를 경험하며 많은 사람들이 어쩔 수 없이 혼자 있는 시간이 많아졌다. 즉, 나에 대해서 생각해 볼 수 있는 시간이 많아진 것이다. 내가 어떤 사람인지, 무엇을 좋아하는지, 그리고 빠르게 변화하는 시대에 과연 내가 잘할 수 있는 일이 무엇인지, 깊게 고민해 볼 수 있는 시간을 갖게 되었다.

나 역시 2020년 하반기부터 진지하게 고민하며, 나의 자존감에 대해서도 다시 돌아볼 수 있었다. 15년째 영업을 하며 누구보다 오만했던 자존심을 갖고 살았던, 내가 참 유연해지고 긍정적으로 변했다는 생각에 열심히 살아온 나를 칭찬했다. 대한민국에서 여성으로 영업을 하며 받았던 상처와 편견의 시선이 마음속 깊이 남기도 했지만 그 시간 덕분에 내가 변할 수 있었고 성장할 수 있었다.

자존감은 태어날 때부터 갖고 태어나는 것이 아니라 키워가는 것이다. 아이가 처음 태어나서 성장해나가듯, 자존감도 수많은 경험을 통해 점점 단단해질 수 있는 것이다. 아이의 자존감은 부모가 만들어줄 수 있고 가장 큰 영향을 주지만, 그전에 더 중요한 것은 엄마의 자존감이다. 엄마의 자존감이 튼튼해야 내 아이도 우리 가족도 행복할 수 있는 것이다.

요즘 나는 내가 좋아하는 것들을 다이어리에 써본다. 그러면서 나에게 집중할 수 있는 시간을 반드시 30분 이상 갖는다. 나만의 시간을 갖기 위해 안방에 작은 나만의 책상을 마련했다. 그곳에서 음악을 듣거나 책을 보고 때로는 사색하는 시간을 갖기도 한다. 그렇게 내 공간을 마련하니 점점 가족들도 내 시간을 존중해주기 시작했다. 식탁이 아닌 내 책상이 생겼다는 것도 좋은데, 가족들까지도 내 시간을 응원해 주니 감사하고 행복하다.

정신없이 일하고, 아이 키우느라 예전처럼 자존감 높은 '나'로 돌아가기에는 늦었다고 생각할 수도 있다. 진부하게 들리겠지만, 늦었다고 생각할 때가 가장 빠를 때이다. 자존감도 내가 먼저 찾고 공부해야 키울 수 있다. 자존심 세우기 전에 나의 자존감부터 찾고 행복해지길 기원한다.

4

양보다 질로
승부하라

대학 졸업 후, 첫 직장이었던 호텔에 근무하며 신입 사원 시절 의아했던 점 하나가 있었다. 여름과 겨울이 되면 패키지 상품(숙박+조식+부대시설 이용을 함께 할 수 있도록 저렴하게 나온 상품)이 어김없이 출시되었다. 아무리 저렴한 패키지 상품이어도, 수도권에 사는 사람이 집과 가까운 곳의 호텔을 굳이 비싼 비용을 지불하며 투숙하는 것이 의아했다.

서울 도심 한가운데 있는 비즈니스호텔은 봄, 가을이 성수기 시즌이다. 일반적으로 학회나 세미나, 글로벌 기업들의 행사는 주로 봄, 가을에 많이 열리기 때문에 오히려 여름과 겨울은 비성수기다. 호텔에서는 비성수기 시즌에 효율적인 객실 판매를 위한 상품으로 패키지 상품이 나오게 되었다는 것을 알게 되었다.

처음 호텔에 입사했을 때에는 아무리 저렴한 패키지 상품이라

할지라도, 서울 도심의 특1급 호텔을 이용하기 위한 비용은 만만치 않은 금액이라고 생각했다. 더구나 호텔 이용 금액은 제시되는 가격에서 세금과 봉사료를 추가로 지불해야 하므로, 제시된 금액보다 더 높은 금액을 내야 한다. 그런데도 가장 저렴한 옵션의 상품보다 중간 이상의 옵션으로 만든 상품들이 더 빨리 예약이 마감 되었다.

이러한 현상을 이해할 수 있게 된 계기는 첫째 아이를 출산한 이후부터다. 아이가 태어나기 전까지 휴가는 말 그대로 '휴식(休息)'이었다. 거리와 상관없이 어디든 떠날 수 있었고, 원하는 시간에 무엇이든 하고 싶은 것을 할 수 있었다. 이렇게 자유로웠던 휴가는 엄마가 되면서부터 달라졌다. 아기를 데리고 설레는 마음으로 여행을 떠나면, 출발할 때와는 달리 아이와 엄마 모두 금세 지쳐 여행이 더 힘들 때가 많았다.

해외여행은 시차나 음식도 맞지 않고, 혹시 아이가 크게 아프기라도 하면 병원도 쉽게 갈 수 없다. 국내 여행도 아기와 함께 장거리를 떠나는 것이 엄마에게는 더 힘든 시간이 될 수 있다. 이런 상황 때문에 집과 오히려 가깝고 휴가 분위기를 낼 수 있는 곳이, 호텔이라는 것을 워킹맘이 되고 나서야 패키지 상품이 잘 팔리는 이유를 알게 된 것이다.

이처럼 엄마들의 휴가도 양보다 질이 우선시되는 트렌드로 바꿔고 있다. 내가 첫째를 출산했던 15년 전과 요즘 시대의 육아 방식을 보면, 놀랍게 변한 것을 느낀다. 특히 워킹맘은 아이와 함께하는 시간이 적기 때문에, 비용이 들어도 효율성을 높인 육아용품이 인기라고 한다. 나 역시 2년 전 고민 끝에 식기세척기와 건조기를 큰마음 먹고 구매했다. 네 식구의 설거지와 빨래하는 시간만 줄여도, 아이들과 얼굴 보며 대화하거나 함께 독서 할 시간을 가질 수 있다. 집안일 하는 시간을 최소화하고 그 시간을 가족과 함께 보내려고 노력하는 것이, 효율적인 육아 방법이라는 것은 이미 많은 엄마가 공감하는 부분일 것이다.

이때 유의할 점은 틈새 시간 활용을 계획적으로 잘 이용해야 한다는 것이다. 아무리 시간이 많아져도 계획 없이 시간을 보내기만 한다면, 오히려 시간에 투자한 비용이 무의미한 과소비로 전락할 수 있다.

예를 들면 나는 퇴근 후, 해야 할 일을 계획할 때, 루틴하게 하는 일과 중요한 일 중 우선순위를 떠올려, 중요한 일을 먼저 처리했다. 특히 아이와 애착 형성이 안 되어 힘들어했던 시기에는, 퇴근하고 집에 와서 옷도 갈아입지 않고 아이의 이야기를 경청했다. 처음에는 옷도 못 갈아입고 할 일은 많으니 건성건성 듣고 대답만 했다. 마음은 바쁘고 아이에게 기다리라며 좋아하는 영상을 틀어주고, 내가 할 일을 먼저 해놓는 것이 옳다고 생각했다. 그러다 보니 자연스레 아이에게 짜증을 내는 순간이 많았고 아이는 기다리다 지쳐 잠들었다.

그러던 어느 날 애착 형성에 늘 고민이 많았던 나는 강연을 듣고 생각의 전환을 하게 되었다. 엄마들은 바빠서 아이와 함께할 시간이 없다고 말하지만, 잘 생각해 보면 아이와 함께 이야기를 나누거나 책을 읽는 시간은 아주 짧다. 문제는 우선순위다. 아이와 대화하는 시간을 단 10분이라도 가장 먼저 하게 되면 아이도 변할 수 있다. 물론 엄마는 이것저것 할 일이 많지만, 엄마가 가장 먼저 아이에게 집중하는 모습을 보이면 아이도 엄마 마음을 느낄 수 있다는 것이다. 어쩌면 엄마들은 이미 알고 있지만, 습관적인 행동을 바꾸는 것에 이런저런 이유를 먼저 생각하게 된다.

회사에서 일할 때도 효율적으로 일을 끝내기 위해서는 급한 일과 중요한 일을 나누고, 일의 순서를 계획하여 처리하는 것이 중요하다. 일반적으로 사람들은 급한 일을 먼저 처리하고, 여유가 생기면 중요한 일도 할 수 있다고 생각하지만 그렇지 않을 때가 많다.

세일즈 매니저로 일하며 가장 바쁜 시기는 신입 사원이 입사한 직후부터 3개월까지다. 이 시기에는 신생아를 둔 엄마처럼 교육부터 스케줄 관리, Joint Work(처음 영업활동 시 함께 상담을 나가는 것)하며 걸음마를 스스로 떼는 순간까지 도움 주는 역할을 한다.

한 사람을 교육하기에도 버거운 신입 매니저 시절에, 두 명의 신입 사원을 교육했던 적이 있었다. 마치 첫째 출산으로 쌍둥이를 낳은 것처럼 말이다. 어떤 일부터 해야 할지 두 명 중 어떤 사람을 먼저 교육하고 순서를 정할지 판단이 되지 않았다. 이렇게 정신없던 시기에 효율적인 방법을 찾은 것이 복주환 대표의 《생각 정리 스킬》이라는 책을 읽은 뒤부터였다.

정신없이 일하던 시기에 신입 사원들에게 추천해 줄 책을 고르다가 우연히 발견한 책이었는데, 오히려 내가 도움을 받았다. 매일 To do list만 쓰다가 여기저기 흩어져 있던 생각을 정리하는 것에 관한 내용을 보니 신선했다. 이 책에서 말하는 생각 정리의 핵심은, '생각의 시각화'이다. 여기저기 산재되어 있는 생각의 파편들을 모아 잘 정리하는 것으로 문제가 명확해진다. 문제를 찾고 우선순위를 나눠보니 의외로 해결이 간단해질 수 있다는 것을 이 책을 통해 알게 되었다.

"생각을 바꾸면 행동이 바뀌고,
행동을 바꾸면 습관이 바뀌고,
습관을 바꾸면 인격이 바뀌고,
인격이 바뀌면 운명이 바뀐다."

이 구절은 《생각 정리 스킬》의 머리말에 있는 William james 의 명언이다. 흔하게 볼 수 있는 명언이지만, 잘 생각해 보면 결국 세상의 모든 일은 내 생각을 바꾸는 것에서부터 변화가 시작될 수 있다는 의미이다.

세상의 모든 워킹맘은 누구보다 바쁘다. 일과 육아, 살림, 소소한 집안일까지 모두 챙기려면, 몸이 열 개라도 모자란다는 말이 워킹맘을 두고 하는 말이 아닐까 하는 생각을 하게 된다. 늘 바쁘고 힘든 가운데 내가 변할 수 있고 나의 운명까지 바꿀 수 있는 것은, 결국 내 생각의 전환에서부터 출발한다. 무엇보다 일도 잘하고 싶고, 아이도 잘 키우고 싶은 워킹맘이라면, 양보다 질적으로 효율적인 생각을 하고 행동해보기를 권하고 싶다. 작은 생각의 전환이 나의 변화와 함께 가족의 변화까지 가져올 수 있다는 것을 잊지 말자.

엄마가 열심히 일하는 이유에 대해
아이들에게 표현해라

얼마 전 뉴스에서 '워킹맘 95%가 퇴사 고민한다.'라는 기사를 본 적이 있다. 퇴사를 고민하는 가장 큰 이유는, 역시 '일과 육아의 병행이 힘들기 때문'이라는 내용이었다. 나 역시 첫째 아이를 출산 후 일은 계속하고 싶었지만, 아이를 맡겨야 하는 문제 때문에 결국 경단녀가 되었다. 시간이 10년이 훌쩍 지났음에도 불구하고 여전히 바뀌지 않는 워킹맘의 현실에 관한 기사를 보며 안타까운 마음이 들었다.

워킹맘은 기사에서 보여주는 통계처럼 늘 퇴사를 고민한다. 특히 아이가 유아 시절에는 아침부터 정신없이 서둘러 보육 시설에 맡기거나, 누군가에게 아이를 맡겨놓고 헤어지는 시간을 매일 겪어야 한다. 이때 아이는 엄마와 헤어지기 싫어 아침부터 눈물바다가 된다. 엄마 역시 도망치듯 출근길에 올라서면, 아침부터 가슴

아파하며 퇴사를 고민하게 된다.

아이가 조금 더 커서 초등학교에 가면 상황이 나아질 것 같지만, 오히려 더 미안함과 죄책감을 느끼는 상황이 다양하게 일어난다. 요즘은 코로나로 엄마들이 모이는 상황이 많지는 않다. 아이가 입학 후 초기에는 학교의 다양한 봉사활동부터 참여 수업, 반 모임까지 아이보다 엄마가 해야 하는 활동이 더 많은 시기가 초등 저학년 시절이다.

아이마다 다르긴 하지만 우리 딸들은, 유아 시절보다 초등 저학년 시절 새롭게 친구를 사귀고 어울리는 것에 적극적으로 함께하고 싶어 했다. 주로 여자아이들은 친한 친구들과 그룹을 만들며 논다. 우리 아이들은 친구들과 함께 노는 자리에 자신이 빠지면 왕따를 당한다는 생각에 힘들어했다. 나는 일을 하면서도 어떻게든 아이 친구 모임에 빠지지 않기 위해 노력했다. 하지만 아이는 학교가 끝난 후 엄마가 맛있는 간식을 만들어 매일 친구를 초대하는 친구를 부러워했다. 전업맘끼리 사람 많은 주말보다 주중에 다니는 것이 한가하다며, 우리 아이만 빼고 나머지 친한 친구들이 모여 놀러 가는 경우도 많았다.

이렇게 아이들이 초등학교 저학년까지 마음 아파도 일을 놓지 않은 이유는 '나'의 존재감을 잃고 싶지 않기 때문이었다. 엄마의 마음을 아이들이 이해해 주기 어려운 시기였지만, 그래도 아이를 위해 일한다는 마음만은 확고히 다지며 위기를 극복했다.

유·아동 도서 세일즈를 할 때였다. 첫째 아이가 초등학교 입학 후, 신학기 증후군(새로운 환경에 적응하지 못해 나타나는 다양한 정신적, 육체적 증상)을 앓으며 학교에서 조퇴해야 하는 경우가 자주 있었다. 아이를 집에 혼자 둘 수가 없어, 상담받을 고객에게 양해를 구하고 아이를 데리고 가기도 했다. 아이가 낯을 많이 가려서 처음엔 내 옆을 떠나지 않고 상담하는 모습을 지켜보기만 했다. 상담 시간이 길어지고 고객의 집에도 아이가 있으니 조금씩 함께 이야기를 나누며 친해지기 시작했다. 첫째 아이가 고객의 아이에게 책도 읽어주고 그림도 함께 그리며 놀아주니, 고객도 좋아하며 마음의 문을 열기 시작했다. 2시간의 상담 끝에 고객이 책을 구매하기로 결정했다. 그녀는 우리 아이를 보니 엄마가 어떻게 키웠는지 배우고 싶어 믿고 결정하게 되었다는 말을 건넸다. 그 고객과는 지금까지도 연락하며 지낸다.

아동 도서 전문 서점에서 일할 때에는 주말도 출근했다. 주말까지 일한다는 것이 남편과 아이들에게 미안했지만, 서점은 주말만 시간이 가능한 워킹맘들을 위해 꼭 운영해야 했다. 솔직히 나는 주말 아침 출근해 혼자만의 시간을 갖는 것이 좋았다. 주말 아침 여유로움을 즐길 수 있었다. 점심시간이 다가오면 남편이 아이들 식사 챙기는 것이 어렵다며, 함께 서점에 나와 식사를 해결했다. 자연스럽게 남편과 아이들이 함께 있으며 내가 일하는 모습을 보게 되었다. 상담하는 모습, 고객이 책을 구매하기도 하지만 거절하는 모습, 서점을 청소하고 책을 정리하는 모습, 부모 교육을 준비하는 모습을 자연스럽게 지켜본 것이다. 아이들이 어린 시절이었지만, 고객과 상담을 몇 시간을 하고 거절하는 고객을 볼 때는 나보다 더 속상해했다. 남편도 내가 직접 영업하는 모습을 보며 많은 것을 느끼고 미안함도 느꼈다고 말한다.

보험회사에 입사 후에도 아이들은 컸지만, 가끔 주말에 사무실에 함께 나가 일을 했다. 아이들에게 자연스럽게 엄마가 일하는 곳도 보여주고, 어떤 일을 하는지도 구체적으로 설명해 줬다. 남편도 함께 사무실에 오면 자연스레 내가 하는 일을 볼 수 있었다. 남편은 사무실의 '실적판'을 보며 영업 실적에 대한 스트레스를 공감해 주기도 했다. 남편은 항상 본인이 가장 힘들어하는 분야의 일을 아내가 하고 있다는 것에 미안함을 느끼기도 했지만, 진심으로 대단하다며 칭찬해주기도 했다.

2017년부터 본격적으로 세일즈 매니저로 일하기 시작하며, 남편과 아이들에게 성장하는 모습을 보여주고 싶었다. 매일 출퇴근하며 힘들게 돈 벌고 있다는 인정보다, 회사에서 그동안 펼치지 못했던 나의 역량을 펼치고 있다는 것을 가족에게 보여주려고 노력했다. 일에 집중한 결과, 미국으로 가족 모두를 초청해 시상식에 참여할 수 있는 여행도 함께 가는 기회가 생기기도 했다. 단순히 떠나는 가족 여행은 평범한 경험일 수 있지만, 엄마가 열심히 일한 결과로 미국에서 진행하는 시상식에 함께 참석하는 것만으로도, 아이들에게 의미 있는 여행이 될 수 있었다. 그 여행 덕분에 아직도 아이들은 여러 나라를 가봤지만, 엄마가 일을 잘해서 갔던 '미국 여행'이 가장 기억에 남는다고 말한다.

남편 역시 산후우울증에 시달리며 하고 싶은 일을 그만두고 힘들어하는 아내를 보며 늘 마음이 아팠다고 한다. 힘든 시간을 보내고 자기 일에 집중하고 성과를 내서, 미국으로 시상식까지 참석했다는 것이 멋지고 대단하다며 시상식 소감으로 발표했다.

올해 102세의 연세임에도 불구하고, 작년까지 책을 쓰시고 다양한 강연 활동을 하고 계시는 김형석 교수님이 인터뷰에서 이런 말씀을 하셨다.

"100세까지 건강하고 행복하게 살기 위해 가장 중요한 것은, 항상 공부하며 뭐든지 배우려는 자세다. 사람들은 몸이 늙으면 정신이 따라서 늙는다고 생각하지만, 그렇지 않다. 100년을 살아보니 일하는 사람이 건강하고, 노는 사람은 건강하지 못하다. 일에 대한 정신적 가치를 모르는 사람은 불행해질 수밖에 없다. 돈과 권력, 명예욕은 소유욕이다. 이것은 가질수록 더 목이

마르고 배가 고파진다. 정신적으로 행복하려면 자기 일을 하며 '만족'하는 삶을 사는 것이다."

엄마이기 전에 한 인간이 일한다는 것은, 자신이 살아있음을 느끼고 존재가치를 인정받는 그것으로 생각한다. 김형석 교수님의 말씀처럼 오랫동안 건강하게 살아가기 위해서는, 일에 대한 정신적 가치를 알고 만족하는 삶을 살아야 한다. 엄마가 되었다고 자신의 존재가치를 잃고 살아갈 이유는 없다.

워킹맘은 95% 이상 퇴사를 고민하며 가슴속에 사직서를 품고 있지만 '나'를 놓지 않고 행복하기 위해 자기 일을 갖고 살아가는 것이다. 엄마가 일하기 위해 가족의 동의와 집안일을 함께 돕는 등의 배려가 없다면 지속할 수 없다.

가슴속에 내재해 있는 일에 대한 나의 열정과 계획들을, 아이들에게 적극적으로 표현하자. 내가 일에 집중하는 모습, 일하며 일어나는 힘든 일들을 아이들과 함께 이야기할 때, 가장 든든한 내 편이 될 수 있을 것이다.

6

남편에게 가장의 외로움을
공감해 줘라

'만약 다시 태어나면 지금의 남편(아내)과 다시 결혼할 건가요?'
결혼한 이후 주변 지인들에게 또는, 많은 강연에서 이런 질문을
받은 적이 있을 것이다. 나는 이때 주저 없이 "네 그럼요."라고 대
답했다가, 오히려 이상한 사람으로 느껴지는 경험을 종종 했다. 그
럼 다시 사람들은 "남편이 정말 잘해주나봐요."라고 반문한다.

남편과 나는 온라인 결혼 정보 회사가 막 유행할 때쯤, 새로 생
기는 회사의 이벤트로 진행하는 '블라인드 짝짓기'에 서로 매칭된
사이였다. 그러니까 서로에 대한 배경지식은 전혀 없이 그냥 회사
에서 랜덤으로 매칭을 그것도 단 한 번 연결해 주는 이벤트 행사
였다. 회사에서 제공해 준 정보는 단 하나, 상대방의 전화번호였
다. 그 당시만 해도 결혼 정보 회사를 통해 이성을 만나는 것 자체
에 대해 긍정적인 시선이 아니었고, 남편과 나도 가볍게 일회성 이

벤트로 신청했기 때문에 주변에 알리지 않고, 조용히 한 번쯤 가볍게 만나고 끝날 것으로 생각했다.

여러 번 전화와 문자를 주고받은 뒤, 드디어 실제로 만나는 날이 다가왔다. 서로 얼굴도 몰랐기에 옷 색깔을 물어가며 약속한 장소에서 만났다. 남편 말로는 처음 만난 순간, 멀리서 걸어오는데 내 뒤에서 후광이 비추는 것처럼, 나만 보였다고 한다. 그렇게 처음 만난 날, 남편은 말로만 듣던 '첫눈에 반했다'라는 표현을 하며, 적극적으로 사귀자고 말했다. 처음에는 어떤 사람인지 모르니 부담스럽기도 했고, 지켜봐야 할 것 같았다. 나는 생각해 보겠다고 말했지만, 그럼 이메일 주소를 알려달라고 했다.

그는 메일 주소를 알려준 처음 만난 날부터 100일 동안 하루도 빠짐없이 이메일로 편지를 보내기 시작했다. 처음 이메일을 받았을 땐, 그냥 한번 보내봤을 것으로 생각했다. 나의 예상과 달리 메일은 하루도 빠짐없이 매일 도착했다. 어느 순간 내가 먼저 메일을 기다리며 설레는 마음을 느끼기 시작했다. 그러던 어느 날, 하늘에 계시는 어머니께 나를 소개하는 편지를 읽으며, 감동의 눈물을 흘리며 진실한 이 남자의 마음을 느끼게 되었다. 그 뒤로 1년의 연애 끝에 우리는 결혼을 했다.

어떤 부부든 처음 만나게 된 인연의 계기가 있다. 서로 평생을 함께해도 되겠다는 사랑과 믿음을 갖고 새로운 인생을 시작하게 된다. 나는 한 사람의 인생에서 가장 중요한 일이 '어떤 배우자를 만나느냐?'에 따라 그 사람의 삶이 완전히 바뀔 수 있다고 생각한다. 올해로 남편과 결혼 16년 차가 되며, 배우자의 중요함에 대해서 더욱 마음 깊이 느끼고 있다.

어느 날, 남자도 한 여자를 만나 결혼을 하고, 가정을 꾸리며 가장이라는 역할을 맡게 된다. 특히 아이가 태어나면서부터 아빠가 되었다는 책임감에 남자들은 지치고 힘들어도 크게 내색하지 않고 일을 한다. 물론 아내도 아이를 출산하고 살림과 육아, 거기에 일까지 병행하는 엄마라는 역할이 더 힘들다고 말할 수 있다. 하지만 남편이 느끼는 가장이라는 책임감의 무게는 아내가 느끼는 것과는 조금 다를 수 있다.

2년 전 친정아버지께서 32년 동안 운영하셨던 사업을 정리하시고 은퇴하셨다. 일반적인 회사의 은퇴 나이보다 더 긴 68세까지 일을 하신 것이다. 주변 지인분들은 나이가 많아도 길게 일할 수 있다는 것을 오히려 부러워하셨다. 하지만 아버지는 빈손으로 시작한 사업을 하시며 중간에 여러 번 위기를 겪으셨고, 마지막까지 힘들게 운영을 하시며 더 빨리 사업을 정리하고 싶어 하셨다.

한 번은 아버지께서 미국에 사는 남동생에 관해 이야기하셨다. "여유롭지 않은 형편에 하나뿐인 아들을 미국으로 유학 보내고 평생 뒷바라지하느라 정신없이 세월이 흘렀네. 시간이 지나 돌아보니 아들과 손주는 미국에 살아 만나기 힘들고 제사나 명절이 되면 더 쓸쓸하다."라고 말씀하셨다. 항상 나무처럼 흔들림 없던 아버지도 연세가 많아지고 은퇴를 하며, 인생의 허무함과 쓸쓸함에 대해 말씀하셨다. 어린 시절 호랑이처럼 무섭던 아버지도 늙어가신다고 생각하니 안타까운 마음이 들었다. 이제야 조금씩 부모의 마음도 알 것 같았다.

예전에 한 고등학교에서 '청소년의 꿈을 스케치하다'라는 주제로 의식조사라는 내용을 다룬 다큐멘터리 영상을 보게 되었다. 영상의 내용 중 "앞으로 살날이 1년밖에 남지 않았다면, '당신의 꿈'을 이루는 것과 '5억 원' 중 무엇을 선택하겠나요?"라는 질문을 학생들에게 던진다. 대부분의 학생은 당연히 '꿈을 이뤄서 5억보다 더 많은 돈을 벌면 된다'라고 희망 섞인 대답을 한다. 같은 질문을 학생들의 아버지들에게 질문했고, 아버지들이 답변한 내용을 영상에 담에 아이들에게 보여줬다. 아버지들은 모두 당신의 꿈보다 자식을 위해 뒷바라지해 주거나 가족을 위해 5억을 선택한다고 답한다. '자신의 꿈보다 가족을 가장 먼저 그리고 가장 많이 생각하는 가장이라는 이름의 아버지'인 것이다.

이 영상을 보며 가슴이 뭉클했다. 똑같은 질문을 남편에게도 해봤다. 남편 역시 바로 꿈을 선택하지 못하고, 고민 끝에 5억을 선택하겠다고 답했다. 남편도 본인이 가장이 아니고 자유롭게 본인의 꿈을 위해 마음 편히 도전해보고 싶은 일들도 많지만, 항상 꿈보다 안정적인 직업을 먼저 생각하게 된다고 말한다. 남편은 15년 동안 매일 왕복 4시간씩 지하철에 몸을 싣고 미친 듯이 일만 하며 살아보니, 어느새 40대가 되어 꿈을 이루기에는 현실적으로 어렵다는 생각이 든다고 덧붙였다.

아이들이 어렸을 때에는 아빠가 퇴근하고 집에 오면, 아이들과 스킨십도 하고 잠시나마 놀아주며 하루의 피로를 잊는다. 그러나 아이들이 사춘기가 오면서부터 아이들과 대화하거나 함께하는 시간이 현저히 줄어든다. 이 시기가 되면 엄마들도 아이들과 많이 부딪히기도 하지만, 아빠들은 엄마와 아이들 눈치를 살피느라 자신의 이야기를 공유하기가 더 어려워진다. 아빠들은 나이가 들수록 외로움과 허무함을 느끼지만, 그러한 감정들을 마음 터놓고 이야기하며 위로받기가 엄마보다 더 어렵다.

친정엄마께서 내가 결혼할 때부터 강조하신 내용이, 다른 건 몰라도 남편 밥은 항상 좋아하는 반찬으로 따뜻하게 대접해 주라고 말씀하셨다. 그 당시에는 아이 키우며 일하는 나도 힘든데, 왜 내가 더 힘들게 밥까지 차려줘야 하냐면서 썩 기분 좋게 들리지는 않았다. 남편은 항상 회사에서 일찍 퇴근해도 집까지 오려면 2시간이 지나야 도착했다. 그런 '남편이 얼마나 배고프고 힘들까.'라고 생각하니, 저녁 식사라도 좋아하는 메뉴로 정성껏 만들어줘야겠다고 생각하게 됐다. 남편은 퇴근 후 저녁 밥상을 함께 하며, 이 시간 때문에 더 열심히 일하게 된다고 말했다.

2주에 한 번 금요일에는 아이들이 자고 나면, 모든 전자 기기를 꺼놓고 식탁에 앉아 '부부 회식'을 했다. 처음엔 남편만 회식하고 늦게 들어오는 것이 얄미운 마음에, 남편에게 우리도 회식하자고 제안했다. 횟수를 거듭하며 부부 회식은 오히려 남편이 더 좋아하게 됐다. 우리는 평소에 꺼내지 못했던, 힘든 이야기들이나 회사에서 속상했던 일을 함께하며, 서로를 더 이해할 수 있는 시간이 되었다. 나 역시, 평소와는 달리 조금 더 진지한 태도로 남편의 이야기를 들으며, 그를 더 이해할 수 있던 계기가 되기도 했다.

아이들이 어릴 때는 부부 생활이 아이가 중심이 될 수밖에 없다. 아이 위주로 지내다 보면 각자의 상황에서 힘들 때, 본의 아니게 상대방을 원망하거나 서운함을 느끼기도 한다. 하지만 부부는 일심동체라는 말이 있듯이, 이 세상에서 오직 내 편이 되어줄 사람은 자식도 아닌 배우자라고 한다. 남편이 나를 이해하고 공감해 주기만을 바라기보다 내가 먼저 남편의 마음을 이해해 주려고 노력하는 모습을 보여 보자. 어느새 남편도 점점 달라지며 유일한 내 편이 되어 있을 것이다.

7

나에게 가장 간절한
'단 하나'의 일하는 이유를 찾아라

매년 3월 신학기가 되면 학교에서 아이들이 '학생 기초 조사서'라는 서류를 가져온다. 이 서류에는 아이의 기본적인 인적 사항부터 건강 관련 특이사항 그리고 장래 희망을 쓰는 항목이 있다. 다른 항목을 쓰는 것은 어렵지 않지만, 쓸 때마다 오래 걸리는 항목은 '장래 희망'이다. 얼마 전에도 아이들과 장래 희망에 관한 이야기를 나누다가 서류를 쓰는 데 1시간이 걸렸다. 시간이 오래 걸린 이유는 아이들이 정한 꿈과 함께, 왜 그 일을 하고 싶은지에 대한 생각을 말하고 정리하는데 많은 대화가 필요했기 때문이다.

둘째 아이의 꿈은 '애견 미용사'라고 한다. 사실 둘째는 얼마 전까지만 해도 10m 이상의 먼 거리에서 강아지가 보이기만 해도 도망갈 정도로 무서워했다. 어쩌다 엘리베이터에 강아지를 안고 타는 사람이 있으면, 자지러지게 울거나 엘리베이터에서 내려버린 적도 있었다. 이렇게 강아지를 무서워하던 아이가 애견 미용사가 되고 싶다고 하니 엄마인 나는 놀라서 이유를 물어봤다.

둘째 아이는 이제 열두 살이지만, 자신의 장래 희망에 관한 생각을 또박또박 이야기했다. 강아지와 교감을 나누며 좋아하게 된 계기는 동네에 작은 애견카페 사장님 덕분이라고 한다. 강아지가 무섭긴 하지만 싫어하는 것은 아니었다고 했다. 강아지와 소통하는 법을 사장님께서 알려주셨고, 그때부터 강아지가 짖거나 다른 행동을 하는 것이 왜 그런지 알고 나서부터는 강아지에 대한 두려움이 없어졌다고 말했다.

강아지가 좋아지고 나서부터는 유독 불쌍한 유기견들이 보이기 시작했다고 한다. '강아지는 사는 것이 아니라 입양해야 한다.'라고 주장할 만큼 어리지만 야무진 생각을 말하기도 했다. 애견 미용사가 되고 싶은 이유는, 버려진 강아지를 목욕해 주고 털을 정리해야 건강해질 수 있어서 그 역할을 본인이 해주고 싶다고 말했다. 자신의 꿈을 막연하게 좋아 보여서 하고 싶다고 말하는 것이 아니라, 왜 그 일을 하고 싶은지에 대한 생각을 말하는 것을 보니 놀랍고 기특했다. 아이의 꿈은 언제든 바뀔 수 있지만, 지금 자신이 하고 싶어 하는 일에 관한 생각이 확실하게 정리된 모습을 보니 오히려 부럽기도 했다.

나는 보험회사 세일즈 매니저로 일하며, 함께 일할 팀원을 리쿠

르팅 할 때 가장 중요하게 질문하는 것이 2가지 있었다. 첫 번째는 왜 이 일을 하려고 하는지와, 두 번째는 멘탈 관리법이었다. 세상에 다양한 영업 분야가 있지만, 가장 힘들다고 하는 보험 영업을 왜 하려고 하는지에 대한 이유는 앞으로 일을 잘할 수 있는지를 결정할 만큼 중요하다.

2019년 통계청 조사에 따르면 경제 활동을 하는 성인 가운데, 자신의 소득에 만족한다고 응답한 사람의 비중이 14.1%에 불과하다고 한다. 국민 10명 중 1명 정도만, 소득에 만족한 셈이다. 이런 수치는 세일즈 매니저로 일하며 만난 후보자들의 생각에서도 고스란히 느낄 수 있었다. 대부분 자신이 일하는 것만큼 보상받지 못한다는 억울한 마음을, 보험영업을 잘해서 노력한 만큼 소득을 받고 싶다는 의지를 표현하는 사람들이 많았다.

자신의 직업을 결정하는 데 있어서 소득은 중요한 요소다. 그렇지만 보험 영업을 선택하는 사람들의 이유가 단지 돈이라고만 생각한다면, 나는 함께 일할 수 없다고 말했다. 분명한 것은 돈을 벌기 위해 일하는 것은 맞지만, 그전에 내가 하려고 하는 일에 대한 가치를 먼저 생각해 보는 것이 우선이라고 말했다. 고객을 상담할 때에도 계약만을 위해 노력한다는 느낌이 전달되면, 고객은 냉정하게 돌아선다. 하지만 보험의 가치와 필요성에 대해 설명하며 전문가로서 고객에게 믿음을 전달해 줄 때, 고객의 마음을 얻을 수 있다. 이런 가치관 덕분에 영업이라는 분야에서 오랜 기간 일할 수 있었고, 가장의 역할도 할 수 있었다.

첫 직장이었던 호텔에서 함께 일하며 친하게 지냈던 선배가 있었다. 그 당시 선배는 아이가 어렸지만, 지각 한번 없이 일도 잘하고 후배들도 잘 챙겨줘서 동기들 사이에서도 멋진 선배로 인정받는 사람이었다. 그런 선배가 몇 년이 지나 퇴사를 했다. 선배가 퇴사할 때 많은 후배가 정말 아쉬워했고, 유독 친하게 지냈던 나는 선배의 빈자리를 느끼며 한동안은 일에 집중하기 힘들었다.

선배가 퇴사 후 3개월쯤 지나 갑자기 연락이 왔다. 옮긴 회사가 명동에 있으니 오랜만에 식사하자고 했다. 반가운 마음에 일부러 동기와 비번 날짜까지 바꿔가며 선배를 만나러 갔다. 선배가 식사하기 전에 본인 회사를 보여주겠다며 사무실로 오라는 연락을 받았다. 사무실에 도착해보니 선배의 회사는 보험회사였다. 갑자기 미팅룸에서 차 한잔을 하자고 하더니 보험 영업에 관한 이야기를 꺼내며 일을 함께해보자고 제안을 했다.

"지금 네가 일하는 것처럼 하루에 8시간 동안 이 일을 하면 억대 연봉을 받을 수 있어."라고 말하며 소득에 대한 부분을 크게 강조하며 말했다. 반가운 마음으로 선배를 만나러 갔다가 보험 영업 일에 대한 강요를 받으니 기분이 좋지 않았다. 더구나 일에 대한 가치가 단순히 '돈'이라는 것에만 초점을 두니, 선배가 여태껏 나를 어떻게 생각했길래 이렇게 강요를 할까? 라는 생각이 들어 서둘러 나오고 싶었다. 선배가 함께 일하자는 제안을 거절하니 보험이라도 가입하라라며 더 강하게 보험 가입을 강요했다. 그때부터 나는 선배와의 연락을 끊었고 보험에 대한 부정적인 선입견을 갖게 되었다.

몇 년이 지나 어느 날, 재테크 강연을 듣게 되었다. 강연 내용 중 보험의 기능과 왜 필요한지에 대한 보험의 가치를 처음으로 고민해 보며 들어볼 수 있는 시간이었다. 한 사람이 인생을 살아가다 예측하지 못하는 건강의 문제 또는, 사고로 경제적 위기가 발생하면, 누구보다 든든하게 지켜줄 수 있는 것이, 보험이라는 사실에 대해 진지하게 생각해 볼 수 있는 시간이었다. 듣고 보니 이렇게 중요한 것을 전문가로서 고객들에게 바른 정보를 알려주고, 제대로 된 보험에 가입하도록 도움을 주는 일에 대한 가치를 깨달았다. 일의 가치에 대해 마음으로 동의가 되고 나니 보험회사에서 세일즈 매니저 업무에 대한 제안이 왔을 때는 생각을 다르게 해 볼 수 있었다. 힘든 일이지만, 그래도 의미 있는 일에 도전해보고 싶다는 결정까지 할 수 있었다.

《팔지 마라 사게 하라》의 저자이자 엠제이 쇼핑의 대표이사로 활약하고 있는 장문정 대표는 성공한 세일즈를 이렇게 말한다.

성공한 세일즈란 무가치하다고 여겼던 상품을 가치 있게 만들고, 소비자가 거들떠보지도 않는 물건에서 잠재되어 있던 용도를 발견해 알려주며, 더 나아가 그 상품이 소비자의 삶을 좀 더 윤택하게 만들 가능성을 '먼저 발견하는 것'이라고 정의한다. 유명한 마케팅과 세일즈의 거장들이 단지 상품을 잘 팔기 위한 기법들에만 주목했다면, 분명히 세상은 오늘과 달랐을 것이라고 강조한다.

나 역시 세일즈 분야의 일을 15년 이상 할 수 있었던 이유는, 일한 만큼 보상을 해 준다는 장점보다 더 중요하게 생각했던 것이 '일에 대한 가치와 나의 성장'이라고 생각했다. 영업하기 위해 그 분야의 전문가가 되려고 늘 공부했고, 고객에게 그것을 진정성 있는 도움을 주기 위해 일한다고 생각하며 보람을 느꼈다.

세일즈 업무를 하다 보면, 거절받는 것 이외에도 여러 가지 이유로 멘탈이 흔들릴 때가 많다. 상처받고 힘들 때는 소득을 포기하고 일을 쉬어보고 싶다는 생각도 수없이 했다. 그런데도 일을 쉬지 않고 할 수 있었던 이유는, 일을 통해 성장하고 싶었던 간절한 마음 때문이었다고 생각한다. 워킹맘이라면 일과 육아를 병행하며 포기하고 싶을 때가 많겠지만, 내가 하는 일에 대한 '가치'를 기억하길 바란다.

멈추지 않으면
눈부시게 성장한다

성공하려면 초심, 열심, 뒷심의 3심이 필요하다. 처음에 가졌던 각오와 자신감을 시간이 지나도 잃지 않는 초심, 끈기있게 도전하는 불굴의 정신을 유지하는 열심, 일을 확실하게 마무리하여 성과를 최대화하는 능력을 갖추는 뒷심이 그것이다. 이 세 가지 마음을 지속적으로 유지하는 에너지는 무엇보다도 절대긍정의 마인드에서 나온다.

-김성환, 〈절대긍정〉 중에서-

1

위기는 워킹맘에게만
찾아오지 않는다

몇 년 전 초등학교 시절 친구에게 오랜만에 전화가 왔다. 드디어 결혼한다며 얼굴을 보자고 했다. 오랜만에 초등학교 친구들을 만나는 자리이기도 했고, 서른아홉의 나이에 결혼에 골인하는 친구의 러브스토리가 궁금해 설렘을 가득 안고 자리에 나갔다.

약속 시각보다 일찍 도착한 자리에 함께 만나기로 했던 또 한 명의 친구가 미리 와 있었다. 그 친구와 나는 15년 전 같은 해에 결혼했다. 아이도 비슷한 시기에 출산하며 가끔 연락은 했지만, 결혼 이후로 한 번도 만나지 못해 더 반가운 친구였다. 서로 끌어안으며 반갑게 인사를 건네는데, 친구의 안색이 안 좋았다. 친구가 자리에 앉자마자 울기 시작했다. 만나자마자 눈물을 흘리는 친구에게 티슈만 건네줄 뿐, 왜 우는지 묻기 힘들었다. 아니 겁이 났다. 친구가 진정되는 동안 한참을 기다리고 나니 이야기를 시작했다.

남편이 3개월 전 하늘나라로 떠났다고 말했다. 전혀 상상하지 못한 얘기였다. 너무 놀랐지만, 그것보다 친구를 어떤 말로 위로해 줘야 할지가 더 어려웠다. 남편이 평소 아픈 곳이 있었거나 사고도 아니라고 했다. 가족 모두 시댁에 가서 저녁 식사까지 잘 마쳤다고 한다. 잠자리가 여의치 않아 남편과 서로 다른 방에서 잤다고 한다. 다음날 늦은 시간까지 일어나질 않아 들어가 보니 밤새 숨져 있었다고 말했다.

친구는 이 자리에 나오기까지 너무 힘들었다고 말했다. 하지만 남편이 떠났다고 슬픔에 잠겨 지낼 수만은 없었다고 했다. 아이들을 위해서라도 다시 일상으로 돌아가는 노력을 하기 위해 애쓰고 있다고 했다. 친구의 이야기를 들으며 이번엔 내가 눈물을 흘렸다. 친구에게 연락도 자주 못 하고 먼저 챙겨주지 못해 미안한 마음이 컸다. 그런데도 다시 삶에 힘을 내고 소중한 고향 친구를 만나기 위해 용기 내준 친구가 고마웠고, 가슴이 먹먹했다.

친구의 남편은 외국계 무역 회사에 다녔다. 결혼 이후로 친구는 일을 그만두고 육아와 살림에 집중하며 행복하게 살았다. 경제적으로도 큰 걱정 없이 살았다고 했다. 이렇게 가족 모두 평화롭게 지내다 예상치 못한 일이 일어난 것이다. 남편이 갑자기 떠난 뒤 3개월은 슬픔에 잠겨 정신을 차릴 수 없었다고 한다. 친구가 너무 힘들어하는 모습을 보고 혹시 모를 걱정에 친정엄마까지 오서서 함께 지내고 있다고 했다.

그러던 어느 날, 정신 차려보니 어린 아들 둘이 보였다고 한다. 아빠가 하늘나라로 떠났다는 것조차 잘 모르는 아이들을 두고, 언제까지 정신 놓고 살 수는 없었다고 말했다. 이제부터 가장이라는 현실을 받아들였다고 했다. 친구는 12년 만에 가장으로 일하며 아이들과 잘살아 보고 싶다고 담담하게 말했다. 친구는 조용하고 여성스러운 성향이라, 육아와 살림하는 것이 행복하다는 친구였다. 그랬던 친구가 생에 가장 큰 위기를 겪고 가장이 되어, 위기를 극복하려는 모습을 보며 '여자는 약하지만, 엄마는 강하다.'라는 말을 절절히 느낄 수 있었다.

집으로 돌아오는 길에 많은 감정이 오갔다. '만약 어느 날 남편이 갑자기 떠난다면 나는 어떻게 살아갈 수 있을까?', '살면서 그토록 큰 위기가 닥쳐와도 극복하고 일어날 수 있을까?' 여러 생각을 하며 남편에게 새삼 고마운 마음이 들었다.

나는 보험회사에서 다양한 고객을 만났다. 고객을 만나 이야기를 듣다 보면, 살면서 크고 다양한 위기를 경험한 이야기가 주를 이룬다. 건강 상태가 안 좋아져 죽음 직전까지 갔다가 가까스로 회복해, 제2의 인생을 살아가는 이야기는 수없이 들었다. 부부 사이에 일어나는 갈등과 이혼까지 하게 된 사연, 부모 자식 사이에 돈 문제로 갈등이 생겨 서로를 등지고 살아가는 사연 등 다양한 갈등과 위기를 겪게 되는 스토리를 들었다.

그런데 신기하게도 고객들의 이야기를 듣다 보면 똑같이 하는 말이 있다. "나에게 이런 일들이 일어날 줄 몰랐어요. 저는 그저 남들처럼 평범하게 살 줄 알았습니다. 왜 하필이면 나에게만 이렇게 힘든 일이 일어나는지 모르겠어요."라는 말이다. 이처럼 위기를 경험하는 많은 사람들은 예측하지 못한 채 위기를 겪게 된다. 고객의 말처럼 나에게는 그렇게 힘든 일은 일어나지 않을 것이라는 청사진을 그리며 살아간다. 그러나 인생을 살아가다 보면, 내 뜻대로 되지 않는 경험을 하게 된다.

4년 전 보험회사에서 세일즈 매니저로 함께 일해보자는 제안을 받았을 때, 나는 정신적, 경제적으로 위기였다. 정신적으로는 일에 대한 비전이 느껴지지 않아 매일 고민했다. 하루하루 버티는 삶의 형태로 언제까지 일할 수 있을지 의문이었다. 게다가 일하는 시간과 노력에 대비해 현저히 낮은 보상도 불만이었다. 스마트폰과 디지털 기기의 발달로 아이들 책을 구매하는 고객은 줄었고, 필요성을 강조해서 말해도 구매하는 고객이 눈에 띄게 줄었다. 초등학교 독서 논술 교사로서의 일 또한 생계를 유지하기에 턱없이 부족한 보수였다.

그렇게 위기였음에도 불구하고 보험회사라는 선입견만으로 찾아온 기회를 거절했다. 특히 보험 영업이라는 분야에서 일하는 것이 얼마나 힘든 일인지 주변에서 많이 보고 들었다. 왜 하필이면 그렇게 힘든 일을 하려고 하냐면서 평생 영업을 해 오신 친정엄마도 말리셨다. 그렇게 고민하던 찰나에 '위기가 곧 기회'라는 것을 느끼며 바로 결정할 수 있던 계기가 된 영화가 있다. 윌 스미스 주연의 《행복을 찾아서》라는 영화다.

이 영화는 '크리스 가드너'라는 홀딩스 인터내셔널의 최고경영자의 실화를 바탕으로 한 영화다. 크리스 가드너는 의료기기 영업을 하면서 처음 생각과는 달리 판매가 잘되지 않아 경제적으로 어려움이 찾아온다. 결국, 아내는 떠나고, 어린 아들과 살던 집에서도 쫓겨나게 되는 극한 상황을 맞이하게 된다. 최악의 상황에서도 사랑하는 아들을 위해 희망을 잃지 않고 성실하게 매일을 살아가려고 노력하는 모습을 보인다. 그는 의료기기 영업을 접고, 무시무시한 인턴 과정의 경쟁을 통과하여 펀드 매니저로 뽑히게 된다. 한 사람이 바닥까지 떨어지는 위기를 겪지만, 포기하지 않고 극복하며 결국 최고경영자(CEO)로 성공하게 되는 이야기다.

나는 이 영화를 통해 단순히 감동만 느낄 수 없었다. 영화를 보고 나니 그 당시 나의 현실을 돌아보게 되었다. 사람들은 흔히 '위기와 기회는 함께 찾아온다.'라는 말을 한다. 그 당시 나는 우리 가정의 경제적인 상황도 위기였지만, 내 마음속의 꿈이 사라지며 부정적으로 변해가는 내 모습이 더 큰 위기였다. 하루하루가 우울했고 희망이 없다고 느껴졌다. 그런 위기 속에서 다른 사람들의 눈을 의식하고 편견이 두려워 용기를 내지 않는다면, 기회는 영원히 오지 않았을 것이라는 판단을 하게 되었다.

우리가 꿈을 이루기 위해서는 '돈'이라는 가치도 충족이 되어야 한다. 경제적인 가치가 충족되면 행복을 선택할 기회가 많아진다. 반대로 '돈'이라는 것 때문에 위기가 찾아오기도 한다. 나는 영화를 통해 지금보다 더 열심히 살아가며 꿈을 이루기 위해 돈을 벌어야 한다는 현실을 마주 보게 되었다. 그리고 '지금의 내가 어떤 상황이든 간에 이 상황은 나아질 수 있다'라는 확신을 얻게 되었다.

사람마다 행복의 기준은 다르다. 자신의 기준을 충족한다면 만족하고 살겠지만, 살다 보면 불만족스러운 상황은 끊임없이 찾아오게 된다. 불만스러운 상황, 그게 곧 위기 상황이 될 경우, 그 상황 그대로 있어서는 아무것도 얻을 수 없다. 크리스 가드너가 돈이 없어서 불행했을지라도 그는 절대 포기하지 않았다. 포기하지 않고 행복을 추구하기 위해 노력했던 경험이 그에게는 지금의 성공한 CEO가 될 수 있었던 자산이 되었을 것이다.

인생을 뒤집기 위해서는 객관적이고 냉철하게 현실을 인식하고, 바로 실천할 수 있는 강인한 추진력이 있어야 한다. 특히 올해는 예고 없이 '코로나'라는 전염병으로 각자의 삶에 위기가 찾아왔다. 워킹맘은 평소에도 일과 육아를 병행하며 감당하기 힘든 위기가 찾아왔다. 올해는 위기의 강도가 더 세졌다. 코로나로 온종일 집에 있어야 하는 아이를 두고 일과 육아 사이에서 고민하게 된다. 나도 사람을 만나 일을 진행하는 세일즈 분야의 일이기에 역시 큰 위기를 겪고 있다. 이렇게 위기 상황이 찾아왔을 때, 스트레스를 받지 않고 해결하는 가장 좋은 방법은 주어진 상황을 담담히 수용하는 것이다. 그리고 내가 처한 상황 속에서 할 수 있는 방법을 찾아본다. 할 수 있는 것들을 다시 우선순위대로 써본다. 하나하나 최대한 빨리 실행에 옮긴 후 시행착오가 있다면 또 수정해나간다.

'세일즈(Sales)'라는 일은 처음부터 끝까지 예측하기 힘든 일이다. 하루를 시작하며 고객을 만나 일어날 상황들, 계약까지 이루어지는 과정, 심지어 다음 달의 내 보수까지도 알 수 없다. 알 수 없는 모든 상황을 어떻게 내가 이끌어 가느냐에 따라 일의 성패가 달려있다. 하루에도 몇 번씩 천국과 지옥을 오가며 매일 위기를 경험한다. 나는 이렇게 위기를 겪고 또다시 일어서며 극복하는 연습을 하게 된 것 같다. 그럴 때 나는 마음속에 되뇌인다. '이 위기가 나의 자산이 될 수 있다. 이 위기가 지나가면 언젠가 미소 지으며 추억으로 떠올리는 날이 올 것이다.'라며 오늘도 나를 위로하며 살아간다.

2
자기관리는 기본이지만
마음 관리는 필수다

　호텔 연회장 서빙, 항공사 고객 안내, 보습학원 강사 및 개인과외 교사, 면세점 판매직, 호텔 커피숍 및 일식당 웨이트리스, 호텔 프런트 업무(호텔리어), CS 강사, 유·아동 서적 세일즈, 유치원 영어 특강 교사, 초등 독서 논술 지도교사, 부모 교육 강사, 보험설계사, 보험사 세일즈 매니저까지….

　위에 나열한 직업은 내가 20대 초반부터 지금까지 경험한 직업들이다. 지금 세어보니 대략 15가지의 직업을 경험해본 것이다. 직업의 수를 세어보면서 20대부터 애썼던 시간이 주마등처럼 스쳐 지나간다. 그렇다면 15종류의 직업을 경험하기까지, 나는 몇 번의 면접을 봤을까? 한 직업당 최소 한 번으로 끝내고 싶었지만, 통과해보지 못한 승무원 면접, 약 50번까지 모두 더해, 대략 70번 정도의 면접을 본 것이다.

이렇게 계산해보니 실제로 일을 하기 위해, 도전을 70번 해서 15번의 합격이라는 성공 경험과 나머지 55번은 실패를 경험한 것으로 계산해 볼 수 있다. 이것은 단순히 면접 본 수만 계산한 것이고, 이 외에도 더 많은 도전과 실패를 경험한 셈이다. 수많은 도전과 실패를 경험하며 40대가 된 요즘, 가장 중요하다고 생각한 것이 있다. 바로 '멘탈(mental) 관리'다.

기본적으로 사람은 새로운 것을 시도해 보는 것 자체에 대한 두려움이 있다. 두려움을 갖는 이유는 새롭게 시작했다가 잘하지 못할까 봐, 지금보다 더 힘들어질까 봐 등의 실패에 대한 걱정 때문일 것이다. 걱정의 크기가 점점 커지면, 시작조차 망설이거나 포기할 때가 많다. 지금 내가 경험한 직업을 세어보며 '여태껏 왜 이렇게 많은 직업을 하게 된 것일까?' 생각해 봤다.

고등학교 시절에는 승무원이 꿈이었다. 꿈을 이루기 위해 다양한 서비스 직종의 일을 경험하는 것이 필요하다고 생각해, 대학생 시절부터 호텔과 면세점에서 나름 경력을 쌓은 것이다. 그중 호텔 연회장과 메인 카페 웨이트리스로 일할 때는 신발을 벗어던지고 엉엉 울 만큼 힘든 경험이었다.

육체적으로 힘들기도 했지만, 함께 일하는 동료와 선배에게 왕따까지 당하며, 정신적으로도 상처받고 힘든 시간을 보냈다. 요즘은 호텔 연회장이나 식당에서 남성도 일을 많이 하지만, 내가 일했던 2000년대 초반까지만 해도 대부분 여성이 웨이트리스 업무를 담당했다. 여성들만 함께 일하다 보니 장점도 있지만 시기와 질투가 많고, 다른 사람 험담을 일삼는 사람들에게 왕따를 당하며, 여성 조직의 쓴맛까지 경험한 것이다.

왕따를 당하며 힘들게 일하는 가운데, 승무원이 되겠다며 채용 공고가 날 때마다 면접을 봤다. 3년 동안 항공사 면접을 수시로 보며 실패와 도전을 반복해서 경험한 것이다. 결국, 최종 면접까지 갔다가도 합격의 기쁨을 맛보지 못한 채 승무원의 꿈은 접어야 했다. 아직도 내가 왜 떨어졌는지 이유는 모르겠다. 승무원 대신 호텔리어가 되기까지 많은 도전과 실패를 경험하며 눈물도 많이 흘렸다.

첫 사회생활 도전부터 아픈 실패 경험을 하며 다 포기하고 싶을 때도 많았다. 지금도 생각하면 마음이 아려오지만, 반대로 생각하면 면접에서 수없이 실패해본 경험 덕분에, 면접의 달인이 될 만큼 사회생활의 기본기를 다질 수 있었다. 게다가 왕따를 당한 덕분에 멘탈도 강해질 수 있었다.

수많은 자기소개서를 쓰다 보면, 자연스럽게 나를 돌아보고 일에 대한 마인드 세팅도 해볼 수 있는 시간을 갖게 된다. 지금 생각해 보면 그렇게 왕따를 당하고 실패한 경험들이 인간관계와 일을 함에 있어 빨리 적응할 수 있는 '감각'이 생겼던 과정이었다.

두 딸의 엄마가 되어보니 '멘탈 관리'는 아이들에게도 중요한 덕목이라는 것을 실감하고 있다. 특히 여자아이들은 기본적으로 무리를 지어 노는 성향이 있다. 가르쳐주지 않아도 유아 시절부터 놀이터에 아이들과 나가보면 아이들 사이에서도 엄청난 신경전이 오가는 것을 볼 수 있다. 그 가운데서도 친구들을 모으는 리더 역할을 하는 친구가 있고, 낯선 친구와 쉽게 어울리지 못하는 친구가 있다. 그 가운데 리더 역할을 하는 친구가 어떻게 하느냐에 따라 무리의 분위기가 완전히 달라진다.

우리 집 아이들도 유치원부터 초등학교 저학년까지 친구 관계 때문에 힘들어했다. 첫째 아이는 낯가림이 심해서 새로운 환경과 낯선 사람과 친해지기까지 긴 시간이 필요하다. 혼자 있는 것을 좋아하고, 적극적으로 친구들과 어울리지 못하다 보니 지켜보는 엄마로서 마음이 아플 때가 많았다. 반면 둘째 아이는 언니와는 정반대로 친구를 좋아하고 많이 사귀고 싶어 한다. 친구들을 모으는 리더 역할은 좋아하지 않는다. 다양한 친구들과 놀고 싶어 하지만 무리에 속하지 못해 상처받은 적도 많았다.

여자아이들은 집으로 초대하여 '파자마 파티(아이들이 예쁜 잠옷을 입고 모여 놀고 함께 잠도 자는 파티)' 하는 것으로 친밀감의 정도를 나누기도 한다. 이때에도 누구를 초대하고 초대하지 않느냐가 아이들에게는 너무 중요한 문제가 된다. 어쩌다 친구들 파자마 파티에 초대받지 못한 날이면 속상한 마음에 내내 울다가 잠든 적도 있었다. 이렇게 힘든 시간을 보낸 두 딸도 이제는 친구들에게 휘둘리지 않고, 내적으로 성장하면서 멘탈도 강해졌다.

일하는 엄마라서 미안해하기보다 항상 아이들 편에서 먼저 공감해 주려고 노력했다. 친구 관계도 중요하지만, 늘 든든한 엄마와 아빠, 그리고 서로를 지켜주는 언니, 동생이 있다는 것을 강조해서 이야기해 줬다. 아이들이 말로 다 표현하지는 않았지만, 상처받은 마음을 스스로 위로하며 점점 더 강해진 것이다.

최근 스마트폰이 발달하면서 자연스럽게 SNS 활동을 하는 사람들이 많아졌다. 자신의 일상 공유부터 비즈니스 수단으로 다양한 마케팅 방법으로도 활용하는데 이때, 눈여겨보는 것이 '좋아요'의 개수다. 그런데 '좋아요'의 개수가 때로는 사람들의 멘탈 관리에 악영향을 줄 때도 많다. 어쩔 수 없이 다른 사람의 일상을 보며 비교하게 되고, 열등감과 상대적 박탈감을 느끼기도 한다.

나 역시 SNS의 영향을 받게 된다. 매일 열심히 살다가도 유독 우울하고 힘들 때도 있다. 예전에는 이렇게 힘들 때는 사람을 만나 내 감정을 말하면 해소가 된다고 생각했다. 언제부터인가 많은 사람을 만나 상담하는 일을 오래 하면서, 지치는 감정이 사람으로 해결이 되지 않음을 느끼게 되었다. 그때 시작하게 된 것이 '독서와 글쓰기'다.

나는 멘탈이 흔들릴 때마다 김창옥 강사님의 《당신은 아무 일 없던 사람보다 강합니다》라는 책을 읽는다. 책의 내용 중 기억에 남는 구절이다.

"사람은 힘들다고 죽지도 않고 힘들다고 무너지지도 않는다고 합니다. 다만 힘들 때 내가 힘들다는 걸 아무도 알아주지 않는다고 느낄 때, 인간은 극단적인 선택을 하게 됩니다. 그런데 나의 상황은 나 자신밖에 모릅니다. 그러니 내가 나를 알아줄 수 있는 거의 유일한 사람인 거죠. 우리가 왜 좋은 책을 보고, 종교 활동을 하고, 숲과 바다를 찾고, 명상할까요? 모두 자신의 내면을 스스로 알아주도록 돕는 것입니다. 우리가 우리 자신을 챙기기 위한 마중물이 돼주는 것이지요. 삶의 중심을 나 자신에게 두십시오. 가장 소중한 존재인 나의 내면을 지금 살펴보십시오. 그리고 가장 좋은 걸 나에게 주십시오."

김창옥 강사님의 책을 보며 그동안 내가 사람을 만나 수다를 떠는 것이 왜 도움이 안 됐는지 알 수 있었다. 나의 힘든 상황과 내 감정은 나 자신밖에 모른다는 말이 깊이 와닿았다. 누군가 내 감정을 알아주기를 바라는 마음이 기본적인 욕구일 수 있지만, 극복할 힘도 결국 나에게 있다는 것을 깨닫게 된 것이다. 항상 나보다 가족을 먼저 챙기고, 자신보다 일을 먼저 생각하며 열심히 살아가는 워킹맘들이, 누구보다 가장 소중한 존재는 '나'라는 사실을 잊지 않기를 바란다.

3

버티는 힘이 있어야
성장할 수 있다

1998년은 나에게 잊을 수 없는 해다. 아마 이 글을 읽는 대부분의 독자는 1997년 우리나라에 어떤 일이 있었는지 기억할 것이다. 나는 1998년에 고등학교를 졸업하고 대학에 입학했다. 사람들이 '98학번'이라기보다 'IMF 학번'이라고 말하면 더 빨리 기억한다. 나는 고3 시절 공부만 하며, 부모님께서 별일 없이 뒷바라지해 주신다고 생각했다. 시간이 지나고 나서야 사업하셨던 아버지에게도 1998년은 큰 위기였었다고 말씀해 주셨다.

내가 중학교 시절부터 떨어져 지낸 남동생이 있다. 동생은 15살이라는 어린 나이에 미국으로 가서 공부하고 싶다며, 부모님을 졸라 연고도 없는 미국으로 떠났다. 친정아버지가 사업을 하셨지만, 유학을 보낼 만큼 형편이 좋지는 않았기 때문에 부모님은 깊이 고민하셨다고 한다. 교육열이 높았던 엄마는 어떻게든 당신이 감당할 수 있다며, 결국 유학을 보내기로 하셨다고 했다. 동생은 부모님께서 힘들게 보내주신 유학이라는 것을 알기에 공부도 열심히 했고, 사춘기 시기를 잘 버텨내며 적응했다. 동생이 이제 막 적응해서 잘 지내던 무렵, 유학을 떠난 지 2년 만에 IMF 사태가 일어났다.

부모님에게 IMF 사태는 사업도 어려워졌지만, 문제는 미국에 있는 동생의 학비를 감당하는 것이 더 힘들었다고 말씀하셨다. 우리 집에서 겪게 된 IMF 사태의 가장 큰 영향은 '달러'때문이었다. 그 당시 부모님이 동생 학비 걱정 때문에 매일 달러 시세를 보며 한숨 쉬던 모습이 잊히지 않는다. IMF로 수많은 가장이 일자리를 잃는 안타까운 일이 일어났다. 그렇지만 1997년까지 1달러에 800원대의 가치였던 환율이 IMF 위기가 찾아오며 2,000원대를 넘었던 기억은 아직도 생생하다. 부모님은 동생이 미국으로 떠난 지 2년밖에 되지 않았지만, 동생의 미국 유학을 포기시켜야 할 위기를 맞이하셨다.

아버지는 사업도 너무 어렵고 앞으로 동생의 유학 기간이 많이 남아 있기 때문에 안타깝지만, 한국으로 다시 돌아오라고 하셨다. 반면 엄마는 절대 포기하면 안 된다고 하셨다. 엄마가 더 열심히 일해서 어떻게든 가르칠 테니, 다른 생각 말고 공부만 열심히 하라고 말씀을 하셨다. 결국 동생은 엄마가 포기하지 않는 뒷바라지

덕분에 미국에서 대학원까지 무사히 졸업했고, 지금까지 터전을 잡고 잘살고 있다.

이렇게 버티는 삶을 살아오신 엄마를 닮아서일까, 나에게도 잊지 못할 '존버(엄청 힘든 과정을 거치는 중이거나 참는 상황이라는 유행어) 정신으로 엄청난 성장'을 했던 시기가 있다. 2003년 대학 졸업 후 호텔리어가 되어 1년 정도 일하며 여행이 아닌 '외국 생활'에 대한 갈망이 생기기 시작했다. 그 당시 함께 입사했던 동기들을 보니 나를 제외한 모든 동기가 해외 유학파였다. 호텔 입사 후 한 선배가 나에게 '다른 친구들은 전부 스위스나 미국에서 호텔전공을 했던데, 너는 유학도 다녀오지 않고 어떻게 입사를 했냐?'며 입사 과정을 의심하는 농담을 한 적이 있다.

내가 회사 입사 후 유학을 가야겠다고 결심한 데에는 선배의 농담도 큰 계기가 되었다. 회사를 1년밖에 다니지 않고 외국으로 떠나는 것이 과연 나에게 얼마나 큰 도움이 될까 생각하면 선뜻 용기가 나지 않았다. 하지만 외국에 살며 어떻게든 다양한 경험을 하며 공부하고 싶은 마음은 간절했다.

부모님은 동생이 있는 미국에 가서 몇 달 지내보라고 하셨지만, 내가 생각한 유학 생활은 그게 아니었다. 부모님의 어려운 경제 상황을 잘 알고 있었기 때문에, 회사 다니며 모은 적은 돈으로 영국 어학연수를 준비했다. 영국에 대한 정보도, 그곳에 아는 사람도 없었지만, 오로지 나를 믿고 유학길에 올랐다. 20kg의 무거운 이민 가방을 끌고 지도 하나로 민박집을 찾아갔다. 당장 안정적으로 살아야 할 내 보금자리를 찾아야 했다. 생활비도 넉넉지 않아 어학연수 기간이 시작되면서 바로 일자리도 알아봐야 하는 상황 속에 유학 생활이 시작되었다.

스마트폰이 없던 시절이라 한국의 벼룩시장(구인·구직 정보 또는 부동산 정보가 담긴 신문)과 같은 신문을 사서 방을 알아보기 시작했다. 영문 이력서를 만들어 런던의 중심지인 피카딜리 서커스 주변의 상점이나 식당마다 일자리를 물으며 다녔다. 이력서 100장을 다 쓰고 나니 일식당 웨이트리스 자리가 있는데 할 수 있겠냐며 연락이 왔다.

영국은 워낙 물가가 비싸 일주일 치의 주급을 받으면, 방의 렌탈비로 모두 써야 했다. 처음엔 일식당에서 일하는 것도 감사했다. 좀 더 나은 페이와 나의 경험을 위해 일자리를 계속 알아본 끝에 면세점에서 일할 기회가 생겼다. 페이도 훨씬 높아졌고 유학 생활에 적응하며 행복하게 지내기 시작할 때쯤 위기는 또다시 찾아왔다.

어렵게 지낸다며 도움을 주던 친구들에게 저녁을 사겠다고 나름 런던에서 꽤 유명한 식당에 갔다. 친구들과 맛있는 식사를 하고 계산을 하려는 순간 가방에 있던 지갑과 그날 받은 주급이 없어진 것을 발견했다. 가슴이 철렁 내려앉기도 했지만, 친구들에게 또 다시 신세를 져야 하는 상황이 일어났다. 그 순간 친구들에게도 면목도 없고 내 신세가 처량하게 느껴졌다. 집주인에게도 양해를 구했고, 몇 주가 지나 밀린 방값을 줄 수 있었다. 그냥 다 접고 한국으로 돌아오고 싶은 생각이 간절해졌다. '내가 뭐가 아쉬워 아무도 없는 영국에서 이렇게 가난하고 어렵게 지내야 하는 걸까?'라는 생각을 하며 며칠 동안 귀국을 고민했다.

그 당시 면세점에서 함께 일했던 한국인 선배가 한 명 있었다. 그곳은 유학생들이 잠깐 머물며 짧게 일하는 사람들이 많아, 쉽게 정을 주거나 잘 챙기지 않는 분위기였다. 하지만 그 선배는 유독 나를 챙기며 도움을 주려고 했던 고마운 사람이었다. 단지 경제적 위기 때문에 한국에 돌아가려고 한다면, 본인이 도와주겠다고 말하는 선배 덕분에 위기를 잘 넘길 수 있었다. 다행히 그 시기를 잘 버틴 끝에 2년간의 유학 생활을 마치고 한국으로 돌아올 수 있었다.

한국으로 돌아올 때는 가족들 선물과 영국 돈으로 부모님께 용돈을 드릴 수 있을 만큼 성장해서 올 수 있었다. 사실 경제적인 여유보다 더 값진 것은, 부모님 도움 없이 낯선 영국에서 2년이라는 시간을 잘 버틴 것이 스스로 기특했다. 그 시간 덕분에 위기를 극복하는 힘도 생겼고, 놀라운 성장도 할 수 있었다.

미국의 심리학자인 앤젤라 더크워스는 '그릿(Grit)'이라는 용어를 이렇게 정의한다. 'GRIT은 성공과 성취를 끌어내는 데 결정적 역할을 하는 투지 또는 용기'를 뜻한다. 그릿의 핵심은 열정과 끈기이며, 몇 년 또는 수십 년에 걸쳐 열심히 노력하는 것이라고 강조한다.

일반적으로 아이가 새로운 것을 배우려 할 때, 부모는 쉽게 배워보라고 한다. 시작은 쉽게 하지만 배우는 것이 점점 어려워져 아이가 포기하려 할 때는, 끈기 있게 꾸준히 해보지도 않고 포기한다며 아이를 꾸짖는 엄마를 본 적이 있다. 예를 들어 아이들이 새로운 분야의 학습(공부를 포함한 다양한 학원)을 시작하면, 점점 난이도가 높아지고 끈기 있게 버텨내야 하는 상황이 온다. 이때 엄마는 아이에게 힘든 시기를 극복하고 오랜 기간 노력해야 잘할 수 있다고 강조하지만, 정작 엄마도 새로운 일을 시도했을 때 쉽게 포기하는 모습을 많이 봤다.

아이가 태어나고 본격적으로 워킹맘으로 살아가다 보면, 예상치 못한 일들이 한꺼번에 몰려올 때가 있다. 이때에는 모든 것을 다 내려놓고 싶을 만큼 힘들다는 것을 나 역시 경험해봤다.

'바닥을 치면 올라갈 일만 남는다.'라는 말이 있다. 버티기 어려울 만큼 위기가 찾아왔을 때를 이겨내고 나면, 아이와 내가 놀랍게 성장해있는 모습을 발견할 수 있을 것이다.

운동을 꾸준히 해야 근력이 생기고 체력이 좋아지는 것처럼, 버티는 힘도 노력과 반복이 필요하다는 것을 기억하자. 운동하는 순간은 고통스럽고 힘들다. 하지만 고통스러운 시간을 버텨내면 멋지고 건강해진 내 몸을 보며, 뿌듯한 순간이 분명 찾아온다는 것을 알고 있다. 이처럼 워킹맘이 버텨내야 하는 순간들은 고통스럽지만, 그 시간이 지나면 달콤한 나의 미래가 기다리고 있다는 것을 상상하며 과정을 이겨내자.

4
성장에는 반드시
'성장통'이 따른다

'세상에 공짜는 없다'라는 말이 있다. 이 말은 나의 생활신조이기도 하다. 마흔이 넘으며 깨닫게 된 가장 큰 삶의 지혜라고 생각한다. 내가 원하는 물건을 얻기 위해서 대가를 지불해야 하는 것은 당연한 일이다. 이것보다 더 진정한 의미는 어떤 것을 배우거나 경험을 쌓기 위해서도 돈이나 노력, 시간을 투자하지 않으면 결코 내 것이 될 수 없다는 점이다.

우리 집 둘째 아이는 매년 학교에서 건강검진을 할 때마다 전국에서 키가 상위 1% 안에 들어간다. 새 학년이 되어 친구들을 만나보면 둘째보다 키가 큰 친구를 본 적이 거의 없다. 둘째 아이를 보는 어른들은 키 큰 것 자체만으로 부럽다며 '모델 같다'라는 칭찬을 자주 한다. 하지만 친구들은 키가 크다는 이유로 '대형 기린', '거인', '왕 누님' 등등 별명을 부르며 놀림을 받고 집에 와서 상처받고 운 적도 많다.

키가 크다는 것은 성장 속도가 유난히 빠른 것이다. 둘째는 올해 초등학교 5학년인데 아기 시절부터 다리가 아프다고 울며 12살이 된 지금까지도 잠을 못 잘 만큼 고통스러워한다. 대학병원소아 정형외과에서 여러 번 검사도 해봤지만, 특별한 문제가 없다고 한다. 다리가 아픈 것에 대한 해결책은 아플 때마다 진통제를 복용하는 방법밖에 없다는 답변만 듣고 왔다.

어느 날은 진통제(시럽 진통제) 한 병을 일주일도 안 돼 다 먹은적도 있다. 나는 아이가 진통제를 많이 복용해 내성이 생길까 봐늘 걱정한다. 엄마로서 또 한 가지 힘든 점은 아직도 신생아를 키우는 것처럼, 새벽에 몇 번씩 깨서 아이의 다리를 주물러주고 약을 챙겨줘야 할 때가 자주 있다. 아이의 키가 부럽다는 엄마들에게 둘째 아이의 고충을 말하면, 그렇게 아파도 좋으니 키가 컸으면 좋겠다고 한다. 다른 사람은 부러워하지만, 아이와 나는 10년이 넘는 시간 동안 밤잠을 설치며 고통을 감당하고 있다.

아이를 키우는 모든 과정은 성장과 함께 성장통을 동반한다.쉬운 예로 아이가 태어나 첫 발걸음을 떼는 순간까지 수천 번을넘어져야 비로소 걸음마를 시작할 수 있다. 걸음마를 시작해도 엄마들은 걱정스러운 마음에 무릎 보호대, 미끄럼 방지 양말과 신발 등 아이를 보호해 주기 위한 장치를 마련해 준다. 그러나 아무리 좋은 장비로 아이를 보호해 준다 해도 수천 번 넘어지는 경험 없이는 잘 걸을 수 없다. 아이의 성장 과정뿐만 아니라 엄마가 되어가는 과정 또한 성장통의 시간은 필요하다.

나는 두 아이를 출산한 이후 거의 일을 쉬었던 기간이 없었다. 첫째 아이 출산 이후에는 산후우울증을 앓는 것보다 차라리 회사를 나가는 것이 낫다고 생각해, 계획했던 육아 휴직도 반납하고 출산 3개월 만에 복직했다. 첫째뿐만이 아니라 둘째를 출산한 이후에도 아동 도서 세일즈 및 방문 교사, 유치원 영어 특강 교사, 초등학교 독서 논술 교사, 부모 교육 강사, 그리고 세일즈 매니저까지. 아이들을 키우며 전업이 아닌 시간제라도 수없이 배우고 시행착오를 겪으며 꾸준히 일을 해왔다.

지금 돌이켜보면 육아를 위해 시간제로 했던 일이라, 제대로 된 월급을 받은 적은 거의 없었다. 세일즈 업무는 일반적으로 기본급조차 보장되어 있지 않다. 사람을 만나는 과정 속에 내가 비용을 투자한 만큼 판매하지 못하면, 오히려 금전적인 손해와 함께 내 시간과 노력에 대한 보상도 못 받고 멘탈(mental)까지 흔들리게 된다.

유치원 영어 특강 교사는 하루에 3시간만 일하며 다른 과목보다 더 높은 페이를 받을 수 있다는 장점이 있어 도전했다. 그러나 한 클래스(25분 정도의 유치원 수업)를 위해 준비해야 하는 교구를 만들고, 티칭 방법에 대한 회의와 준비 시간은 몇 배의 비용과 시간이 필요한 일이었다. 손재주가 없던 나는 매일 밤 아이들을 재워놓고 새벽까지 교구 만들기를 해야 했다. 육체적인 피로보다 더 힘들었던 것은 정신적인 스트레스였다. 분명 내 아이를 잘 키우고 싶은 마음에 시작한 일인데, 오히려 수업 시간에 받은 스트레스로 내 아이들에게 점점 짜증 내고 감정 조절을 못 하는 나를 발견했다. 만들기에 소질이 없음에도 불구하고 매일 밤 교구를 만들며 불만만 더 쌓였다.

초등학교 독서 논술 교사 경험 또한 만만치 않은 어려움이 있었다. 독서 논술 교사가 되어 처음 가르치게 된 반의 아이들의 70%가 보육원에서 생활하는 아이들이었다. 내 아이와 나이도 비슷하고 초등학생의 성향을 잘 알고 있다고 생각했지만, 아이들 마음의 문을 열기가 쉽지 않았다. 말을 안 하는 것은 물론이고 수업 참여 태도나 과제에 대한 성실함이 부족해서 지도하기가 쉽지 않았다. 아이들을 이해해 보기 위해 다양한 아동 심리학 책도 보고 주변의 전문가에게 조언도 구하며 수업에 임했지만, 수업 시간마다 인내심의 한계를 느끼기까지 했다.

여러 가지 직업을 경험하며 예상하지 못했던 일들은 위에서 언급한 사례의 일 말고도 수없이 많았다. 내가 일을 하는 첫 번째 이유는 나의 가치를 찾고, 내 아이들을 잘 키우기 위함이었지만, 정체성이 흔들릴 때도 많았다. 일하는 시간 대비 받는 소득이 턱없이 부족하다고 느낀 적도 많고 경제적, 정신적인 손해를 본 적도 참 많았다.

《생각의 비밀》의 저자인 김승호 회장님은 이렇게 이야기한다. 청년 시절부터 사업을 시작해 지금까지 이불가게, 신문사, 증권과 선물거래 회사, 한국식품 및 건강 식품점까지 크고 작은 여러 비즈니스를 운영해봤다. 지금 사업에 성공하기까지 참 여러 번 망해봤지만, 돌이켜보면 매번 실패를 통해 지금 무엇을 하고, 무엇을 하지 말아야 할지를 정확히 배워온 셈이라고 말한다.

나는 여태껏 15가지의 크고 작은 직업을 경험하며 '나는 끈기가 없는 사람인가?', '나는 왜 실패만 하며 한 분야에서 오래 일하지 못할까?'에 대한 고민한 적이 많았다. 김승호 회장님의 책을 읽으며 내가 했던 경험들 하나하나가 어마어마한 수업이고 자산이라는 것을 깨닫고 용기를 얻게 되었다.

5년 전 나는 치열한 경쟁을 뚫고 외국계 보험회사의 세일즈 매니저로 일하게 되었다. 이 회사는 입사 확정이 된 후 가족을 초대하여 'Welcome Party(웰컴 파티)'를 진행했다. 가족들에게 회사를 소개하고 함께 일하는 상사, 동료, 그리고 가족들까지 한자리에 모여 인사도 하고 회사 투어도 하게 된다. 그리고 파티의 마지막 시간에는 가족 중 한 명이 무대로 올라가 새롭게 일하게 될 입사자를 위해 응원 메시지를 남겨주는 시간을 마련한다. 그 당시 남편이 나에게 응원해 준 메시지를 나는 잊을 수가 없다.

"아내는 결혼 후 10년이 넘는 시간 동안 자신이 하고 싶은 일보다, 할 수 있는 일을 찾으며 쉬지 않고 다양한 일을 경험해왔습니다. 옆에서 지켜보며 '저렇게까지 일을 해야 할까?'라는 생각을 하며 답답한 적도 많았습니다. 아이들 키우며 일하는 과정이 얼마나 힘든지를 함께 경험했기 때문에 육아에만 전념하라고 얘기한 적도 있었습니다. 여태껏 다양한 직업을 경험한 아내가 이 회사의 세일즈 매니저가 되기 위해 도전하는 모습을 지켜봤습니다. 치열했던 경쟁을 뚫고 합격하는 모습을 보며, 여태껏 경험해온 시간 들이 헛되지 않았다고 생각하게 되었습니다. 이제는 아이들도 잘 키우고 있으니 걱정하지 말고 열심히 일하라고 응원해 주고 싶습니다."

남편의 응원을 들으니 한없이 눈물이 흘렀다. 여태껏 경험해온 시간이 머릿속에 스치며 내가 성장하기 위한 하나의 과정이었음을 느끼는 순간이었다.

내 인생의 롤모델인 MKYU (김미경 유튜브 대학)의 김미경 대표님도 30년간 꾸준히 강의해오다 작년 초, 코로나로 위기를 맞이

했다고 한다. 지금은 그 당시의 엄청난 위기를 극복하기 위해, 피나는 노력과 공부를 하며 사업의 전환을 준비했고, 당당히 온라인 비즈니스 업계에서 성공적인 경영을 하고 계신다. 그뿐만 아니라 당신의 꿈을 이루기 위해 여전히 노력하며 도전을 멈추지 않으신다. 김미경 대표님도 30년이 넘는 시간을 지나, 작년의 성장통을 겪어내며 지금의 자리에 오를 수 있었다고 생각한다.

성장을 하기 위해서 성장통은 피할 수 없다. 나는 여전히 성장통을 겪고 있다. 이 성장통을 언제까지 겪어야 할지는 아무도 모른다. 하지만 확실히 깨달은 것이 있다. 성장통을 느낀 뒤에는 반드시 한 단계 성장한 나를 발견할 수 있다는 것을. 내가 닮고 싶어하는 김미경 대표님처럼 나도 성장통을 희망으로 여기고 도전을 즐기는 법을 배워야겠다.

5

시작보다 중요한 것은
'꾸준함'이다

2021년 새해가 되며 성인남녀가 꼭 이루고 싶은 소원에 대한 통계자료를 보면 1위가 '이직이나 취업'(25.9%) 2위는 '국내외 여행(25.8%) 3위가 '운동 및 체력관리(23.9%)'다. (출처: 2021년 성인남녀 새해계획 Top 5, 잡코리아&알바몬 2020. 12월 31일 통계 조사 자료) 특히 2020년은 코로나 19로 인하여 고용률은 8년 만에 최저치, 실업률은 20년 만에 최고치를 보이며, 너무 많은 사람이 생계의 위협을 받고 있다. 특히 자영업자, 프리랜서 등 비정규직 종사자들이 더 큰 직격탄을 맞았다.

내가 일하는 세일즈 분야도 사람을 만나서 진행해야 하는 업무가 90% 이상이기 때문에 역시 위기는 피할 수 없었다. 결국, 나는 2020년 하반기에 들어서며 일을 할 수 없는 상황이 왔다. 주변을 돌아보니 식당을 운영하는 지인, 방과 후 방송 댄스 강사를 하는 후배, 유아 방문 학습지 선생님을 하고 있는 지인도 안부를 물어보니 마찬가지로 힘든 시간을 버티고 있었다.

반면 온라인 세상은 달랐다. 2020년 하반기에 일을 중단하면서 세상을 둘러보니 '디지털 노마드(Digital Nomad: 인터넷과 업무에 필요한 각종 기기, 작업 공간만 있으면 시간과 장소에 구애받지 않고 일할 수 있는 유목민)'라는 용어가 눈에 들어왔다. 물론 코로나 이전부터 디지털 노마드는 존재했고 4차 산업혁명에 대한 이슈도 끊임없이 발표되고 있었다. 하지만 코로나 감염병으로 사람과 접촉하지 않아야 하는 '언택트' 시대가 급격히 찾아오며 일을 하는 방법도 모두 변해야 했던 것이다.

나 또한, 일할 수 없는 위기가 찾아오며 지금 할 수 있는 일은 '디지털 노마드(Digital Nomad)'가 되는 것이라고 생각했다. 온라인 세상에 관심이 없었던 나를 포함한 수많은 사람이 자기 일에 위기가 찾아옴에 따라 온라인 비즈니스에 관한 관심은 큰 폭으로 늘어났다. 각종 SNS 활동뿐만 아니라 유튜브 시청 및 제작, 온라인 마케팅 활동 등 변화하는 시대에 적응하기 위한 노력을 하고 있다는 것을 다양한 통계자료에서도 그대로 보여주고 있다.

나는 이러한 과정들을 경험하며 느끼게 된 가장 중요한 핵심 포인트 한 가지를 알게 됐다. 온라인 비즈니스 또한 '꾸준함'이라는 요소가 가장 중요하다는 것이다. 온라인 세계에서는 모두가

'인플루언서'가 되기 위해 노력한다. 이때 기억해야 할 것이 있다. 이미 '인플루언서'라고 인정받으며 영향력 있는 사람들은, 오래전부터 꾸준히 온라인 활동을 하고 있었다는 것이다. 바꿔 말하면 단기간 내에 절대 따라갈 수 없는 본인의 노력과 끈기가 담겨있다는 것을 명심해야 한다는 것이다.

예를 들면 요즘 많은 사람이 쉽게 시작하는 것이 '유튜브 채널 오픈'이다. 유튜브를 보다 보면 '과연 이 세계에 몇 개의 콘텐츠가 있을까?' 하고 궁금할 만큼 콘텐츠의 양이 많다. 그만큼 수많은 사람이 콘텐츠를 제작하고 올리고 있다는 것이다.

남편은 15년간 현직 PD로 일을 하다가 퇴사 후 요즘은 유튜브 콘텐츠 기획과 제작에 대해 강의를 하고 있다. 강의를 다녀오면 남편이 꼭 하는 말이 있다. 교육생들이 유튜브 제작을 배우는 기간만큼은 교육생의 콘텐츠를 함께 고민하고 채널 오픈까지 도움을 준다고 한다. 그러나 수업이 끝난 후 교육생들의 채널을 지켜보면, 꾸준히 자신의 영상을 올리는 사람은 10%도 되지 않아 교육한 강사로서 안타까울 때가 많다는 것이다. 남편도 교육할 때 가장 중요한 것은 콘텐츠의 주제나 내용도 중요하지만, 그것보다 더 강조하는 것은 '꾸준함'이라고 말한다.

유튜버로 성공한다는 것이 얼마나 어려운 일인지, 상위 유튜버들이 얼마나 노력하고 있다는 것을 직접 경험해보면 모두 공감한다는 것이다. 특히 단기간에 성공을 바라고 유튜버를 하기 위해 고급 장비 구매부터 제작, 편집까지 큰 비용을 들여 배우지만 보는 것처럼 쉽지 않다는 현실을 깨닫게 된다. 결국, 온라인 중고 마켓에 장비들을 팔고 있다는 안타까운 현실도 비일비재(非一非再: 수없이 많다는 뜻)하게 일어난다고 한다.

엄마가 아이를 키울 때도 '꾸준함'이라는 습관을 잡아주기까지 끊임없는 노력이 필요하다. 예전에 아이들 책을 상담할 때의 일이다. 상담하는 부모들의 가장 많은 질문 중 하나는 '아이 스스로 책을 잘 보는 아이로 키우려면 어떻게 해야 하나요?'에 대한 내용이었다. 이 질문을 받으면 나는 부모가 아이와 함께 책을 직접 골라보는 경험을 위해 서점도 가보고, 도서관도 함께 다니며 책을 가까이해야 한다고 말했다. 연이어 부모는 이런 말을 한다. 부모가 노력하는데도 아이의 독서 습관이 잡히지 않는다며 고민을 말한다. 그때 나는 엄마들에게 "반드시 엄마가 아이와 함께 3개월 이상 꾸준히 한 장이라도 책을 보려고 노력해 주세요. 아이의 독서 습관은 엄마가 얼마만큼 노력하느냐에 따라 달라질 수 있어요."라고 말했다. 그러면 대부분의 엄마는 내가 책을 읽어주려고 해도, 아이가 도망가거나 딴짓하며 흥미를 갖지 않는다고 비슷하게 말한다. 계속해서 엄마는 아이 탓을 하지만 나는 과연 엄마가 얼마나 꾸준히 노력해봤는지에 대해 먼저 묻고 싶었다.

내가 유아 독서에 관심을 갖게 된 계기는 첫째 아이가 36개월이 될 때까지 말을 거의 하지 못해서였다. 그 당시에는 발달 치료나 소아 상담이 흔하지 않았고, 워낙 상담 비용도 고가여서 망설였다. 그렇게 시간만 보낼 수는 없어, 엄마인 내가 직접 아이의 언어 발달을 위해 할 수 있는 것을 찾았다. 그때 공부하게 된 것이 '유·아동 오감 놀이 독서법'이었다.

아이와 함께 독서를 매일 하기 위해서는 다양한 책이 필요했고, 좋은 책을 고르기 위해 공부했다. 매일 아침 아이 책을 엄마인 내가 먼저 꼼꼼히 읽었다. 책을 놀이처럼 접할 수 있도록 책과 연계되는 놀잇감이나 노래, 율동을 고민했다. 처음엔 10초도 집중하지 않던 아이가 점점 흥미를 느끼고 책을 또 읽어달라며 가져오는 반응을 보였다.

4살이 되도록 말을 하지 못했던 아이의 언어 표현이 눈에 띄게 변하기 시작했다. 점점 길고 다양한 문장을 말하는 모습에 감동의 눈물을 흘리기도 했다. 그동안 아이와 함께 힘들지만, 끊임없이 공부하고 노력했던 시간이 스쳐 지나갔다. 꾸준한 노력의 시간이 쌓이기 시작하며, 아이는 놀라운 잠자리 독서 습관도 생겼다. 매일 잠들기 전 3~5권 정도의 책을 읽어야만 잠드는 습관까지 잡힌 것이다.

워킹맘은 퇴근 후 집으로 다시 출근한다는 말이 있다. 그만큼 아이들 챙기는 것부터 살림까지 하며 더 바쁜 저녁 시간을 보내야 한다. 온종일 일하고 돌아와 이미 몸과 마음이 지쳐 있고, 단 10분이라도 편히 쉬고 싶은 마음도 깊이 공감한다. 그런데 나는 아이가 성장하며 자연스럽게 내 시간이 많아지고 있는 요즘 이런 생각을 하게 된다. 사춘기가 되며 부모와 부딪히고 주도적인 생활 습관을 갖지 못한 대부분 아이가, 유아 시절부터 기초 생활 습관이 잡혀 있지 않은 경우가 많다는 것이다.

아이가 태어나 자라면서 가장 많이 보고 배우는 사람은 부모다. 부모는 자연스럽게 아이의 첫 인생 롤모델이 되는 것이다. 부모의 유전자를 물려받아 같은 공간에서 함께 음식을 먹고, 부모의 생활 습관을 보며 성장하게 된다. 자연스럽게 부모와 외모부터 사고방식까지 같아지는 것이다. 때로는 아이들이 클수록 나와 너무 똑같은 행동을 하고 있어서 섬뜩하기까지 할 때가 있다. 그래서 요즘은 더욱 말과 행동을 조심해야겠다는 생각도 한다.

요즘 코로나 사태로 아이들과 함께 집에 머무는 가정이 많아졌다. 즉, 온종일 서로의 모습을 자연스럽게 관찰하게 되는 시간이 많아진 것이다. 나도 아이들과 온종일 집에서 생활하다 보면 또, 잔소리하는 나를 보게 된다. 잔소리보다 더 효과적인 것은 '엄마가 꾸준함을 실천하는 모습'이다. 엄마가 꾸준히 일하는 모습, 자신의 삶 속에서 변함없이 자기관리를 하는 모습을 보며 자란 아이는 엄마를 자연스럽게 닮을 수밖에 없다.

워킹맘은 일하는 이유가 다양하지만, 그중에 가장 우선순위는 '내 아이와 행복하게 살아가기 위함'일 것이다. 일하며 흔들릴 때도 '내 아이와 행복하려고 일을 하는 것인데, 왜 이렇게까지 살아야 할까?' 하고 일을 그만두고 싶을 때도 많다. 하지만 엄마가 위기 속에서도 '꾸준함'을 유지하며 삶을 살아가는 모습을 보여줄 때, 아이도 엄마를 통해 쉽게 포기하지 않고 성실하게 살아가는 모습을 배울 수 있을 것이다.

6

하루살이보다
10년 살이를 계획해라

우리 집 아이들이 초등학생이 되며 배우는 수학 개념 중 가장 어려워했던 단원이 있다. '시간'에 대한 개념이다. 요즘은 아이들이 초등학교 입학 전에 한글도 떼고 다양한 학습을 하지만, 시간에 대한 개념을 빨리 익히는 아이를 찾기는 쉽지 않다.

아이들은 시간에 대한 개념을 익히면서 놀라운 변화가 찾아온다. 내 기억에 우리 아이들은 2학년부터 정확한 시간 개념을 알고 계산하기 시작했다. 이때부터 아이들이 스스로 계획을 세우고 행동하는 습관이 형성되기 시작한 것이다.

워킹맘뿐만 아니라 모든 엄마가 아이에게 바라는 것 중 하나는 '자기 주도 학습'이라고 생각한다. '자기 주도(自己 主導)'라는 개념은, 자기의 일을 스스로 이끌어 나가는 것을 말한다. 엄마가 잔소리하지 않아도 아이가 척척 혼자 해내는 모습을 볼 때면, 그렇게 기특하고 자랑스러울 수가 없다. 이렇게 엄마가 바라는 모습처럼 아이가 자라기 위해서라도 가장 먼저 익혀야 하는 것이 '시간 개념'인 것이다.

아이들이 유아 시절에는 어린이집과 유치원 종일반에 맡기며 그나마 마음 편히 일할 수 있다. 하지만 초등학교에 입학하면서부터 하교 시간이 빨라지고, 돌봄 교실 추첨에 뽑히지 않으면 아이는 여러 곳의 학원에 다녀야 한다. 워킹맘이 경제적 여유가 있어서라기보다 어쩔 수 없이 아이를 돌보지 못하는 상황 때문에, 학원을 여러 군데 보내는 워킹맘도 많다. 나 역시 아이들을 돌봄 교실에 보낼 수 있었지만, 오후 5시까지는 퇴실을 해야 했다. 게다가 아이들은 쓸쓸하게 돌봄 교실에 마지막까지 남기 싫어했다. 워킹맘이 마음 아플 때 중 하나가 내 아이가 교실에 쓸쓸히 마지막까지 남는 상황일 것이다.

다행히 우리 아이들은 시간 개념을 익혔던 2학년부터 엄마가 집에 없어도 하교 후 간식을 챙겨 먹고, 제시간에 학원을 가기 시작했다. 처음엔 내가 걱정스러운 마음에 알람을 맞춰놓고 일하는 도중에 아이들에게 일일이 전화하며 확인했다. 아이들에게 학교 끝날 때부터 이동할 때마다 엄마에게 문자를 보내야 한다고 철저히 교육하기도 했다.

이렇게 6개월 정도 해보니 아이들은 학원 시간뿐만 아니라 공부활 시간, 친구들과 노는 시간까지도 계획하는 습관이 형성됐다. 사춘기가 찾아온 두 아이는 내가 숙제나 자신의 계획에 관해 묻는 것조차 사양할 정도로 자기 주도 학습을 잘하고 있다.

인간이 고통스러워하는 감정이 여러 가지 있지만, 그중 피할 수 없는 감정은 '불안감'이라고 한다. 불안한 마음은 어디에서 시작될까? 잘 생각해 보면 '불안'이라는 것은 내가 미래의 상황을 예측하지 못할 때 불안한 감정을 느끼게 된다.

2018년 새해가 되는 1월에 나는 보험회사 세일즈 매니저가 되어 한 달간 합숙 교육을 받았다. 보험회사에 입사하기 전, 아동 도서 영업과 교육을 하며 가장 큰 갈증이었던 것이 체계적인 세일즈 교육이었다. 1달간의 합숙 교육이 초등학생 엄마로서 소화하기 쉽지 않은 일정이었다. 한 달 동안 친정엄마와 남편의 도움 덕분에 많은 것을 배우며 체계화할 수 있었던 시간이었다.

이렇게 한 달간, 아침 7시부터 밤 10시까지 합숙을 하며 배운 것 중, 가장 많은 부분을 차지하는 것이 '계획'과 관련된 내용이었다. 일반적으로 사람들이 '영업'에 대한 두려움을 갖는 이유 중 하나는 '결과를 예측할 수 없는 불안감' 때문이라고 생각한다. 나 역시 이러한 불안감을 '필드(영업 현장)에서 일하는 팀원들에게 어떻게 하면 감소시켜 줄 수 있을까?'라는 고민을 많이 했다. 다양한 교육을 받으며 고민한 끝에 내릴 수 있는 답은 역시 '계획을 구체적으로 먼저 세우고, 그대로 실천하는 것'이었다.

세일즈 업무도 다르지 않았다. 영업을 처음 시작하는 팀원들에게 불안감을 없애기 위해, 계획을 먼저 세우고 실천의 중요함을 늘 강조했다. 나 역시 회사에 입사하자마자 배운 것이 'Sales Activity Planner(영업 활동 계획표)'를 작성하는 것이었다. 이 플래너에는 단순히 하루 일과를 적는 것이 아니다. 고객과의 일정이 취소되거나 연기되었을 때를 대비해 'Plan B'를 함께 적어본다. 주말까지 목표한 실적을 달성하지 못했을 때를 대비해 'Plan C'까지 준비하기도 한다. 우선 주말까지 계획한 목표를 달성하기 위해 최대한 노력을 한 뒤, 상황에 따라 계획한 다른 플랜을 실행하는 것이다. 이렇게 세일즈 업무도 구체적인 계획을 세우고 목표를 달성하기 위해 노력하는 사람과 마구잡이로 To do List (해야 할 일 목록) 정도만 생각하고 일하는 사람은 확연히 달랐다. 당장 눈앞에 급한 일만 처리하며 하루살이를 하는 것과 짧게는 일주일에서 한 달, 1년 그리고 장기간의 계획을 세우며 일하는 영업 사원과는 엄청난 차이를 볼 수 있었다. 사실 나도 계획을 잘 세우고 실천하며 살고 있다고 생각했다. 하지만 보험회사에 입사 후 제대로 계획하는 법에 대해 배우고 나서야, 마구잡이 계획으로 살았다는 것을 알게 되었다.

아이들 독서법에 대한 교육과 도서 영업을 하며 수많은 고객을 만났지만, 활동 후 고객 정보 정리도 제대로 해놓지 않았던 내가 한심하게 느껴지기도 했다. 아이들 키우며 꿈을 향해 하루하루 열심히 살아가고 있다는 것에만 만족했다. 만나는 고객들과 우리 아이들에게는 계획도 잘 세워야 하고, 실천이 중요하다고 말해 놓고, 정작 나는 그러지 못한 삶을 살고 있었다. 내 아이들의 교육도 장기적인 안목으로 함께 준비하기보다, 아이의 반응만 살피며 하루하루 잘 지내는 것에만 만족하고 살았다.

함께 일했던 선배님 중 일을 물론 가정에서도 아빠의 역할을 멋지게 해내며 살아가는 분이 계셨다. 어느 날 선배님이 일을 잘하는 노하우를 알려주시겠다며 본인의 수첩을 보여주셨다. 수첩 하나가 아닌 10권이 넘는 10년간의 계획과 살아온 내용 빼곡히 담긴 수첩들이었다. 열권 중 입사 당시 처음 작성했던 수첩의 첫 페이지를 열어보고 깜짝 놀란 것이 있었다. 결혼 후 아빠가 되면서부터 아이와 아내의 나이를 함께 적은 인생 계획표를 보여 주셨다. 그 계획표 안에는 자신의 커리어 계획뿐 아니라 아이의 성장 나이에 맞춰 교육이나 가족 여행 계획을 꼼꼼히 적은 내용이 가득했다.

수첩이 10권이었던 것은 매년 한 권씩 작성하며 10년 동안 그 계획을 잊지 않고 실천했다는 의미였다. 아이가 10살이 되니 계획했던 일들을 모두 실행할 수 있었고, 앞으로도 변함없이 계획처럼 살고 싶다고 말씀하셨다. 선배님은 실제로 영업을 하면서 고객에게도 자신의 수첩에 적혀있는 계획들을 고객들과 공유한다고 하셨다. 선배의 계획력과 실천하는 모습을 보고 고객이 모임을 만들어달라고 요청까지 받아 관리해 주고 있다며, 자신만의 영업 노하우를 알려주셨다. 일을 통해 만난 고객이지만, 오랜 기간 서로의 인생 계획을 공유하고 이뤄나가는 모습을 볼 때 가장 보람을 느낀다고 말씀하셨다.

세일즈 업계에서 오랜 기간 일하며 만나게 된 사람 중, 영업을 잘하는 사람들은 커리어 계획 자체가 다르다는 것을 알게 되었다. 일반적인 사람들은 연말에 한 해를 돌아보고 새해 계획을 세우지만, 일을 잘하는 사람들은 이른 가을부터 다음 해 계획을 세운다는 것을 알게 되었다. 단순히 한 해의 계획이 아닌 3년, 5년, 10년 이상의 구체적인 계획을 세우기 위해, 며칠 동안 혼자 지내며 많은 생각과 고민을 하는 모습을 보기도 했다.

'생각대로 살지 않으면 사는 대로 생각하게 된다.'라는 말이 있다. 보통 육아를 하다가 세상에 다시 나오려고 하는 엄마들이 육아와 병행하기 위해, 단기적인 안목으로 아르바이트를 시작하는 경우가 많다. 나 역시 이런 상황 때문에 조건만 보고 일을 선택한 경험도 있다. 당장은 짧은 시간만 일할 수 있어 편하다고 생각했지만, 몇 년이 지나도 성장하지 못하고 비슷한 일만 해야 하는 경우가 있다.

위에서 말했던 영업의 고수까지는 아니어도 워킹맘으로서 성장하는 삶을 살기 위해서는 하루살이 계획이 아닌, 3년, 5년 10년 계획을 세우고 차분하게 커리어 플랜을 짜야 한다. 단기간의 아르바이트를 한다고 해도 그 경험을 바탕으로 자신이 성장할 수 있는 일을 선택하라고 말하고 싶다. 그래야 10년 이상 장기적인 안목으로 자신의 커리어를 만들어 갈 수 있을 것이다. 계획한 하루가 쌓여 1년이 되고, 그 이상의 시간을 좀 더 구체적으로 계획하고 실천한다면, 꿈에 그렸던 자신의 모습이 현실이 되어있는 순간을 경험할 것이다.

7

엄마의 최종 목표는
'자립'이다

'반전녀', '눈물녀', '차도녀(차가운 도시 여자)로 보이는 춘년'.

이 단어들은 나를 지켜본 주변 사람들이 별명처럼 표현해 주는 말이다. '왜 사람들은 나를 반전 있는 사람이라고 할까?'에 대해 생각해 봤다. 대부분 나의 첫인상이 말 그대로 '차도녀'같은 느낌을 준다고 한다. 그런데 함께 지내보니 강원도 영월 출신이라는 것도 반전인데, 외모와 달리 성격도 의외인 부분이 많다고 한다.

초등학교 시절부터 나는 맛있는 음식을 만들어 친구들과 함께 나눠 먹는 것을 좋아했다. 엄밀히 말하면 '좋아했다'라기 보다 '어쩔 수 없이'라는 표현이 더 적합하다. 항상 일하느라 바쁘셨던 친정엄마 덕분에 초등학교 3학년부터 밥을 하기 시작했다. 밥 짓는 것은 물론 밥상 차리기, 설거지, 청소, 빨래 등의 집안일을 했다.

엄마는 바쁘셔서 딸에게 도움을 요청하기도 했지만, 늘 '뭐든 혼자 할 수 있어야 한다.'라고 말씀하셨다. 요리할 때에도 나를 불러 음식 만드는 순서를 처음부터 알려주셨다. 요리 과정을 보니 재미있고 직접 해보고 싶다는 생각이 들었다. 초등학교 4학년부터 떡볶이, 프라이팬 피자, 팬케이크(오븐 없이 할 수 있는 메뉴) 등 어른들도 어려워하는 메뉴도 요리하기 시작했다. 학교 끝나고 집에 돌아오면 엄마는 안 계셨지만, 내가 직접 음식을 해서 친구들과 나눠 먹으며 요즘 아이들 표현으로 '인싸'('인사이더'라는 뜻으로, 각종 행사나 모임에 적극적으로 참여하면서 사람들과 잘 어울려 지내는 사람)가 될 수 있었다.

어려서부터 음식을 많이 해본 경험 덕분에 성인이 되어서도 요리하는 것은, 나에게 좋은 인간관계를 맺는 방법이 되기도 했다. 영국 유학 시절 한국 음식을 그리워하는 친구들을 초대해, 직접 요리를 해서 나눠 먹으며 친해질 수 있는 계기가 되었다. 또한, 아이들이 어렸던 시절 맵지 않은 아이들 김치나 반찬을 해서 옆집 엄마들과 나누며 찐 이웃사촌이 되기도 했다.

내가 요리를 시작하게 된 계기는 분명 일하느라 바쁘신 엄마를 돕기 위해서였다. 그러나 요리를 통해 엄마의 말씀처럼 뭐든 스스로 할 수 있는 '문제 해결력'과 '인간관계를 맺는 방법'까지 배울 수 있게 되었다. 어린 시절에는 동생도 있는데, 왜 나만 집안일을 시키냐며 엄마에게 투정 부리고 억울하다며 하소연한 적도 많았다. 누나이니까 참아야 하고, 첫째라서 모범을 보여야 한다고 말씀하시는 엄마가 원망스러울 때도 있었다. 그런 마음 때문에 나는 결혼 후 아이를 낳으면 첫째와 둘째를 절대 차별하지 않고, 평등하게 키우겠다는 굳은 결심도 했다.

첫째 아이가 1학년, 둘째가 다섯 살 때의 일이다. 당시 나는 유아 출판사 직영점을 운영했었다. 매일 저녁 마감을 끝내면 밤 9시가 넘어야 집에 도착했다. 남편 역시 회사에서 집까지 거리가 멀어 저녁 8시가 되어서야 집에 도착할 수 있었다. 둘째 아이가 유치원 종일반을 끝내고 차량에서 내리는 시간이 저녁 6시였다. 부모님이 픽업을 못 나가는 상황이라 첫째 아이가 동생 픽업을 나가야 했다. 그러던 어느 날, 첫째 아이가 감기 기운에 약을 먹고 동생 픽업 시간에 깜빡 잠이 들었다. 정류장에 아무도 없자 둘째 유치원 선생님께 전화가 왔다. 급한 마음에 첫째 아이에게 전화를 수차례 했지만 받지 않아 마음은 더 불안해졌다. 결국, 둘째는 추운 겨울 캄캄해진 시간에 혼자 집으로 달려왔다고 했다.

나는 매장을 비워두고 올 수 없는 상황이라, 옆집 엄마에게 급히 아이들 상황을 봐달라고 부탁을 했다. 집에 돌아와 보니 아이들이 서로 부둥켜안고 엉엉 울고 있었다. 첫째는 동생 픽업을 못 나가고 잠든 것이 미안해 울고, 둘째는 집으로 돌아오는 길에 아무도 없이 뛰어온 것이 무서웠다며 울고 있었다. 아이들을 보니 미안하고 마음이 아팠다. 이렇게까지 일을 해야 할까, 눈물을 흘리며 후회와 자책을 했다. 나는 어린 시절부터 집에 돌아오면 엄마가 안 계셨기 때문에, 내 아이들에게는 엄마가 없어서 무섭고 외로운 순간을 만들어주고 싶지 않았다. 결국, 나는 친정엄마와 똑같은 모습으로 살아가고 있다는 생각에 다시 죄책감을 느꼈다.

둘째 아이가 초등학교에 입학하면서 나는 세일즈 매니저로 일하기 시작했다. 아이가 초등학교 1학년이 되면 아이만큼 엄마도 바쁘고 챙겨야 할 것도 많다. 그런 상황에 초등학생인 아이들만 두고 새벽 6시에 출근길에 올랐다. 전날 밤 두 아이의 준비물, 등교할 때 입을 옷, 아침 식사까지 미리 준비해놓고 매일 식탁 위에 편지를 써 놨다. 엄마 아빠 없이 알람 소리에 눈을 뜨고, 아이들이 서로를 챙기며 등하교를 하는 모습을 떠올리며 눈물을 흘렸다. 특히 아이들의 머리를 손질해 주지 못하는 것이 늘 마음에 걸렸다.

시간이 흘러 아이들끼리 등하교를 하며 학원 일정에 맞춰 스케줄 관리까지 아이들이 스스로 하기 시작했다. 그 사이 아이들은 훌쩍 성장했다. 둘째가 또래 아이들보다 빨리 시간 개념을 익혔고, 머리 손질도 혼자 잘했다. 첫째 아이는 이른 아침 등교 전, 그날 해야 할 공부를 마치며 자기 주도 학습을 하기 시작했다. 보통 엄마들이 초등 고학년이 되면 예체능 학원 대신 학습 위주의 학원을 보내게 된다. 자기 주도 학습을 실천하는 첫째 아이는 아침에 공부를 끝내놓고 하교 후에는 좋아하는 태권도와 캘리그라피를 배우기도 했다.

엄마가 부재(不在)했던 시간 때문에 아이들에게 죄책감을 느꼈지만, 아이들에게는 스스로 문제를 해결해보는 기회가 될 수 있었다. 아이들이 성장하며 사춘기 시기에 엄마의 잔소리 때문에 서로가 힘들어하지만, 다행히 나는 그럴 일이 없다. 자기 주도 학습뿐 아니라 생활 습관까지 알아서 잘하는 아이들 덕분에, 오히려 선생님들께 칭찬을 받기도 한다. 주말이면 아이들과 어떻게 보내야 할까 고민했지만, 이제는 아이들이 주말 스케줄도 각자 정한다. 혹여 가족 여행을 계획하려 해도 이제는 아이들의 일정을 미리 상의해달라고 요구한다.

얼마 전까지 '엄마도 자유로울 수 있다.'라는 말은 나와 상관없는 일이라고 생각했다. 하고 싶은 일을 포기하며 취미 생활은 엄두도 못 냈던 시기 동안 힘들고 우울한 적도 많았다. 일과 육아, 살림까지 하며 '이렇게까지 나를 희생하며 일하는 것이 맞을까?'라는 무거운 마음이 떠나지 않았었다. 하지만 지금은 달라졌다. '엄마'라는 역할을 잘해보려고 좌충우돌하며 경험했던 시간 덕분에, 나와 아이들 모두 건강한 자립을 할 수 있었던 소중한 계기가 되었다.

주변에 워킹맘을 하다가 결국 육아에 전념하기 위해 일을 그만두는 경우를 많이 봤다. 나 역시 그런 고민을 수없이 했다. 워킹맘이 힘들게 일하는 이유는 가족에게 보탬이 되기 위해서도 있지만 스스로 경제적, 정신적 자유를 누리기 위함이 클 것이다. 아이에게 더 잘해주지 못한다는 죄책감 때문에 자기 일을 포기하고 육아에 몰입한다 해도, 언젠가 아이는 엄마 손을 떠나는 시기가 온다.

전업맘 역시 아이가 어느 정도 성장한 뒤 일을 하려고 한다면, 엄마가 먼저 단단한 마음의 준비를 해야 한다고 말하고 싶다. 아이는 엄마가 생각하는 것보다 스스로 할 수 있는 것들이 많다. 또 그런 경험을 통해 엄마와 아이가 성장할 수 있는 것이다.

결국, 아이가 성정하면 독립을 하고, 부모 곁을 떠나게 된다. 아이의 성장과 함께 엄마 역시 가족만을 위한 삶이 아닌 자신의 정신적, 경제적 자립을 꿈꾸며 나를 돌보는 삶을 살아가길… 간절히 바란다.

워킹맘은 가족들의 '동기부여가'이다

첫째 아이가 두 돌이 되며 시작한 세일즈가 15년이 되었다. 유·아동 도서 영업을 시작할 때에는 내 인생에 '영업'을 하는 일은 절대 없다고 했지만, 내 아이를 잘 키우고 싶은 마음 하나로 9년을 일할 수 있었다. 유·아동 도서 영업에 그치지 않고, 강연하기 위해 누구도 알려주지 않는 강의 계획서를 만들어, 조리원과 문화센터 등 30곳이 넘는 곳에 문을 두드리며 다녔다.

아동 도서 영업을 하며 받았던 거절은 시작에 불과했다. 아무도 알아주지 않는 나만의 유아 독서법에 대한 강연을 제안했을 때, 수없이 받았던 거절에도 꿋꿋하게 일을 할 수 있었던 이유는, '내 아이를 잘 키우며 나도 성장할 수 있는 일'이라는 강한 신념이 있었기 때문이다.

유·아동 도서 영업을 할 당시 출판사 국장 역할부터 다양한 영업 업계에서 함께 일하자는 제안을 받은 적도 있다. 그 가운데 다른 영업은 다 해도 보험 영업은 절대 안 할 것이라는 나만의 철칙 같은 것이 있었다. 첫 직장인 호텔에서 믿고 따르던 선배가 퇴사 후, 보험 영업을 강요했던 모습 때문에 갖게 된 선입견 때문이었다. 보험회사에서 절대 일하지 않겠다고 주장해온 나는 또 한 번 철칙을 깨고 보험회사 세일즈 매니저로 일하기로 결정했다.

내 인생에 절대 영업은 없다고 했다가 아이를 낳은 뒤 영업을 시작했다. 보험 영업은 절대 하지 않겠다고 주장했다가 보험회사 세일즈 매니저로 일하며 결국, 세일즈 분야에서 15년을 일한 것이다. 그토록 절대 하지 않겠다던 일을 '왜 그렇게 간절히 하려 했는가?'라는 물음을 나에게 던져 보았다.

나는 세일즈 분야의 일을 하며 만나는 모든 사람에게 '31살 이전의 나'와 '31살 이후의 나'는 완전히 다른 사람이라고 말한다. 첫째 아이를 낳고 극심한 산후우울증을 앓다가 '엄마'라는 역할과 내 일도 잘해보겠다고 시작한 일이 영업이었다. 영업을 경험하며 세상을 다르게 바라보게 되는 전환점이 되었다. 31살 이전까지 친정엄마가 오랜 기간 영업을 하셨음에도 불구하고, 엄마의 일을 창피하게 생각하며 오만한 태도를 보이며 살았다. 지금 생각해보면 어이가 없을 만큼 우매하고 좁은 관점으로 세상을 바라보며 살았었다. 만약 내가 영업을 하지 않았더라면 여전히 우물 안 개구리처럼 닫힌 사고를 하며 살고 있었을 것이다.

결국, 나는 '영업'이라는 일을 통해 다시 태어난 것이다. 사람에 대한 소중함, 인연에 대한 감사함, 일을 통해 겪게 되는 실패와 반성을 하며 매일 성장할 수 있었다고 생각한다. 영업을 경험하며 나무 심는 방법을 배웠다면, 세일즈 매니저를 통해 심었던 나무와 함께 숲을 바라볼 수 있는 법을 배웠다. 영업할 때에는 '나'에 중점을 두었다면, 팀을 경영하는 매니저를 할 때는 '우리'에 중점을 두며 함께 성장하기 위해 노력했다. 두 분야의 일 모두 내 인생에서 터닝 포인트가 되었고, 놀라운 성장을 할 수 있었다.

팀을 잘 경영(Managing)하는 매니저가 되기 위해 가장 중요한 역량은, 팀원에게 '동기부여'를 줄 수 있는 리더 역할을 해야 한다. 훌륭한 리더는 자신의 방법을 강요하는 것이 아니라 팀원과 함께 고민하고 그들의 마음에 공감해 줄 때 진정한 리더가 될 수 있다. 그러기 위해서 내가 먼저 도전하고 실패를 함께 공감하며, 또다시 힘을 내고 함께 성장할 수 있어야 한다.

남편은 내가 세일즈 매니저로 일할 때 16년간 일했던 회사를 그만두었다. 남편이 덜컥 회사를 그만두면 함께 힘들어질 수 있는 상황이었다. 하지만 그 시간을 함께 이겨내고 남편의 성장을 돕는 역할을 할 수 있는 사람은 배우자인 나만이 할 수 있다고 생각했다.

약 2년이라는 시간 동안 남편은 의미 있는 시간을 보낼 수 있었다. 첫 직장 입사 후 앞만 보고 달려왔던 자신의 모습을 돌아볼 수 있었고, 제2의 인생을 준비할 수 있는 시간을 갖기도 했다. 가장으로서 그리 편치만은 않았던 시간이었겠지만, 나는 남편에게 그런 시간이 반드시 필요하다고 생각했다.

남편이 그 시간을 보내며 나에게 지어준 별명이 있다. 너는 나에게 있어 '트리거(Trigger)'와 같은 존재라고 말한다. 그가 읽었던 책 중 마셜 골드 스미스의 《트리거》를 보며 내가 떠올랐다고 한다. '트리거란 우리의 생각과 행동을 바꾸는 심리적 자극을 말한다. 우리가 깨어 있는 매 순간 우리를 바꿀 수 있는 사람, 사건, 환경들이 변화의 트리거를 만든다.'라는 내용을 보여주었다. 결혼 후 지켜본 내 모습이 그에게 항상 동기부여가 되었고, 결정적인 순간에 트리거 역할을 해줘서 고맙다고 말해 준다.

감사하게도 사춘기가 된 아이들도 엄마가 자랑스럽다고 말하며, 내 명함을 지갑에 넣고 다닌다. 내가 바빠 집안일을 챙기지 못할 때는 아이들 스스로 식사부터 설거지, 청소까지 평소보다 더 깨끗이 해 놓기도 한다. 엄마가 일하지 않고 집에만 있으면 좋겠다고 말하던 둘째도, 또래 친구 중 스스로 자기 할 일을 잘하며 엄마를 돕는 친구는 자신뿐이라며, 앞으로도 걱정하지 말고 열심히 일하라고 응원까지 해준다.

아이들에게 늘 미안한 마음이 많았고, 위기가 올 때마다 흔들릴 때도 많았지만, 엄마가 일에 충실하며 열심히 살아가는 모습 자체가 동기부여가 될 수 있던 것이다. 남편에게도 항상 편안하게 일할 수 있게 해주지 못해 미안했다. 산후우울증을 겪으며 열심히 일하는 남편을 원망했다. 남편에게 나는 하고 싶은 일도 포기하고 일과 육아를 하고 있으니, 힘든 나를 이해해 주기만을 바랐다. 그 래도 남편은 그런 내 마음을 이해해 주려고 노력했다. 다양한 일 을 도전할 때마다 안타까워할 때도 있었지만, 항상 내 편에서 응 원해 줬다. 지금은 '네가 그렇게 힘들어도 다양한 일을 경험하고 커리어를 쌓았기 때문에 이만큼 성장할 수 있었던 것'이라고 말하 며 남편에게도 항상 동기부여가 되었다고 한다.

"길을 걷다가 돌을 보면 약자는 그것을 걸림돌이라고 하고
강자는 그것을 디딤돌이라고 한다."

토마스 칼라일의 명언이다.

인생을 살아가며 누구에게나 위기는 찾아온다. 워킹맘은 누구 보다 위기를 경험하며 살아간다. 결혼과 출산을 기점으로 변화하 는 자신의 모습을 받아들이고 일과 육아, 살림까지 해내며 수없이 많은 위기를 겪게 된다. 그 가운데 나의 정체성을 잃기도 하고, 왜 나만 이렇게 힘들게 살아야 하는지에 대한 물음을 던질 때도 많

다. 하지만 그 속에서도 잃지 않는 것은 '나와 가족이 함께 행복하기를 바라는 마음'이라고 생각한다.

가족을 위해 내가 희생한다는 마음이 아닌, 가족과 함께 성장한다는 마음으로 살아가자. 엄마도 힘들고 지칠 때가 있고, 오뚝이처럼 쓰러졌다 일어나는 모습도 있다는 것을 보여주길 바란다. 엄마가 자신의 삶에 최선을 다하며 성장하는 모습이 가족에게는 가장 멋진 아내이자 엄마로 기억될 수 있을 것이다. 오늘도 대한민국의 모든 워킹맘을 열렬히 응원한다.

세상에 슈퍼우먼은 없습니다!

가정과 일 도저히 섞일 수 없는 그 틈바구니에서, 주변 사람들의 기대에 부응하며 행복한 삶을 사는 모습이란, 영화에서나 접할 수 있는 현실 불가능한 갈망의 표현일 뿐입니다.

결혼, 남편, 아이들을 선택한 여자들의 삶이란, 과거 경력과는 상관없이 비슷한 길을 걸어가는 것 같습니다.

육아가 여자만의 의무인가?

이제는 변화와 혁신의 시대이므로 바뀌어야 한다고 여기저기서 외쳐대지만, 2021년을 사는 제 주변 기혼 여성들의 삶은 (제 아내를 비롯하여) 아직 제자리걸음인 거 같습니다.

휘황찬란한 꿈은 겸손하게 내려놓은 지 오래며, 늙어가는 남편과 커가는 아이들 사이에서 티도 안 나는 역할에 매여 사는 게 현실입니다. 그렇게 육아에 전념하다 어느 정도 아이들이 커가면, 가계에 조금이라도 보탬이 되어야 한다는 무언의 압박으로 여기저기 일을 찾아 기웃대기 시작합니다.

하지만 최소 5년에서 10년 정도 사회를 떠나 밤낮으로 육아에만 매진해 온 그녀가 할 수 있는 일은 생각보다 많지 않았습니다. 평생 생각도 안 했던 유치원 영어교사, 아동도서 판매, 방과 후 독서 선생님, 이것저것 도전해 보았지만, 생각처럼 쉽지 않았습니다.

밤새 교재나 교육용 소품을 만들어 준비해 간 수업은, 노력에 비해 수줍은 보수로, 그녀를 자꾸만 작아지게 만들었습니다. 그래도 무언가는 해야 내가 좀 살아있음을 느끼기에, 노력한 만큼 성과를 낸다는 보험시장에 문을 두드려 봤습니다. 꽤 괜찮은 보수와 인센티브에 동기부여가 되어 열정을 다해 일하며, 남들이 부러워할 만한 위치까지도 올라가 봤습니다. 그러나 문제는, 늘 사람이었습니다. 육체적인 고통은 참고 견디다 보면 시간과 함께 치유되지만, 정신적인 스트레스는, 더욱이 사람으로 인한 스트레스는, 생각보다 오랫동안 그녀의 마음속에 남아있었습니다.

이런저런 생각 끝에 내린 결론은, 모든 일을 정리하고 글을 써보자였습니다.

결혼 후 그녀가 해본 일들은 생각보다 (위에 열거한 것보다) 많았습니다. 그 당시엔 별생각 없이 시작했던 일들이 시간이 지나고 보니, 각각의 일마다 그녀의 인생에 의미 있는 흔적들로 남아있었습니다.

수많은 일 중에 특히, 세일즈 부문은 힘든 기억보다 성취감과 그녀만의 노하우가 차곡차곡 쌓였던 시간이었습니다. 그런 그녀의 경험을 여러분과 공유하고 싶어 세상에 내놓은 것이 바로 이 책입니다.

그녀와 같은 시간을 사는 사람들
그녀 뒤에서 그녀의 삶을 살게 될 사람들

이 책을 통해 대한민국 여자로 살아가는 모든 분이 자신을 한번 돌아보고, 세상 속으로 한 걸음 내디딜 수 있는 용기를 가지시길 소망해봅니다.

2021년 6월 어느 날
장정은 작가의 남편 김진영 올림

남편 대신 출근하는 워킹맘입니다

초판인쇄	2021년 9월 17일
초판발행	2021년 9월 27일
지은이	장정은
발행인	조용재
펴낸곳	도서출판 북퀘이크
마케팅	최관호 최문섭 신성웅
편집	황지혜
디자인	호기심고양이
주소	경기도 고양시 일산동구 백석2동 1301-2
	넥스빌오피스텔 704호
전화	031-925-5366~7
팩스	031-925-5368
이메일	yongjae1110@naver.com
등록번호	제2018-000111호
등록	2018년 6월 27일

정가 15,000원

파본은 구입처나 본사에서 교환해드립니다.